UN AMI PARFAIT

Fabio Rossi a reçu un coup sur la tête qui lui a fait perdre une partie de sa mémoire. Quand il reprend conscience à l'hôpital, cinquante jours de son existence se sont effacés. Seules quelques bribes lui reviennent, mais il n'est plus sûr de rien. Qui lui a asséné ce coup et pourquoi ? Que s'est-il passé exactement ? Pourquoi sa fiancée refuse-t-elle de le voir et où en était sa vie amoureuse ? Sur quelle enquête sa profession de journaliste l'avait-il mené et qui a effacé une partie de ses dossiers informatiques ? Son ami Lucas est-il véritablement celui qu'il croyait ? Enfin, et surtout, est-il vraiment lui-même celui qu'il croit être ?

Les questions se pressent et se bousculent dans l'esprit de Fabio, et en cherchant à y répondre, il va lui falloir emprunter bien des chemins qui ne le conduiront pas toujours là où il le pensait. Manipulations, scandale de l'ESB, suicides inexpliqués, et autres surprises l'attendent. Mais en partant à la découverte de son alter ego, en sillonnant les méandres de son cerveau, Fabio va aussi se heurter à une face cachée de lui-même…

À la fois roman policier au suspense soutenu et quête identitaire, après *Small World* et *La Face cachée de la lune*, *Un ami parfait* est vraisemblablement le plus efficace et le plus étonnant des romans de Martin Suter.

Né en Suisse en 1948, publicitaire de formation, Martin Suter vit aujourd'hui à Ibiza. Il est l'auteur de plusieurs scénarios et tient deux chroniques hebdomadaires dans les journaux Weltwoche *et* Neue Zürcher Zeitung. *Il est l'auteur de* Small World *et de* La Face cachée de la lune.

DU MÊME AUTEUR

Small World
Christian Bourgois éditeur, 1998
« Points », n° P 703

La Face cachée de la lune
Christian Bourgois éditeur, 2000
« Points », n° P 960

Martin Suter

UN AMI PARFAIT

ROMAN

*Traduit de l'allemand
par Olivier Mannoni*

Christian Bourgois éditeur

TEXTE INTÉGRAL

TITRE ORIGINAL
Ein perfekter Freund

© original : 2002 by Diogenes Verlag AG, Zurich

ISBN 2-02-058509-X
(ISBN 2-267-01634-6, 1ʳᵉ publication)

www.seuil.com

À ma mère

Chapitre premier

Sa main sentait le visage, mais son visage ne sentait pas la main.

Fabio Rossi la laissa retomber sur la couverture et tenta de revenir là où il se trouvait encore un instant plus tôt. En ce lieu dénué de sentiments, de bruits, de pensées et d'odeurs.

C'était surtout l'odeur qui le dissuadait d'ouvrir les yeux. Ça sentait l'hôpital. Il apprendrait bien assez tôt pourquoi il se trouvait ici.

La deuxième chose qui traversa la pénombre fut une voix. « Monsieur Rooossi ! » appelait-elle, comme depuis l'autre rive d'un fleuve. Si lointaine qu'il pouvait l'ignorer sans paraître discourtois.

Les bruits s'éloignèrent, mais l'odeur demeura. Elle se fit plus intense à chacun de ses souffles. Fabio voulut respirer par la bouche. Il lui sembla qu'il ne pouvait l'ouvrir qu'à moitié. Il la toucha de la main. Toujours le même sentiment : les doigts sentaient les lèvres, mais les lèvres ne sentaient pas les doigts. Pourtant, il avait la bouche ouverte. Il pouvait toucher ses dents. Elles aussi étaient insensibles, au moins celles du côté droit.

Au toucher, la partie gauche de son visage était normale. Son buste aussi. Il pouvait également bouger les pieds et sentait la couverture sur ses oreilles. Il descendit en tâtonnant de l'épaule vers la main. Sur l'avant-bras gauche, il buta sur un pansement adhésif, puis sur un tuyau de perfusion.

Fabio sentit la panique monter en lui. Mais il se refusait toujours à ouvrir les yeux. Il devait d'abord se rappeler pourquoi il se trouvait à l'hôpital.

Il se palpa la tête. Les cheveux, sur la moitié inconnue de son crâne, lui faisaient une drôle d'impression, comme une casquette. Un bandage ? Sur le côté gauche aussi, quelque chose n'était pas comme d'habitude. Un pansement lui collait à l'arrière-crâne, protégeant un point douloureux. Avait-il subi une opération à la tête ?

Lui avait-on extrait une tumeur ? Et avec elle, le souvenir du fait qu'il en avait eu une ?

Il ouvrit grands les yeux. La chambre était plongée dans le noir. Il put reconnaître un flacon de perfusion suspendu à côté du lit sur un pied à sérum. Contre le mur, une table ornée d'un bouquet de fleurs ; et au-dessus, un crucifix. Au-dessus de sa tête était suspendue une potence. Un câble s'enroulait autour et se terminait par une sonnette qu'il se mit à presser, pris de panique.

La porte s'ouvrit enfin, une éternité plus tard. Une silhouette se découpa dans la lumière diffusée par les néons du couloir, s'approcha, alluma une lampe de chevet.

— Oui, monsieur Rossi ?

Les oreillers et la tête de lit surélevée forçaient Fabio à adopter une position à demi assise. La femme mince qui se tenait près de son lit était presque à la hauteur de ses yeux. Elle portait une blouse de coton bleue informe sur un pantalon dans le même tissu. Et un badge que les yeux de Fabio ne pouvaient pas encore déchiffrer. Elle lui prit le pouls et demanda, sans quitter sa montre des yeux :

— Où êtes-vous ?

— Je m'apprêtais à vous poser la question.

— Aucune idée ?

Fabio secoua précautionneusement la tête. La femme lui lâcha le poignet, attrapa la pancarte accrochée au pied du lit et nota quelque chose.

— Vous êtes au service de neurochirurgie du Centre hospitalier universitaire.

— Pour quelle raison ?

— Vous avez une blessure à la tête.

Elle vérifia le flacon de perfusion.

— Quel genre ?

— Traumatisme crânien. Vous avez reçu un coup sur la tête.

— Comment cela ?

Elle sourit :

— Je m'apprêtais à vous poser la question.

Fabio ferma les yeux.

— Depuis quand suis-je ici ?

— Depuis cinq jours.

Fabio ouvrit les yeux.

— J'ai été dans le coma pendant cinq jours ?

— Non, vous êtes réveillé depuis trois jours.

— Je ne me rappelle pas.

— C'est à cause de votre blessure à la tête.

— C'est si sérieux que ça ?

— Ça va. Pas de fracture du crâne, pas d'hémorragie.

— Et le bandage ?

— En soins intensifs, ils vous ont posé une valve dans le cerveau.

— Pour quelle raison ?

— À l'IRM, on a relevé une contusion cérébrale ; le médecin a décidé de vous garder sous anesthésie et de surveiller votre tension intracrânienne. Si elle avait augmenté, cela aurait pu signifier deux choses : le cerveau enfle ou une hémorragie commence.

— Qu'est-ce qui se passe, dans ces cas-là ?

— Il n'a pas enflé.

— J'étais en coma artificiel ?

— En anesthésie prolongée. Deux jours.

Les yeux de Fabio se refermèrent.

— Où est ma compagne ?

— Chez elle, je suppose. Il est un peu plus de minuit.

— Elle est partie depuis longtemps ?

— Je ne sais pas. Je suis l'infirmière de nuit, répondit la voix.

Qui était de nouveau passée de l'autre côté de la rivière.

Norina lui lavait le ventre avec une serviette moelleuse. Il sentait sa main légère, la chaleur du tissu. Il était couché, les jambes légèrement écartées, et faisait mine de dormir. Il entendait l'eau gicler lorsqu'elle essorait la serviette, et supportait à peine d'attendre l'instant où elle le toucherait de nouveau.

Elle lui savonna le pubis et l'aine. Il sentit enfin les doigts de Norina sur son pénis. Elle le souleva – et une douleur fulgurante le parcourut. Fabio poussa un cri.

— Pardon.

C'était une voix d'homme.

Il ouvrit les yeux. Un homme se tenait à côté de son lit. Il était à peu près de son âge, ses cheveux teints en blond pâle étaient coupés à quelques millimètres de la peau. Il portait un pantalon de coton bleu et, au-dessus, une blouse bleue, informe, à manches courtes, avec un badge. Sans poser la serviette-éponge, il leva les deux mains au ciel, l'air navré :

— La sonde vésicale, *sorry*. Vous savez où vous êtes ?

Fabio regarda autour de lui. À côté du lit, un pied à sérum, au mur une table ornée d'un bouquet de fleurs, au-dessus un crucifix.

— Ça ressemble à un hôpital.

— Vous savez lequel ?

— Aucune idée.

L'homme prit la pancarte accrochée au pied de lit et y nota quelques mots.

— Vous êtes au service de neurochirurgie du Centre hospitalier universitaire.

— Pour quelle raison ?

— Vous avez une blessure à la tête.

Fabio se palpa la tête. La partie droite de son visage était insensible. Sur le crâne, il sentit un pansement ou un bandage.

— Ça s'est passé comment ?

— Vous ne vous rappelez pas ?

Fabio réfléchit un instant.

— Non. Dites-le-moi.

— Vous avez reçu un coup à l'arrière de la tête. C'est tout ce que nous savons.

— C'était quand ?

— Il y a six jours.

Fabio sursauta, effrayé.

— Je suis resté si longtemps dans le coma ?

L'infirmier ouvrit le tiroir de la table de chevet et en sortit un bloc-notes. On y reconnaissait l'écriture de Fabio. Là où l'homme pointait le doigt, on lisait : *J'ai une amnésie posttraumatique.*

— Quand ai-je écrit cela ?

— Hier.

L'infirmier prit le bloc, remonta les pages et lui montra un autre endroit. *J'ai une amnésie posttraumatique.*

— Celle-là est d'avant-hier.

Fabio lut d'autres notes. *En soins intensifs, j'ai été gardé sous anesthésie et sous respiration artificielle pendant deux jours. On m'a creusé un trou dans le crâne et l'on y a placé une valve. De là le bandage,* y lisait-on. Ou encore : *Le lobe cervical droit est contusionné.* Ou bien : *Avec une valve, on mesure la tension intracrânienne. Si le cerveau enfle ou si une hémorragie se déclenche, elle augmente.* Ou pour finir : *Mamma est venue ici cinq fois pendant que je dormais.*

— Où est ma mère, à présent ?

— Chez elle, je suppose.

— Ma mère habite à Urbino, à six cent cinquante kilomètres d'ici.

L'infirmier prit des notes.

— Qu'est-ce que vous écrivez ?

— Une notice pour le neurologue. Je note que vous vous rappelez où habite votre mère.

— Je me rappelle tout, sauf l'accident.

La manière dont l'infirmier hocha la tête déplut à Fabio. Il continua à feuilleter son bloc. *Norina est sans doute passée,* y lisait-on. Et, plus loin derrière : *C'est sûrement elle qui a apporté les fleurs.*

— J'étais réveillé quand mon amie est passée ?

— Parfois.

Fabio se tut.

— Écrivez les questions que vous voulez poser au docteur Berthod, proposa l'infirmier en reprenant la toilette intime de Fabio.

Dans la pénombre lui parvint le parfum du jasmin, de la rose, du muguet, de l'ylang-ylang, de l'ambre et de la vanille. La partie gauche de ses lèvres sentit quelque chose de tendre. Une bouche ? Fabio ouvrit les yeux. Devant lui, si près qu'il ne pouvait le voir nettement, le visage d'une femme.

— Norina ?

Le visage recula. Il put alors le distinguer. Des pommettes élevées, de grands yeux bleus, une petite bouche aux lèvres charnues, des cheveux blonds et courts. Vingt-cinq ans peut-être.

— Bonjour, Fabio, dit-elle en souriant.

Un sourire forcé, crut sentir Fabio.

— Bonjour, dit Fabio.

Il n'avait encore jamais vu cette femme.

2

Peu à peu, Fabio se souvenait. Au moins pour la veille. Quand il sortit du sommeil, il le savait : Je suis à l'hôpital parce que j'ai reçu un coup sur le crâne. J'ai été déposé par une patrouille de police avertie par des passants. Mes propos étaient confus, mon œil droit était enflé, je saignais de la tête. J'ai un traumatisme crânien de moyenne gravité, une déchirure du cuir chevelu sur la partie arrière gauche du crâne, une contusion du lobe cervical droit, un hématome monoculaire à l'œil droit, une fissure du sphénoïde droit, qui coince mon nerf optique et provoque cette impression d'insensibilité dans la moitié droite du visage. Vraisemblablement due à une chute, elle-même provoquée par le coup. Je souffre d'une amnésie antérograde et d'une amnésie rétrograde, la jeune femme qui m'embrasse, qui m'apporte des fleurs, n'est pas Norina. Elle s'appelle Marlène, et c'est ma compagne. Depuis cinq semaines.

C'était supportable. Petit déjeuner, lavage, physiothérapie, tomographie, électroencéphalographie. On testait ses fonctions cérébrales (« Quand je lève un doigt, levez-en deux ; quand j'en lève deux, levez-

17

en un ») ; on déposait des petits bâtonnets d'ouate sucrés et salés sur sa langue pour tester ses nerfs gustatifs ; on testait la sensibilité de son nerf trigeminus en le piquant avec une aiguille ; on vérifiait ses réflexes avec un martelet en caoutchouc ; il devait distinguer le chaud du froid, le pointu de l'émoussé ; il devait se rappeler des mots et les répéter dans l'ordre inverse ; on l'interrogeait sur sa vie, sa profession, son accident ; on lui demandait le nom des trois derniers présidents des États-Unis, la date du jour, le nom de son rédacteur en chef et la manière dont il avait passé ses dernières vacances d'été.

Fabio participait avec zèle à ces expériences. Il voulait savoir dans quel état il se trouvait. Il voulait savoir ce qui lui était arrivé. Il voulait savoir ce qu'il ne savait plus.

Lorsque les diagnostics, les séances de thérapie et les soins ne l'occupaient pas, il sommeillait, il lisait un peu (ce qui le fatiguait beaucoup) ou recevait de brèves visites.

Mais dès que l'infirmière de jour avait débarrassé le dîner, servi de bonne heure, et descendait les stores, masquant le ciel encore clair de l'été, la panique commençait.

Il avait déjà éprouvé ce sentiment-là autrefois. Trois ans plus tôt, à Urbino, il avait bu tellement de grappa à l'anniversaire de sa mère qu'il ne se rappelait plus rien. Il ne savait pas pourquoi cela lui était arrivé. Sa mère n'avait que quarante-six ans lorsque son père était mort – lui en avait près de soixante-dix. Elle s'était remariée trois ans plus tard avec un ami de jeunesse, ce à quoi il n'avait rien à objecter. Cela signifiait certes qu'elle avait déjà eu une liaison avec Aldo du vivant de son père, mais il ne pouvait pas lui en tenir rigueur. C'était une belle femme, elle n'était pas faite pour passer ses soirées avec un vieil homme souffreteux capable de débiter comme une prière la liste des joueurs du onze italien au cours des quarante dernières années. Et qui le faisait régulièrement.

Cela n'avait pas empêché Fabio de se soûler méthodiquement, systématiquement et ostensiblement pendant ces noces, comme un amant humilié. Il s'était réveillé tout nu sur un matelas, dans la chambre d'amis de sa grand-mère, à côté d'un ballot composé de ses draps, de ses vêtements et du contenu de son estomac. La grand-mère habitait à Saludecio, à mi-chemin entre Urbino et Rimini. Il n'avait aucune idée de la manière dont il était arrivé là.

Il avait occupé les vingt-quatre heures suivantes à dissiper sa gueule de bois. Et à écouter d'autres invités lui raconter ses fredaines. La panique ne monta en lui qu'à l'instant où il constata que vingt-quatre heures de sa vie, environ, avaient été effacées. Il avait beau faire des efforts, il ne parvenait pas à s'en souvenir. Il pouvait les reconstituer, ces vingt-quatre heures, il pouvait les apprendre, il pouvait mener une enquête à leur propos, comme il l'aurait fait sur une aventure vécue par un autre. Mais sa propre version, son expérience personnelle, avait irrémédiablement disparu. Comme jadis la dent de lait déposée la veille sur le rebord de la fenêtre.

Cette expérience avait tellement effrayé Fabio qu'il n'avait plus touché la moindre goutte d'alcool pendant deux années et qu'il ne s'était plus jamais soûlé depuis.

Cette fois, c'étaient cinquante jours qui avaient disparu.

Son dernier souvenir – frais et vivace comme s'il remontait à la veille – était l'interview d'un conducteur de locomotive. Depuis quelque temps, Fabio rassemblait des données pour un reportage sur les cheminots qui avaient vu un suicidaire se jeter sous leur machine. Il voulait savoir comment ils se sentaient, comment ils digéraient ce qu'ils avaient vécu, de quel suivi psychologique ils bénéficiaient. Un sujet qui ronflait en conférence de rédaction, mais qui ne donnait pas forcément grand-chose sur le papier. Ils racontaient tous la même chose, ils étaient tous aussi consternés, aussi secoués, ils sortaient tous les mêmes phrases, comme le psychologue des chemins de fer qui s'occupait d'eux. Jusqu'au jour où Fabio rencontra Erwin Stoll, un conducteur de vingt-cinq ans avec deux années d'ancienneté.

Stoll était en rage. Il en voulait personnellement au suicidaire – un père de famille d'un peu moins de quarante ans, abandonné par son épouse – de s'être jeté sous sa locomotive. « Mais qu'est-ce que je lui ai fait, à ce connard, pour qu'il se jette sous ma loco ? Il n'avait qu'à se pendre, ou se jeter d'un pont, ou bouffer des cachets ! Vous savez ce que ça pèse, un train express régional ? Plus de six cent vingt tonnes ! Et sur ce tronçon, juste avant la courbe de Feldau, je roule à cent vingt-cinq. On n'a pas trois cents mètres de visibilité, et il en faut six cents pour freiner ! Et ce connard qui sort des fourrés à deux cents mètres de moi et se plante sur le rail ! Je n'avais pas la moindre chance ! Connard ! Pas étonnant que sa femme l'ait quitté ! »

Cette approche du problème avait plu à Rossi. La

fureur du cheminot contre le suicidaire. Il se rappelait qu'il s'était proposé de revenir interroger ceux qu'il avait déjà interviewés et de les questionner sur ce point.

Son souvenir suivant, c'était ce méli-mélo de somnolence et d'éveil dont il commençait lentement à se libérer.

Tout ce qui se trouvait entre les deux avait disparu, avalé par un trou noir situé dans sa tête. Et lorsqu'il tentait vainement, la nuit, de l'en faire sortir, il avait l'impression de se trouver dans un tuyau étroit, les bras le long du corps, incapable d'avancer ni de reculer. La seule manière de mettre un terme à cet état de claustrophobie, c'était de sonner l'infirmière de nuit. Après quelques allées-venues, elle lui donnait un cachet qui le plongeait dans un sommeil profond et sans rêves.

— Tu as parlé à Norina, Mamma ?

Francesca Baldi se passa la main droite sous la nuque et ramena à sa place la longue chevelure rousse qui lui tombait sur l'épaule gauche. Fabio lui connaissait ce geste depuis qu'il était petit garçon. Mais à ce jour encore, il ignorait ce qu'il signifiait : l'embarras, l'ennui, l'absence ou simplement le besoin d'être touché, fût-ce par soi-même.

— Norina ne veut plus te parler.

— Tu as essayé ?

— Oui.

— Que dit-elle ?

— Que je laisse un message, elle rappellera.

— C'est son répondeur qui t'a parlé ?

— À plusieurs reprises.

— Et elle n'appelle pas ?

— Non.

— Parce que tu ne laisses pas de message ?

— Je ne parle pas avec des machines.

— C'est une urgence, Mamma.

— Elle ne veut pas me parler.

— Comment peux-tu le savoir si tu ne lui poses pas la question ?

— Moi non plus, à sa place, je ne voudrais pas me parler.

— Parce que tu es ma mère ?

— Parce qu'elle a rompu avec toi.

Une infirmière passa la tête à l'intérieur, fit un hochement de tête à l'intention de la mère de Fabio et ressortit.

— Il est temps. Ils me mettent dehors.

— Mais elle peut au moins me parler. Il faut bien que je sache comment c'est arrivé.

— Tu le sauras.

Elle lui donna un baiser et se leva.

— Promets-moi que tu essaieras encore.

— Promis, dit sa mère.

Sa main droite disparut de nouveau derrière la tête, réapparut de l'autre côté et pêcha quelques mèches rouges. Peut-être, songea Fabio, a-t-elle toujours utilisé ce geste pour me faire avaler un mensonge.

Le docteur Berthod était un grand homme dégingandé, la quarantaine, avec un crâne aussi chauve qu'une préparation de l'Institut neurologique. Des yeux sans cils rayonnaient d'ironie sous des arcades glabres, et lorsqu'il souriait, on découvrait avec surprise une rangée de dents impeccables.

Il picotait le visage de Fabio avec une aiguille sans

pointe et prenait des notes lorsque celui-ci réagissait. La moitié droite du visage, depuis l'os malaire jusqu'à la mâchoire supérieure, était toujours insensible.

— Les sensations reviennent ? demanda Fabio, qui sentait à présent la main sèche et osseuse de Berthod sur la partie gauche de son visage, et grimaçait en attendant l'aiguille.

— Dans la plupart des cas. Mais c'est long.

— Et si ça ne revient pas ?

— On s'y habitue.

— Même au trou de mémoire ? Plus rien ne m'est revenu depuis le conducteur de locos.

— Pour cela aussi, il faut du temps. Il faut retrouver l'accès.

— Et parfois, on ne le retrouve plus jamais, compléta Fabio.

— Qui a dit ça ?

— Vous. Hier.

— Pas avant-hier ?

Fabio haussa les épaules.

— Peut-être aussi avant-hier.

— Non. Réfléchissez. Hier ou avant-hier ?

Fabio prit un instant de réflexion.

— Hier.

— Pourquoi en êtes-vous si sûr ?

— Avant-hier, vous n'étiez pas de service.

Berthod fit briller ses deux rangées de dents.

— Je crois que je pourrai bientôt vous renvoyer à la maison.

Il jeta l'aiguille dans un bassinet chromé.

— Mais qu'est-ce que je ferai si les cinquante derniers jours de ma vie restent perdus à tout jamais ?

— Faites comme pour les quatre premières années de votre vie. Elles non plus, vous ne pouvez pas vous les rappeler.

— Mais elles n'étaient pas aussi fatidiques.

— Ça se discute.

La fenêtre était grande ouverte, le store couleur ocre baissé aux deux tiers, l'ouverture étroite laissait filtrer l'air d'une fin d'après-midi torride. Fabio Rossi regardait fixement la poignée de la porte. Dès qu'elle s'abaisserait, il ferait semblant de dormir.

Il avait pressé sa mère de repartir pour Urbino. Elle avait cédé à sa demande, rapidement et avec reconnaissance. Si quelqu'un venait à présent, au début de l'horaire des visites, ce serait donc très vraisemblablement Marlène. Elle venait régulièrement.

Au début, il avait entretenu une conversation avec elle, comme avec une relation de télésiège. Il savait qu'elle avait un frère cadet et une sœur aînée, qu'elle aimait le dancehall reggae et qu'elle occupait un poste d'assistante au service de presse du groupe Lemieux, une multinationale de l'alimentation.

C'est sans doute à ce titre qu'il avait fait sa connaissance. Il n'avait pas eu le cœur de lui poser la question. Qu'il ne se souvienne pas d'elle la faisait apparemment souffrir.

Il s'était mis à faire semblant de dormir pendant ses visites. Alors elle s'asseyait à côté de son lit, elle caressait sa joue insensible et elle sentait bon.

La poignée de porte s'abaissa lentement. Fabio ferma les yeux. Il sentit l'air immobile se mettre légèrement en mouvement dans la pièce. Il vit, entre ses cils, que l'on refermait la porte. Son visiteur avait compris qu'il dormait, et ne voulait pas le déranger. Norina, peut-être ?

— Oui ? s'exclama Fabio.

La porte se rouvrit. La fine tête presque rasée de Lucas Jäger, collègue et ami, apparut dans l'entre-bâillement.

— J'ai cru que tu dormais.

— Pas eu de chance, répondit Fabio. Pas eu de chance.

Si l'on en jugeait à sa mine, Lucas aurait préféré être ailleurs. Il referma la porte derrière lui et déposa sur le couvre-lit l'édition du lendemain de *Dimanche Matin*, le journal dominical auquel ils travaillaient tous les deux.

— Comment ça va ?

— Je l'ai oublié, répondit Fabio.

Son sourire lui paraissait oblique, bien qu'il se fût déjà persuadé à plusieurs reprises, devant le miroir, qu'il ne l'était pas.

Lucas sourit lui aussi. Avec un peu d'embarras, crut discerner Fabio.

— Quand est-ce que tu sors ?

— Lundi ou mardi. Tu vois Norina ?

Lucas fit un geste vague, qui voulait sans doute dire oui.

— Comment va-t-elle ?

— Bien.

— Elle n'est encore jamais venue.

— Cela te surprend ?

Fabio réagit brusquement.

— Tout ce qui a un rapport avec les cinquante derniers jours me surprend.

— Évidemment. Désolé.

Ils se turent tous les deux.

— Qu'est-ce qui s'est passé, exactement ? demanda Fabio au bout d'un moment.

— Tu as couché avec Marlène et tu t'es fait prendre par Norina.

— En flagrant délit ?

— Pas directement. Tu as dit que tu étais en reportage, alors qu'en fait, tu étais avec Marlène.

— Et comment l'a-t-elle su ?

Lucas haussa les épaules.

— Et c'est pour ça qu'elle m'a fichu dehors ?

— Autant que je sache, vous vous êtes réconciliés.

— Et après ?

— Après tu t'es fait prendre une deuxième fois.

Fabio secoua la tête.

— Je ne comprends pas.

— Qu'est-ce que tu veux, quand on voit Marlène...

— D'accord. Mais je ne ressens rien.

Lucas sourit, incrédule.

— Rien ? Ça doit être le coup sur la tête.

— Tu sais très bien ce que je veux dire. Elle m'est étrangère.

— La dernière fois, il t'a plu d'y remédier.

Fabio secoua la tête :

— Tu es à côté de la plaque. Je tiens à Norina. Quel que soit ce qui a pu me permettre de mettre nos relations en jeu, c'est fini.

Ils prirent tous deux un temps de réflexion.

— Norina est avec quelqu'un ? finit par demander Fabio.

Lucas se tut.

— Je le connais ?

Lucas parut soulagé lorsque la porte s'ouvrit, lais-

sant entrer Marlène dans la chambre, à pas feutrés.
Elle lui lança un regard interrogateur. Fabio avait
fermé les yeux. Lucas posa le doigt sur ses lèvres.

— Il dort depuis longtemps ? chuchota-t-elle.
— Depuis que je suis ici.

3

Norina ne se montra pas de toute la période où Fabio resta à l'hôpital.

Le jour où il fut libéré, le docteur Berthod lui prescrivit du repos, de la gymnastique cérébrale, de la physiothérapie et un antiépileptique. Ce dernier, il le souligna, à titre prophylactique. En temps normal, il lui aurait aussi recommandé de choisir un environnement familial et aussi proche que possible. Mais comme il connaissait la situation de Fabio, il évita le sujet. Il mentionna en revanche des cas où le retour à la situation « précédant le facteur d'influence causal » avait aidé la personne concernée à retrouver la mémoire.

Fabio avait emballé ses quelques affaires dans un sac de voyage noir que l'on pouvait aussi porter sur le dos : son bagage préféré lorsqu'il était en reportage. Il portait une chemise à manches courtes, un pantalon de coton léger et une casquette de base-ball pour dissimuler l'endroit qu'on lui avait rasé sur le crâne. Il n'avait pas pu se résoudre à porter cette coiffure de parachutiste à la mode que lui avait conseillée l'infirmier aux cheveux blond pâle. Fabio aimait bien ses cheveux. Ils étaient épais et rouge cuivre, comme ceux de sa mère et de la plupart des membres de sa famille.

Il avait donné rendez-vous à Marlène dans la cafétéria de la clinique, à huit heures. Mais dès sept heures et demie, il était assis à l'une des tables en plastique, devant un espresso. Ou plus exactement de ce que l'on vous servait lorsqu'on demandait un espresso au comptoir : le même bouillon clair et amer qu'ils vendaient ici en guise de café, servi dans une plus petite tasse.

Un homme, à la table voisine, portait le bras gauche fixé à la poitrine, et le droit éclissé comme s'il devait constamment se protéger les yeux du soleil. Sa femme lui faisait absorber du jus de fruits en débitant un flot de paroles ininterrompu.

La cafétéria était un lieu fréquenté. Des hommes décrépits en survêtement de sport, des femmes livides en robe de chambre ouatée, des patients en fauteuil roulant, marchant avec des béquilles ou traînant dans leur sillage leur pied à sérum mobile. Des visiteurs et des parents, certains accablés, d'autres affichant une confiance appuyée. Un tapis de bruit, fait de tintement de couverts et de voix assourdies. Une odeur d'hôpital et de café au lait.

Fabio n'y tint plus. Il attrapa son sac sur la chaise qui lui faisait face et sortit.

Dehors, une nouvelle journée d'été torride s'annonçait. Dans le parc de la clinique, un homme en débardeur résille pilotait une tondeuse autoportée sur la pelouse. Une silhouette blanche apparut à une fenêtre et descendit un store.

Fabio eut l'impression d'avoir été déplacé en un

lieu inconnu. Le chemin du retour était barré par un fossé : cinquante jours et cinquante nuits de néant.

Une jeune femme s'approchait sur le chemin. Lorsqu'elle le vit, elle lui fit signe et commença à courir. Fabio répondit à son geste. Il se leva, prit son sac et marcha à sa rencontre.

Lorsqu'il l'eut rejointe, il s'arrêta devant elle. Elle portait une robe courte à bretelles, en toile noire, et lui souriait, incertaine.

Fabio déposa son sac et la serra dans ses bras. Pour la première fois, il était content de voir... comment s'appelait-elle, déjà ?

Marlène dirigeait sa Golf 89 cabriolet bringuebalante dans la circulation matinale. Elle traversa le centre et entra dans un quartier des faubourgs, que Fabio ne connaissait pas. Des rues étroites, bordées de pavillons mitoyens des années quarante et de blocs d'immeubles des années soixante-dix, zone limitée à trente kilomètres à l'heure. Elle tourna dans une entrée d'immeuble, s'arrêta devant une console et glissa une clef dans une serrure. Une porte grise s'ouvrit, ils descendirent dans un garage souterrain.

La plupart des places – une vingtaine – étaient vides à cette heure-là, et offraient un spectacle de pneus neige, de porte-bagages, de tapis enroulés, de carcasses, de liasses de vieux journaux et toutes sortes d'autres vieilleries.

Marlène gara la voiture. Deux vélos étaient accrochés au mur, devant le pare-chocs.

— Mon vélo, dit Fabio, étonné.

— Il est temps qu'on le fasse bouger, répondit Marlène.

L'appartement se trouvait au deuxième étage. La plus grande pièce était une cuisine à l'américaine. Un comptoir à petit déjeuner séparait le séjour de la partie étroite consacrée à la cuisine. Celle-ci était composée d'un évier, d'une cuisinière à trois plaques, d'un réfrigérateur et de quelques petits placards. Le séjour était meublé d'un canapé en cuir et d'un fauteuil. Une porte de verre donnait sur un petit balcon, pourvu d'une table de jardin, de deux chaises et de quelques plantes en pot. De là, on apercevait une pelouse avec un terrain de jeu, et le jardin du double pavillon attenant.

La fenêtre donnant sur le balcon était barrée par un bureau en tubes d'acier surmontés d'une plaque de bois noire. On y avait installé une imprimante et un ordinateur portable noir. Devant, un fauteuil en cuir sur roulettes, noir lui aussi. Les quatre objets appartenaient à Fabio.

La chambre à coucher donnait sur l'étroit jardinet et sur la rue. Elle était meublée d'un lit double et d'une armoire lamellée blanche qui montait presque jusqu'au plafond. Marlène ouvrit l'une des cinq portes de l'armoire. Fabio reconnut quelques-uns de ses vestes et de ses pantalons.

— *Welcome back*, dit-elle.

Elle lui posa les mains sur les épaules et l'embrassa.

Fabio répondit à son baiser, autant que faire se pouvait, avec des lèvres aussi engourdies qu'après une séance chez le dentiste, quand l'anesthésique agit encore. La bouche de Marlène était tendre, sa langue souple. Mais il avait beau faire, ce baiser ne ranima aucun souvenir.

Il ouvrit les yeux et constata que Marlène, elle aussi, les avait rouverts.

— Il te faut peut-être plus de temps, chuchota-t-elle.

La fournaise gardait Fabio éveillé. Couché sur le dos, il regardait fixement le plafond bas. À côté de lui, Marlène, en pyjama décent, dormait comme un enfant. La fenêtre était ouverte, la nuit avait à peine rafraîchi l'air. Un réverbère projetait contre le mur un rectangle de lumière blafarde. De rares voitures passaient lentement dans la rue.

L'un des plus anciens souvenirs d'enfance de Fabio était une chambre inconnue : les vacances d'été à Urbino, près de trente ans plus tôt. Ils logeaient dans la maison de sa grand-mère. Fabio s'était réveillé au milieu de la nuit, et tout lui était étranger. Le lit, la lumière, l'odeur, les bruits. Il se mit à pleurer, mais personne ne vint. Il escalada les barreaux de son lit et trouva la porte. La maison était sombre et silencieuse. Il erra en geignant dans ces lieux qu'il ne connaissait pas, trouva la porte de la maison et sortit. Dans le jardin, il entendit des voix. Ses parents, sa grand-mère et quelques personnes qu'il n'avait jamais vues étaient assises à table, buvaient et bavardaient. Il courut vers sa mère en sanglotant et la martela de coups de poing. Ils se mirent tous à rire.

Fabio se leva sans bruit et passa aux toilettes. La veille au soir, il avait évité de les utiliser. Cela lui aurait été désagréable : elles se trouvaient dans la salle de bains. Il tira deux fois la chasse et ouvrit la fenêtre en grand.

Dans le miroir, au-dessus du lavabo, il observa

son visage. L'hématome de l'œil droit n'était plus qu'une tache jaune. Sa déchirure du cuir chevelu avait été recousue en quelques points de fil noir, déjà recouverts par les pointes des cheveux qui repoussaient. On ne voyait plus le petit trou où l'on avait fait passer la valve. Il avait toujours l'impression que la moitié droite de son visage ne lui appartenait pas. L'homme en short de boxeur et en T-shirt blanc lui paraissait lui aussi étranger. Il ne cadrait pas avec ce décor de tubes, de petits pots et de flacons ; rien de tout cela ne lui était familier.

Sur un tabouret à trois pieds, à côté du lavabo, reposaient les affaires de Fabio : brosse à dents électrique, ciseaux à ongles, peigne, brosse, rasoir électrique, gel après-rasage et eau de toilette. Eux aussi semblaient ne pas être à leur place.

Fabio alla à la cuisine, prit un verre dans le placard, le remplit d'eau du robinet et l'emporta sur le balcon. Il s'installa devant la rambarde et regarda fixement dans la nuit estivale.

Deux bouleaux se dressaient à la limite du terrain voisin. Leurs troncs brillaient, fluorescents, à la lumière de la lune.

Depuis un balcon, au-dessus de lui, lui parvenaient des voix assourdies, interrompues de temps en temps par un bref éclat de rire.

Un chat traversa la pelouse. Fabio prit une gorgée d'eau. Le chat perçut le mouvement, s'arrêta, leva les yeux vers lui et reprit son chemin. Arrivé au terrain de jeu, il renifla le tas de sable, creusa un trou, s'accroupit au-dessus, gratta dans le sable et reprit sa route.

Fabio se serait volontiers allumé une cigarette. Pourtant, il n'avait jamais été fumeur.

Le matin, il entendit Marlène se lever, et fit mine de dormir. Elle lui avait dit qu'elle devrait travailler le lendemain. Il comptait attendre jusqu'à ce qu'elle ait quitté l'immeuble.

La douche coula, puis s'arrêta. Un peu plus tard, la porte donnant sur la chambre à coucher s'ouvrit doucement. La pièce s'emplit immédiatement de l'odeur d'un parfum trop grande dame pour elle. Le *Numéro 5* de Chanel, il le savait désormais, puisqu'ils partageaient la même salle de bains. Il l'entendit fouiller dans l'armoire et entrouvrit les yeux. Dans le haut miroir mural, il la vit debout devant l'armoire. Le soleil avait dessiné en filigrane les lignes d'un slip sur ses petites fesses. On devinait encore l'empreinte de l'élastique du pyjama sur ses hanches minces. Chacune de ses mains tenait un cintre où pendait un corsage.

À l'instant même où Fabio ouvrit les yeux, Marlène se retourna et se dirigea vers le miroir. Il les referma aussitôt.

Lorsqu'il les rouvrit prudemment, Marlène s'était décidée en faveur de l'un de ses corsages. Elle était juste assez longue pour qu'il puisse savoir si elle avait ou non, entre-temps, choisi une culotte.

Un morceau de papier l'attendait sur le comptoir du petit déjeuner. *10 h 30, 23 rue de la Cour-de-pierre, 1ᵉʳ étage, docteur Loiseau,* y lisait-on, d'une écriture ronde de jeune fille. La notice était signée de trois croix et du prénom *Marlène*, d'un numéro de téléphone et d'un post-scriptum : *Toute la journée !* À côté, elle avait déposé le portable de Fabio.

Fabio composa le numéro de Norina. Son répondeur l'informa qu'il pouvait laisser un message, envoyer un fax ou appeler son portable. Il dit : « Norina, on m'a laissé sortir de l'hôpital. Je dois me retrouver dans ma propre vie, et pour cela j'ai besoin de te parler. »

Il laissa le même message sur la boîte vocale de son portable.

Norina travaillait comme assistante de production indépendante pour différentes sociétés de cinéma. Fabio fit le tour des plus connues. Pour l'heure, elle n'était employée par aucune d'entre elles.

Il passa sous la douche et se lava les dents. Puis il se rasa minutieusement. Il lui arrivait de se raser deux fois par jour. Une petite lubie – sa barbe repoussait en noir, et Fabio s'imaginait que ses cheveux roux paraissaient artificiels. Il ne voulait pas que les gens croient qu'il se teignait les cheveux.

Il passa un pantalon de coton et une chemise blanche à manches courtes. La journée s'annonçait brûlante, une fois de plus. Il songea un moment à appeler Lucas Jäger. Lui savait peut-être où il pourrait joindre Norina. Mais il se rappela ensuite que l'on était lundi. Son appel tomberait en pleine conférence de rédaction.

Marlène avait laissé en marche la machine à espresso. Il étudia les boutons et les interrupteurs, et décida de s'arrêter sur le chemin pour prendre un café.

Il ne savait pas non plus comment rejoindre la rue de la Cour-de-pierre, et appela un taxi.

Devant l'immeuble, un homme en short et en maillot de football poussait sous le porche une pou-

belle à roulettes vide. Lorsqu'il vit Fabio, il
s'exclama :

— Causio, Rossi, Bettega !
— Tardelli ! répondit Fabio.
— Benetti, Zaccarelli ! reprit l'autre.
— Gentile, Cuccureddu, Scirea, Cabrini ! répon-
dit Fabio.

Et tous deux en même temps :

— Zoff !

L'homme se dirigea vers Fabio et le salua en italien :

— Et ils racontent que tu as des problèmes de
mémoire ! fit-il en riant.

Fabio rit avec lui et monta dans son taxi. Lorsque
celui-ci démarra, l'inconnu lui fit un signe. Fabio lui
répondit de la main.

Fabio avait dix ans l'année de la coupe du monde
de football, en 1978. Pour tous les matchs importants, son père l'emmenait au *Soleil*, le repaire des
Italiens du quartier. Pendant la coupe du monde, un
téléviseur restait allumé en permanence dans la salle
du bar. Le 21 juin 1978, les Italiens jouaient pour la
première place de leur groupe. Ils étaient les favoris,
et de très loin. Un nul contre la Hollande leur aurait
suffi à monter en finale. À la dix-neuvième minute,
l'affaire paraissait réglée : Brandts marqua contre son
camp et blessa si sérieusement le gardien, Schrijvers,
que celui-ci dut sortir et laisser la place à Jongbloed.
Mais les Hollandais ne baissèrent pas les bras. À la
quarante-neuvième minute, Brandts égalisait ; à la
soixante-quatorzième, Hahn faisait entrer le but du
deux à un. À partir de cet instant, les Italiens furent
menés. Le silence régnait dans la salle du *Soleil*.

L'équipe italienne responsable de ce désastre prit une place d'honneur dans le vocabulaire injurieux du père de Fabio. « Causio-Rossi-Bettega-Tardelli-Benetti-Zaccarelli-Gentile-Cuccureddu-Scirea-Cabrini-Zoff ! » Personne ne pouvait cracher cette liste aussi vite et avec autant de mépris que Dario Rossi. Mis à part, peut-être, son fils Fabio. Pendant des années, elle demeura sa tirade préférée lorsqu'il s'agissait d'exprimer sa haine.

Mais Fabio avait aussi un hymne : « Conti-Rossi-Graziani-Altobelli-Causio-Oriali-Tardelli-Cabrini-Collovati-Scirea-Gentile-Bergomi-Zoff ! » Son ode aux hommes qui, le 11 juin 1982, avaient gagné contre l'Allemagne et transformé la vie de Fabio Rossi.

En ce temps-là, le temps où les Italiens étaient considérés, dans le pays, comme des citoyens de deuxième classe, était déjà révolues. On les acceptait, et on les traitait à peu près sur un pied d'égalité. Mais avec la victoire sur l'Allemagne, l'ennemi héréditaire, pour ce qui concernait le football, de leur pays d'accueil, les travailleurs immigrés italiens avaient conquis le cœur de leurs hôtes. Désormais, il était chic d'être Italien.

Fabio était alors un adolescent de quatorze ans, assimilé et bourré de complexes. L'engouement soudain pour l'Italie l'aida grandement à retrouver sa confiance. Il découvrit son *italianità* et la célébra avec ses compatriotes, par les tièdes soirées d'été, sur des places publiques devenues du jour au lendemain des points de rencontre pour Italiens. Il s'habillait italien, parlait italien, se comportait comme un Italien. Comme il se devait pour l'homonyme du roi des tireurs de la coupe du monde, Paolo Rossi (six buts).

Seuls les récits de son père lui apprirent combien il pouvait être difficile, pour un Italien, de vivre à l'étranger. Lui-même se sentait si bien dans ce rôle qu'il avait conservé jusqu'à ce jour son passeport italien.

La rue de la Cour-de-pierre se situait près du centre, dans un quartier résidentiel dont la plupart des logements avaient été transformés en bureaux, en cabinets d'avocats ou de médecins. Devant le numéro 23, Fabio descendit du taxi et se dirigea vers la porte d'entrée, en traversant un jardinet étroit. Il sonna sur le bouton marqué « Cabinet de psychothérapie et de neuropsychologie, docteur Paul Loiseau ». À l'instant même, la clenche électrique se mit à bourdonner. Il emprunta un escalier de bois usé et ciré, monta au premier étage et entra. « Sans sonner », comme l'ordonnait l'écriteau à la porte.

Une assistante médicale apathique remplit son dossier et le conduisit dans une salle d'attente.

La pièce paraissait avoir été meublée aux puces. Un invraisemblable mélange de sièges dans tous les styles, un coin-jeu plein de jouets élimés et de livres de coloriage griffonnés, deux tables basses de hauteur différente, toutes deux recouvertes de revues qui paraissaient provenir de la même source que le mobilier. Aux murs, avec ou sans cadre, on avait accroché les chefs-d'œuvre de thérapie par la peinture réalisés au cours des vingt dernières années.

On n'avait pas aéré la pièce depuis longtemps. Fabio ouvrit la fenêtre et s'assit. Entre les revues illustrées, les magazines animaliers, les recueils de photos et les journaux scientifiques, quelqu'un avait oublié un *Dimanche Matin*. Le journal avait trois semaines, Fabio ne l'avait pas lu. Il le feuilleta et tomba sur un article intitulé « La rage du cheminot contre le suicidaire ». Signé Fabio Rossi.

La photo centrale montrait un Erwin Stoll courroucé, et la légende précisait : « E. Stoll, conducteur de locomotives : "Il n'avait qu'à se pendre !" »

Fabio lut son article en diagonale. Il se rappelait avec précision son entretien avec Stoll. Les visages des autres cheminots photographiés lui parurent tout aussi familiers. Mais quelques-unes de leurs déclarations étaient neuves. Manifestement, il était revenu leur poser des questions. Notamment pour savoir s'ils n'avaient pas l'impression que les suicidaires les considéraient comme de simples instruments. Il était même allé jusqu'à confronter la veuve d'un suicidé avec la colère du cheminot, comme le prouvait un bref entretien avec une certaine Jacqueline Barth, une femme blême d'environ quarante-cinq ans, qui ne portait pas de maquillage. Cet entretien culminait dans cette phrase mémorable : « Dites-lui que moi aussi, j'aurais préféré qu'il n'ait pas fait ça. »

L'assistante médicale entra.

— Monsieur Rossi.

Fabio mit son *Dimanche Matin* de côté et la suivit dans le cabinet.

Le docteur Loiseau était l'un des plus gros hommes qu'il ait jamais rencontrés. Il réussit à s'extraire d'un siège extra-large, derrière le bureau, et marcha vers lui. À chaque pas, il devait prendre son élan avec une jambe pour pouvoir la faire passer devant l'autre, tant ses cuisses étaient épaisses. Ce faisant, il balançait deux bras courtauds qui pointaient sur son corps rond. Il tendit à Fabio une main molle et boudinée ; pour y parvenir, il dut tourner un peu sur son axe, afin que son corps ne lui barre pas le chemin.

Il avait au front des perles de sueur, et sa chemise collait, bien qu'une climatisation ait fait régner dans la pièce une température hivernale. L'air sentait l'eau de Cologne dont s'aspergeait le docteur Loiseau pour masquer ses exhalaisons.

— Ça, c'est mon problème. Et le vôtre, c'est quoi ? furent ses premières paroles.

Sans doute sa salutation standard aux nouveaux clients, songea Fabio.

Il lui offrit une chaise, se fraya un passage derrière son bureau et feuilleta, en respirant lourdement, le dossier de Fabio.

— Nous avons trois problèmes, commença-t-il, l'amnésie avant, l'amnésie après et la mauvaise mémoire de travail maintenant.

— Que voulez-vous dire par mauvaise mémoire de travail ?

— Vous avez du mal à retenir les noms, les rendez-vous et les événements. Vous oubliez.

— Pas ce qui concerne le temps présent.

— Dommage, contre cela, nous aurions pu faire quelque chose. Venons-en au deuxième problème : l'amnésie après. Vous n'avez pas de souvenirs de l'accident lui-même et de la période qui l'a immédiatement suivi. Une bonne nouvelle à ce propos : ça ne changera pas.

Pourquoi les gros se croient-ils toujours obligés d'être drôles ? se demanda Fabio.

— Et maintenant, ce que vous considérez comme votre problème principal : l'amnésie rétrograde.

Le docteur Loiseau leva le bras gauche devant le visage, attrapa avec la main droite une pointe de la manche courte de son polo et s'en servit pour s'essuyer le front.

— Il est possible que la période dont vous ne vous souvenez pas se réduise au fil du temps. Il est possible que dans votre mer d'oubli émergent tout d'un coup de petites îles du souvenir. Il est aussi possible que tout vous revienne d'un seul coup. Et l'on peut aussi envisager que la mémoire ne vous revienne plus jamais. Le problème, c'est que je ne peux rien y faire.

— Je croyais qu'il existait des méthodes pour réveiller les souvenirs perdus ?

— Uniquement s'ils ont disparu à la suite d'un traumatisme psychique. Mais pas d'un traumatisme crânien. Vous vous rappelez l'adresse ?

— Quelle adresse ?

— Celle d'ici.

Fabio réfléchit. Elle ne lui revint pas.

— Je ne l'avais pas retenue. On me l'avait inscrite sur un bout de papier.

— Gymnastique cérébrale. Utilisez votre cerveau et entraînez votre mémoire. Apprenez des poèmes. Notez des choses inutiles. Lisez, faites des mots croisés, jouez sur votre ordinateur, remettez-vous au travail dès que possible. Plus vos cellules grises seront en forme, plus il est vraisemblable que le souvenir revienne. Vous fumez ?

Fabio secoua la tête.

— Bien. Alcool ?

— Pratiquement pas.

— Renoncez-y complètement. Ne serait-ce qu'à cause de l'antiépileptique. Dormez beaucoup. Faites du sport. Tout cela, c'est bon pour la mémoire.

Pendant le reste de l'heure, Fabio dut associer des chiffres et des images en les transformant en images mentales.

— Des images, souffla Loiseau. L'entrée visuelle est de loin le meilleur stimulant pour le cerveau. Une image en dit plus que mille mots, vous êtes journaliste, vous le savez bien.

— C'est ce que disent toujours nos photographes.

— Et qu'est-ce que vous leur répondez ?

— Essaie donc de photographier cette phrase-là.

Loiseau éclata d'un rire de fausset. Fabio tressaillit. Il n'était pas préparé à entendre cette montagne de chair émettre quelque chose d'aussi aigu et fin que cette voix.

— Il faut que je me fasse un pense-bête, laissa-t-il échapper quand il put recommencer à parler – et il griffonna quelques mots.

Au bout de quarante minutes exactement, Loiseau s'arracha à son siège et raccompagna Fabio.

— Au revoir, docteur, dit-il à la porte.

— Loiseau, compléta celui-ci. Faites-vous l'image mentale d'un hippopotame.

— Et l'oiseau ?

— Sur la tête de l'hippopotame.

4

Le *Biotope* était l'un des repaires de Fabio, notamment en été. Sa terrasse de vingt tables s'étalait à l'ombre de deux platanes citadins, les clients avaient dépassé la vingtaine, mais pas atteint la quarantaine, et le chef venait de Brescia.

Le restaurant était à moins de dix minutes de marche du cabinet du docteur Loiseau. Fabio avait tout son temps. Il en prit quinze.

Il était le premier client. La plupart des tables en terrasse étaient réservées. Mais la jeune serveuse au long tablier noir lui attribua une petite table près de l'entrée. Elle semblait le connaître, malgré sa casquette et ses lunettes de soleil. Fabio fit comme s'il la connaissait aussi.

— Tu es seul, Fabio ? demanda-t-elle, et le voyant hocher la tête, elle débarrassa le deuxième couvert.

— Excuse-moi, j'ai oublié ton nom, dit-il lorsqu'elle apporta la carte.

— Yvonne, mais ça ne fait rien.

Fabio fit ce que le docteur Loiseau lui avait conseillé. Il commença par enregistrer le nom avec ses propres mots. Yvonne Çanefaitrien. Yvonne San'fairien. Yvonne Faniente.

Ensuite, il le répéta cinq fois : Yvonne Faniente, Yvonne Faniente, Yvonne Faniente, Yvonne Faniente, Yvonne Faniente.

Et en troisième lieu, il l'associa avec quelque chose qui lui était familier : Dolcefarniente.

Quatrièmement, il se fit une image mentale : Yvonne est couchée au bord d'une piscine et mange une sucrerie. Une glace, peut-être. Yvonne est couchée près de la piscine et lèche une glace à la framboise. Peut-être en bikini. Ou nue, pour mieux mémoriser. Yvonne, toute nue, lézarde au bord de la piscine et lèche une glace à la framboise. Yvonne Dolcefarniente.

Et il s'exerça mentalement, cinquième point, à expliquer comment il se rappelait le nom d'Yvonne.

— Tu as trouvé quelque chose ? demanda Yvonne Dolcefarniente.

À cet instant seulement, Fabio se rappela qu'il n'avait pas encore commandé.

Il avait terminé son repas et se demandait si le *ristretto* qu'il venait de commander faisait partie des stimulants interdits par le docteur Loiseau, lorsqu'il entendit une voix l'interpeller :

— Pourquoi t'es-tu installé à cette tablette à chats ? J'ai réservé la table de devant, là-bas.

Lucas, debout devant lui, désignait une table pour quatre où l'on avait disposé trois couverts.

Il fallut un moment pour que Fabio comprenne la situation. Il avait pris rendez-vous ici avec Lucas, et il l'avait oublié. Il prétendit devoir passer aux toilettes, parvint à expliquer la situation à

Dolcefarniente-Yvonne, à payer son addition et à lui demander d'être discrète.

— Qui attendons-nous d'autre ? demanda Lucas en s'asseyant à table auprès de lui.

— Personne, c'est juste que je ne voulais pas de table pour deux.

— Dans ce cas, pourquoi ne réserves-tu pas directement pour quatre ?

— Que deux personnes à la fois annulent, cela paraît peu crédible.

Lucas commanda ce que Fabio avait mangé : menu numéro deux, tomates à la mozzarella, puis espadon grillé. Fabio commanda une grande salade mixte.

— Trop chaud pour manger, fit-il pour se justifier.

Dix années plus tôt, Lucas Jäger et lui avaient fait connaissance à l'école de journalisme. À l'époque, Lucas avait vingt-quatre ans, et comptait déjà deux années d'enseignement à son actif. Fabio, de douze mois son cadet, avait abandonné ses études de lettres allemandes – au grand chagrin de son père, déjà souffreteux en ce temps-là. Il avait une bonne plume, et avant même la fin de ses études, un grand quotidien lui avait proposé une place de reporter. Pas très bien payée, c'est vrai, mais avec la possibilité de faire valoir son talent. Lucas avait moins de facilité à écrire. Le don qui lui manquait, il devait le rattraper par son travail. Il se trouva un poste tranquille dans un journal local. C'est seulement quatre ans plus tard, et sur la recommandation de Fabio, qu'il entra à *Dimanche Matin*, dont les premiers numéros venaient de sortir. Depuis, ils travaillaient côte à côte dans le même grand bureau. Lucas, collaborateur fiable et enquêteur coriace ; Fabio, spécialiste des reportages à coloration littéraire.

Outre un fidèle ami, Lucas était aussi un grand supporter de Fabio. Il l'admirait pour tout ce qui lui manquait : son talent d'écrivain, sa décontraction, sa confiance en soi, sa compagne. Fabio avait parfois tendance à exploiter le dévouement de Lucas. Il arrivait souvent que Lucas fasse à sa place le travail de soutier, mais il était plus rare que sa collaboration soit mentionnée à la fin de l'article. En revanche, à l'époque où Norina et Fabio habitaient ensemble, il était chez eux comme chez lui. Il tenait avec plaisir ce rôle d'ami de la maison et servait volontiers d'accompagnateur au cinéma, d'homme de conversation, de chauffeur et de factotum lorsque Fabio était en déplacement.

La serveuse apporta les salades.

— Merci, Yvonne, dit Fabio.

— Bon appétit, souhaita-t-elle en s'en allant.

— Veux-tu savoir comment j'ai retenu son nom ? Fabio le lui expliqua.

— Et Marlène, comment le retiens-tu ?

Fabio réfléchit.

— Une lanterne. Elle se tient dessous. *Wie einst Lili Marlen.*

Lucas mangeait comme un mécanicien de précision. Il dirigeait le morceau de mozzarella vers le milieu de la tranche de tomate, centrait la feuille de basilic, découpait au couteau une entaille chirurgicale, juste dans le milieu, et mangeait précautionneusement les deux moitiés, équilibrées au gramme près.

Fabio picorait sa salade mixte et observait son vis-à-vis.

— Sais-tu où se trouve Norina ? demanda-t-il. Je ne peux la joindre nulle part, et elle ne rappelle jamais.

Lucas mâchait. Plus longtemps que nécessaire, crut discerner Fabio.

— Peut-être qu'elle ne veut pas être jointe, finit-il par répondre.

— C'est ce qu'elle a dit ?

Lucas haussa les épaules.

— Une supposition.

— Allez, Lucas, accouche.

Yvonne débarrassa l'assiette vide de Lucas et apporta le poisson. Elle ne toucha pas à la salade de Fabio.

Lucas commença à écarter la peau de son steak d'espadon.

— Allez, dis ! l'encouragea Fabio.

Lucas poussa la peau du poisson au bord de son assiette et détacha les filets du squelette.

— Norina n'a pas envie de te parler. Elle est désolée de ce qui t'est arrivé, mais elle n'a pas envie de te voir. Pas encore. Il lui faut plus de temps.

— Tu peux servir d'intermédiaire ?

Lucas planta le demi-citron sur sa fourchette et l'écrasa sur le poisson. Ensuite, il enfourna la première bouchée et mâcha, mâcha, mâcha encore.

— Dur comme de la pierre, dit Fabio.

Lucas eut l'air de vouloir le contredire, mais choisit finalement de continuer à mâcher.

— Je peux accepter qu'elle ne m'aime plus, évidemment. Mais aider un homme avec lequel on a vécu trois ans à surmonter son amnésie, ça n'a rien à voir avec l'amour. C'est juste de l'altruisme.

— Laisse-lui le temps.

— Elle a précisé combien de temps ? demanda Fabio. Des jours ? Des semaines ? Des mois ? Des années ?

Lucas haussa les épaules et reprit une bouchée de poisson.

Fabio abandonna.

— Comment ça va, à la rédaction ?

Lucas était heureux de pouvoir changer de sujet.

— Comme toujours. Non, ça n'est pas vrai : Rufer a rasé sa moustache.

— Il la porte encore sur la photo, au-dessus de l'édito.

— Au cas où il serait forcé de la laisser repousser.

— C'est ce qu'il a dit ?

— C'est ce que nous supposons. Il vit en célibataire jusqu'à la fin de la semaine. Ensuite, on verra.

— À quoi ça ressemble ?

— À un bec-de-lièvre parfaitement opéré.

Ils attendaient le bus à l'ombre d'un châtaigner. Les gaz d'échappement des voitures qui patientaient pare-chocs contre pare-chocs devant le feu rouge, au carrefour suivant, flottaient dans l'air brûlant, immobiles.

— Qu'est-ce que j'ai écrit depuis l'histoire du cheminot ? demanda Fabio.

— Rien.

— Rien ? En trois semaines ?

— Tu enquêtais.

— Sur quoi ?

Lucas haussa les épaules.

— Tu ne le sais pas ?

— Tu ne voulais le dire à personne.

— Tu ne me feras pas avaler une chose pareille.

Un portable pépia le *Boléro* de Ravel. Fabio sourit, moqueur.

— Non, non, dit Lucas. C'est certainement le tien.

— Le *Boléro* ? C'est mon genre ?

Mais c'était bien son portable. Une voix de femme était au bout du fil :

— C'est moi, Marlène. Où es-tu ?

— J'ai déjeuné avec Lucas. Nous nous dirigeons vers la rédaction.

— La rédaction ?

La voix paraissait étonnée.

Le bus s'arrêta, la porte centrale s'ouvrit dans un sifflement, une vieille femme descendit tant bien que mal. Lucas l'aida à porter son chariot à provisions.

— Le bus est là, on se voit plus tard, *ciao*.

— Chemin des Merles, au 74, dit Marlène. Tu as une petite carte dans ton portefeuille ?

Dans le bus, Fabio inspecta son portefeuille. Effectivement, entre les billets de banque, il trouva une petite carte de visite blanche comme neige où figurait le logo de l'entreprise Lemieux. Puis il lut : Marlène Berger, attachée de presse. Suivaient l'adresse de la société, son téléphone, son fax et son e-mail. Au verso de la petite carte, dans la même typographie soignée, on lisait son adresse privée : 74, chemin des Merles.

Fabio brandit la carte sous le nez de Lucas :

— Je peux m'estimer heureux qu'elle ne

m'accroche pas au cou un écriteau portant mon nom et mon adresse.

Lucas ne dit rien.

— Chemin des Merles, dit Fabio. Le merle chemine. Le merle sur la cheminée ? Où est le merle ? Sur la cheminée !

— Et comment mémorises-tu le 74 ?

— Je reconnais l'immeuble.

Le bus s'arrêta. Personne ne descendit, personne ne monta.

— Tu sors à la prochaine, dit Lucas.

— Pourquoi donc ?

— Tu changes. Il faut prendre le neuf. Merle ? Cheminée !

— Je t'accompagne à la rédaction.

— Pourquoi donc ?

— Pour dire que je suis de retour.

Lucas voulut répondre quelque chose, mais il changea d'avis.

Le chauffeur prit son élan pour faire tourner son gigantesque volant. Des jambes blanches et minces aux genoux rougeâtres dépassaient de son short.

— Des chauffeurs en short, dit Fabio. C'est comme les contrôleurs de chemin de fer qui servent le café. Ça sape l'autorité.

— Un chauffeur de bus n'a pas besoin d'être une autorité.

— Quand il conduit son bus, si.

— Tu crois qu'il conduit plus mal en short ?

— J'en suis convaincu, affirma Fabio. Il perd aussi le respect de lui-même. Il vaudrait mieux qu'il porte un uniforme avec quatre galons dorés sur la manche, comme un commandant de bord. Ça contribuerait à la sécurité des transports. Il faudrait un jour écrire quelque chose là-dessus. L'effet de la tenue de travail sur celui qui la porte. À ton avis, qui les médecins veulent-ils impressionner avec leur blouse blanche ? Les patients ? Erreur. C'est eux-mêmes qu'ils veulent impressionner.

Le bus freina un peu trop brutalement à un feu rouge.

— Tu vois, c'est ce que je voulais dire.

La rédaction était une grande salle divisée par des tables, des plantes d'intérieur et quelques parois équipées pour absorber les sons. Les portes donnaient sur les salles d'entretiens, la salle de conférences, les bureaux des chefs de service et celui du rédacteur en chef.

Lorsque Fabio traversa la salle avec Lucas, quelques têtes se dressèrent au-dessus des écrans, deux ou trois conversations s'arrêtèrent.

— Tu veux aller voir Rufer tout de suite ? demanda Lucas.

Mais Fabio s'était arrêté.

— Qui est-ce ?

— Qui donc ?

— Celui-là, à ma place.

Il désignait un jeune homme qui écrivait, recroquevillé devant l'écran.

— Berlauer, répondit Lucas. Rufer paraît être disponible, la porte est ouverte.

— Qu'est-ce qu'il fait à ma place ?

— Parles-en à Rufer.

Et Lucas laissa Fabio sur place.

Sans sa moustache, la lèvre supérieure de Rufer rappelait la sensation que Fabio avait de la sienne. Et son « Fabio ? » étonné ressemblait au « Sabio » de quelqu'un qui zézaye.

— Comment ça va ? Content de te voir de nouveau sur tes pattes.

Rufer se leva et serra la main de Fabio avec exubérance.

— Que fait ce type à ma place ?

— Berlauer ? Je crois qu'il travaille à un article sur les voyages japonais en groupe. Il semble qu'ils soient menés à la baguette, pour...

— Je voulais dire : pour quelle raison est-il à ma place ?

Rufer cherchait une réponse. Fabio sut à ce moment ce que lui rappelait la lèvre supérieure glabre de son patron : celle d'une carpe. Surtout maintenant qu'il gobait l'air pour trouver ses mots.

— Je suis donc rayé des cadres.

Rufer se releva, ouvrit une petite armoire, en sortit un classeur, le feuilleta, trouva une feuille de papier et la tendit à Fabio.

C'était une brève lettre, adressée à Stefan Rufer, rédacteur en chef de *Dimanche Matin*, E.V. Elle portait la date du 16 juin.

Cher Stefan,
Suite à notre entretien, et pour les motifs que je t'ai indiqués, je te confirme que je quitterai mes fonctions à la fin août de cette année. Il me reste encore dix-huit jours de congés à prendre, ce qui signifie que ma dernière journée de travail sera le 8 août. Dans le cas où mon successeur aurait été trouvé avant cette date, un délai plus court me conviendrait aussi.

Je te remercie pour la franchise de notre entretien et pour ta compréhension.

Fabio Rossi

Pour gagner du temps, Fabio lut la lettre une deuxième fois.

— J'ai entendu parler de ton problème de mémoire, fit Rufer pour l'aider.

La réponse de Fabio paraissait agacée :

— Je n'ai pas de problème de mémoire, j'ai un trou noir de cinquante jours.

— Je sais, excuse-moi.

Fabio demanda, d'une voix aussi neutre que possible :

— Quels étaient les motifs ?

— Personnels.

— Avec moi, tu peux trahir le secret.

— Mais c'étaient tes mots, répondit Rufer en souriant. Tu voulais changer, pour des motifs personnels. Tu ne m'as rien révélé de plus.

— Est-ce que tu as essayé de me faire revenir sur ma décision ?

— Non.

— Pourquoi pas ?

— J'ai déjà mené beaucoup d'entretiens avec des gens qui voulaient une augmentation. Ça n'était pas le cas.

Le téléphone sonna. Rufer eut un geste d'excuse, désigna un fauteuil de visiteur et s'engagea dans une longue conversation. Lorsqu'il constata que Fabio observait sa lèvre supérieure, il se détourna.

Fabio s'assit. Des motifs personnels ? Étaient-ils liés à Norina ? Ou bien étaient-ce ces motifs-là qui l'avaient conduit à se séparer d'elle ? Quelle mouche avait bien pu le piquer ?

Rufer raccrocha.

— Aucune allusion aux motifs ? Rien ?

— Rien.

— Pas de supposition non plus ?

Rufer se racla la gorge.

— Je connaissais ta situation privée. Nous la connaissions tous. J'ai supposé qu'il y avait un lien.

— Que savais-tu de ma situation privée ?

Rufer hésita.

— Je suis sérieux. Je ne sais rien là-dessus.

— Eh bien, tu as eu cette histoire avec Marlène, et la séparation avec Norina. Dans ce genre de situations, les gens commettent des actes radicaux.

Fabio secoua la tête, incrédule.

— Tu sais, je n'ai pas seulement oublié ce que j'ai fait à l'époque, je n'ai plus non plus le moindre souvenir des sentiments qui m'ont poussé à le faire. Tout a été effacé, sans laisser de traces.

— Et alors ? Que disent les médecins ? Ça revient ?

Fabio haussa les épaules.

— Parfois oui, parfois non, parfois tout, parfois une partie.

— Tu peux avoir une influence sur le phénomène ?

— Forcer mon cerveau. Travailler.

Fabio lança à Rufer un regard plein d'espoir. Le rédacteur en chef paraissait embarrassé.

— Berlauer était disponible. Tu avais bien dit que si je retrouvais quelqu'un avant la fin du préavis... et après ton accident, de toute façon, je m'attendais à une longue convalescence.

— Je comprends.

Fabio se leva. Rufer se redressa lui aussi et lui tendit la main.

— Si ça te dit de refaire une enquête pour nous, si la taille et le budget sont modérés...

— Je penserai à vous, marmonna Fabio.

Fabio se dirigea droit vers la place de Lucas, qui fit comme s'il était totalement absorbé par son travail.

— Tu as cinq minutes ? dit Fabio.

Cela ne ressemblait pas à une question.

— Pas vraiment, répondit Lucas sans quitter l'écran des yeux.

— Dix minutes, ordonna Fabio. Au *Tilleul*.

Le *Tilleul* était le bistrot le plus proche. C'était vraiment son seul atout. La bière était chaude, la nourriture mauvaise, et la puanteur de l'air vicié, mélange d'huile de friture, de fromage chaud et de cigares à bon marché des retraités qui jouaient aux cartes à la table commune, imprégnait immédiatement les vêtements. Même à présent, à près de trente degrés, les fenêtres restaient fermées par peur des courants d'air. Elles étaient collées par les couches de peinture de la décennie précédente.

Fabio et Lucas s'assirent à une table couverte de sets grossièrement tissés, jaune moutarde, agrémentés de carreaux bruns.

— Pourquoi ne m'as-tu pas prévenu ?

L'épisode lui était resté en travers de la gorge.

— Je... je ne voulais pas que tu t'énerves.

— C'est une réussite absolue.

— Navré.

— Tout navre tout le monde tout le temps, éclata Fabio.

Lucas fut heureux que le patron choisisse ce moment pour leur demander ce qu'ils souhaitaient. Il s'était arraché à la table des joueurs et s'était approché de la leur. Ils commandèrent deux thés glacés. Le maître des lieux s'éloigna, en murmurant dans le vide quelque chose qui ressemblait à « thé glacé mon cul ». Depuis qu'ils ne déjeunaient plus chez lui, il valait mieux ne pas lui parler des gens de *Dimanche Matin*. Surtout quand ils venaient aux heures de repos de la serveuse.

Lucas, droit sur sa chaise, conscient de la faute qu'il avait commise, attendait la suite du savon. Cette vision radoucit Fabio.

— Tu ne peux pas t'imaginer ce que c'est, d'avoir tout d'un coup cinquante jours qui disparaissent de ta biographie. Tu te sens... (Fabio cherchait l'expression juste)... perdu. Incertain. C'est comme de revenir parmi les gens après une cuite d'enfer. Tous en savent plus sur toi que toi-même. Dans ce cas-là, il te faut quelqu'un à qui tu puisses demander : Qu'est-ce qui s'est passé ? Qu'est-ce que j'ai dit ? Qu'est-ce que j'ai fait ? C'était grave ? C'était supportable ? Tu as besoin de quelqu'un qui t'aide à reconstituer ce que tu ne peux plus te rappeler. Et cette personne-là, tu dois pouvoir te fier à elle, aveuglément. Pour moi, Lucas, cette personne, c'est toi.

Le patron déposa deux verres sur la table.

— Je peux encaisser ?

— Il n'y a pas de glace, constata Lucas.

— Vous ne m'avez pas parlé de glace.

— Nous pensions que ça allait avec. À cause du nom, vous comprenez ? Thé glacé.

— Ben ça s'appelle comme ça, c'est tout.

— Mais il n'y a pas de glace dedans ?

— Ben si, si vous le dites avant.

— Super, dit Fabio.

Le patron attendait là, immobile.

— Alors, Albi, tu arrives ! retentit une voix à la table de jeu.

— Vous voulez donc que j'apporte de la glace, insista le patron.

— Exact. Si c'est encore possible maintenant.

Le bistrot tourna les talons.

— Ah ! s'exclama Fabio dans son dos, et un café crème !

Le patron s'éloigna en grommelant.

Fabio revint à son affaire :

— Seulement voilà : chez moi, il ne s'agit pas d'une soirée. Chez moi, ce sont cinquante jours. Cinquante jours au cours desquels j'ai mis toute ma vie cul par-dessus tête.

Lucas ne disait rien.

— Mais il faut bien que je sache ce qui s'est passé. Il faut que je puisse reconstituer tout ça.

Lucas oublia qu'ils attendaient la glace et avala une gorgée de thé.

— Il faut vraiment ?

Fabio le dévisagea sans comprendre.

— Tu n'avais pas forcément changé à ton avantage. Tu ne peux pas laisser ça de côté, tout simplement ?

Fabio éclata de rire.

— Ces journées ont été effacées de ma mémoire, pas de ma vie. J'ai perdu ma compagne, mon boulot et un paquet de gens qui avaient de la sympathie pour moi. Je ne peux pas me contenter de tourner la page et de passer à autre chose.

Les doigts de Lucas tournaient autour de son verre.

— Comment comptes-tu procéder ?

— Nous nous asseyons avec nos agendas et nous passons en revue chaque journée.

— Ça sera très fragmentaire.

— Nous puiserons dans d'autres sources pour boucher les trous.

— Il vaudrait mieux faire l'inverse. Nous ne nous sommes pas vus beaucoup pendant ces semaines-là. La plupart du temps, tu étais avec d'autres gens.

— Avec qui ?

Lucas haussa les épaules.

— Tu frayais dans d'autres milieux.

— Lesquels ?

— Je ne connais pas ces gens-là. Demande à Marlène.

Le patron revint avec un verre plein de glaçons et une tasse de café crème. Il déposa les deux sur la table.

— Il y a de la crème là-dedans, s'étonna Fabio.

— Vous avez commandé un café crème.

— Je ne savais pas qu'il y avait de la crème.

Le patron haussa le ton :

— C'est pour ça que ça s'appelle un crème !

Fabio désigna les deux verres.

— Mais ça, ça s'appelle un thé glacé.

Le bistrot eut l'air de compter jusqu'à trois dans sa tête.

— Dans ce cas, ça fait 13,40, puits de science !

Fabio attrapa son portefeuille dans la poche de son pantalon. On n'y trouvait que quelques pièces.

— Typique, marmonna le patron.

Lucas se chargea de l'addition. Ils se séparèrent devant le café.

— La huit va presque jusqu'au « Merle ? Dans la cheminée ! » dit Lucas en guise d'au revoir.

— Merci. Et s'il te revenait encore quelque chose que je doive savoir, tiens-moi au courant !

En se rendant à la station de trams, Fabio passa devant un distributeur de billets. Il glissa sa carte dans la fente et composa son code.

« Code erroné », l'informa la machine. Il avait dû le taper de travers. Il connaissait son code sans même y réfléchir, et ne l'avait encore jamais changé. Il tapa soigneusement 110682 : la date à laquelle l'Italie remporta la finale contre l'Allemagne.

« Code erroné », affirma de nouveau la machine. À la troisième tentative, la carte serait avalée. Il renonça.

Le conducteur du tram se pencha au-dessus de lui et annonça :

— Terminus !

Fabio dut descendre, composter une deuxième fois son billet multitrajets dans la machine et refaire six stations en arrière, jusqu'à « Rue-des-Vignes ». Il manqua s'endormir une deuxième fois.

Il trouva sans problème l'entrée du chemin des Merles. Mais le trajet jusqu'au 74 lui parut interminable. Il avait sans doute présumé de ses forces. La veille encore, il était à l'hôpital.

Fabio connaissait à présent le parfum qui le réveilla cette fois-là : le *Numéro 5* de Chanel. Il était couché sur le petit divan de cuir, à côté de sa machine à écrire, dans le logement inconnu. La femme qui accompagnait ce parfum se courba au-dessus de lui. Il réfléchit. Une lanterne. Elle est dessous. Comme autrefois.

— Bonjour Lili.

— Marlène, corrigea-t-elle, indulgente.

Il sentit la moitié de son baiser.

— C'était comment ?

— Fatigant.

— Comment est le docteur Loiseau ?

— Gros.

— Et pour le reste ?

— Correct, autant que je peux en juger. Je n'ai pas encore une grande expérience des neuropsychologues. Quelle heure est-il ?

— Sept heures passées de quelques minutes. Tu as faim ? Je t'ai préparé ton plat préféré.

— C'est quoi, mon plat préféré ?

La question la décontenança un bref instant. Puis elle se leva.

— Surprise.

Il constata que son plat préféré était un mélange de saumon et de rondelles d'oignons, de câpres, de sauce au raifort et de beurre servi sur des toasts. Norina, jadis, appelait le saumon « le cochon de la mer ». Élevés dans des bassins crasseux, maintenus en vie grâce à des surdoses de produits chimiques, dopés aux hormones et teintés de rose rouge aux carotènes de synthèse. Seule, elle n'aurait même pas touché un saumon. Quant à Fabio, l'idée ne lui serait jamais venue de dire que le saumon était son plat préféré.

Ils mangeaient sur le balcon. Marlène s'était changée. Elle portait une robe sans bretelles, maintenue d'une manière énigmatique juste au-dessus des tétons. Sa chevelure blonde et courte était sévèrement ramenée en arrière et fixée avec du gel. Sur la table de jardin, ornée de couverts blancs, se trouvait un bougeoir surmonté d'une bougie rouge. Joni Mitchel chantait *You've changed*. Pas vraiment la musique de Fabio.

Il ne parvenait pas à se défaire de l'impression que Marlène était en train de mettre en scène un tableau censé l'aider à retrouver la mémoire. Leur première soirée ? La soirée qui précéda l'événement ?

— Ne me laisse plus foncer dans le mur, dit-il, d'une voix plus inamicale qu'il ne l'avait voulu.

Marlène, effrayée, leva brutalement les yeux de son assiette.

— Je pensais que nous avions encore le temps. Je ne pouvais tout de même pas deviner que tu courrais à la rédaction dès le premier jour.

— Moi qui croyais que tu me connaissais.

— Justement. Tel que je te connais, tu aurais fait un grand détour pour éviter la rédaction.

Si Fabio s'était disputé avec Norina, jadis, c'était bien sur le rôle que la rédaction jouait dans sa vie. « Quand tu n'es pas en mission pour la rédaction ou devant ton portable à la maison pour la rédaction, c'est que tu es à la rédaction », lui avait-elle parfois reproché. « Quand ce n'est pas physiquement, c'est mentalement. »

— Dis-m'en un peu plus sur moi, demanda Fabio.

Sur le bouleau, de l'autre côté, un merle se mit à chanter.

— Que veux-tu savoir ?

— Comment avons-nous fait connaissance ?

Marlène sourit.

— Pendant un petit déjeuner de presse, pour le lancement de *Bifib*.

— *Bifib* ?

— Une boisson au bifidus enrichi de substances de lest.

Fabio secoua la tête.

— Je ne me serais jamais intéressé à un truc pareil.

— Ça t'intéressait pourtant bougrement ! Ensuite, tu m'as submergée de questions. Et invitée à dîner le soir même.

— Et après ?

— J'ai accepté. C'était mon boulot. Nous sommes allés au *République*.

— Dans ce repaire de petits-bourgeois ? Je n'y mettrais jamais les pieds.

— Tu ne voulais sans doute pas qu'on te voie.

— Et après ?

Marlène sourit.

— Et après, ici.

— Et Norina ?

— Tu n'as pas mentionné de Norina.

— Je me suis fait passer pour un célibataire ?

Marlène haussa ses frêles épaules.

— La question n'a pas été abordée.

Il faisait presque nuit. Elle prit un briquet sur la table et alluma la bougie. À cette lumière – qui déposait un éclat mat sur son décolleté et ses épaules –, Fabio jugea que son comportement à lui n'avait pas été aussi incompréhensible que cela.

Le merle cessa de chanter. Marlène se leva et

débarrassa la table. Lorsqu'elle revint, elle avait **un** petit paquet de cigarettes dans la main. Elle s'assit et le lui tendit. Fabio secoua la tête.

Elle en prit une en bouche et l'alluma. Pendant quelques secondes, la flamme projeta des ombres agitées sur le visage de la jeune fille.

— Je fumais, donc, constata Fabio.

— Comme un sapeur.

La braise rougit et pâlit. Un mince filet de fumée lui sortit de la bouche et fit vaciller la bougie.

Fabio tendit la main vers la cigarette et prit prudemment une bouffée. Rien de ce goût répugnant de nicotine et de goudron qu'il avait ressenti lors des rares occasions où il avait voulu déterminer quel plaisir les gens pouvaient bien prendre au tabac. Et pratiquement rien du sentiment d'avoir le souffle coupé lorsqu'il inhalait la fumée.

Il rendit la cigarette à Marlène et regarda la fumée qu'il avait expirée se teindre de jaune à la lueur de la bougie.

Les images, avait dit le docteur Loiseau, sont le meilleur stimulant du cerveau. Et les sensations ? Si les sensations reviennent avec les souvenirs, peut-être que les souvenirs reviennent avec les sensations ?

Fabio leva la main. Marlène voulut lui donner la cigarette. Mais il l'ignora et effleura de l'index la marge de son décolleté, au-dessus du sein droit. Puis il la fit doucement descendre jusqu'à ce que le mince tissu surmonte la résistance et dénude la pointe du sein.

5

Une douleur au cou réveilla Fabio. Il lui fallut un moment pour retrouver ses esprits. Il était couché, nu, trempé de sueur, la tête dirigée vers le pied du lit. La porte et la fenêtre de la chambre à coucher étaient ouvertes, et l'air de la nuit, qui traversait le petit appartement depuis la porte ouverte du balcon, le fit frissonner.

Juste à côté de sa tête, à la lumière froide du réverbère, il put reconnaître les pieds de Marlène. Elle était tournée sur le côté, dans l'autre direction, et serrait un oreiller dans ses bras. Il l'effleura. La fesse de la jeune femme tenait presque dans la main de Fabio. Marlène soupira dans son sommeil et serra son postérieur contre sa main. Elle aussi avait la peau moite.

Fabio se leva sans faire de bruit. Entre les vêtements éparpillés sur le sol, il trouva le châle de coton blanc à grosses mailles qui servait à Marlène de dessus-de-lit et – dans des nuits comme celle-ci – de couverture. Il la déposa précautionneusement sur son corps.

Il se faufila dans la salle de bains, ferma doucement la porte, alluma la lumière et s'observa dans le miroir. Des cheveux humides et en bataille, une ombre de barbe, une trace de rouge à lèvres sur le cou. Fabio avait maigri à l'hôpital. Son corps glabre paraissait presque maigre. Il sentait le parfum de Marlène et l'odeur de Marlène. Il prit une serviette-éponge sur son support, s'essuya la sueur et noua le tissu autour de ses hanches.

Fabio sourit à son miroir et éteignit la lumière.

La table, sur le balcon, n'était pas débarrassée. La bougie avait laissé une tache de cire rouge sur la nappe blanche. En forme de cœur, comme le constata Fabio, amusé. Marlène avait posé ses cigarettes à côté. Il s'en alluma une et s'accouda à la rambarde.

Il remarqua une lumière dans un immeuble, de l'autre côté. Une petite fenêtre qui s'était mise à briller sur la façade noire – et s'éteignit.

Une toux réprimée monta jusqu'à lui. Fabio se pencha au-dessus de la rambarde. Sur un balcon, en biais et en-dessous de lui, brûlait un autre petit point rouge.

Une lune presque pleine jetait sa lumière blafarde dans les jardins tranquilles des cours d'immeubles. Au loin, une moto, comme un insecte furibond, puis, de nouveau, le calme.

Fabio regarda dans la nuit et tenta de décrire le sentiment qui l'emplissait.

C'était bon. Plaisant. Agréable. Beau. Satisfaisant. Peut-être même du bonheur. Mais le très grand sentiment ? Celui pour lequel on laisse tout tomber, pour lequel on recommence tout à zéro, pour lequel on devient un autre homme ?

Un petit coup de vent fit clignoter les feuilles de bouleau éclairées par la lune. Fabio frissonna. Il dénoua sa serviette-éponge et la posa sur ses épaules.

Ça n'était pas le très grand sentiment. Et Fabio doutait que cela pût le devenir. Car le très grand sentiment ne progresse pas lentement. Il vous tombe dessus comme une catastrophe naturelle. Selon son expérience, qui n'était pas personnelle. Lui-même était spécialiste des sentiments qui se développent à pas tranquilles. Et même dans ce domaine, ses expériences se limitaient à la période passée avec Norina.

Ils avaient fait connaissance au trentième anniversaire d'un vague ami commun. Elle avait trop bu, il l'avait raccompagnée chez elle, elle avait demandé s'il abuserait de la situation dans le cas où elle l'inviterait à monter prendre un café, et il avait dit oui. « Un *one night stand* qui continue à brûler », c'est en ces termes qu'il avait un jour, devant Lucas, défini leur relation.

Il n'était pas tombé fou amoureux, pas de promenades sous la pluie, pas de séances de cinéma entrecoupées de baisers, pas de nuits pendu au téléphone. Mais c'était déjà quelque chose de plus que l'ordinaire. Et ils l'avaient entretenu. Au bout de six mois, il était allé s'installer chez Norina. Lorsqu'il était en reportage, ou elle sur un tournage, elle lui manquait. Il se réjouissait lorsqu'il la revoyait et lui disait qu'il l'aimait. Et il lui avait été fidèle, à une seule exception près, qu'il ne lui avait pas avouée.

Bien entendu, il s'était demandé – de plus en plus souvent, les derniers temps – si c'était arrivé. S'il avait trouvé la femme avec laquelle il vieillirait. Sans avoir appris ce que c'était que de perdre la tête du jour au lendemain. Et maintenant qu'il avait, peut-

être, connu ce sentiment, il ne retrouvait plus le souvenir qui lui aurait permis de savoir qu'il n'avait
jamais su perdre la tête.

Fabio écrasa sa cigarette et se dirigea vers sa
chambre. Un casier à roulettes noir était installé sous
son bureau. Dans le tiroir supérieur, il conservait
son assistant personnel : un petit ordinateur de
poche qui lui servait de bloc-notes et de carnet
d'adresses. Il n'était pas à sa place habituelle. Il passa
tout le meuble en revue. Les autres objets étaient à
leur place, il n'y manquait que l'assistant.

Il ouvrit son portable et le brancha. Le gong qui
annonçait le lancement du programme retentit
démesurément dans l'appartement. Fabio se leva et
jeta un coup d'œil dans la chambre. Marlène s'était
de nouveau libérée de la couverture. Elle était couchée sur le dos, bras et jambes étirées, et respirait
régulièrement. Il l'observa un moment, puis étendit
de nouveau la couverture sur elle.

L'écran était clair, à présent. Fabio s'y installa et
lança le programme de l'assistant. Il avait pris l'habitude de sauvegarder les rendez-vous, adresses et
notes enregistrés sur son ordinateur de poche deux
fois par semaine – le dimanche et le samedi – en les
copiant sur le disque dur de son portable. Il s'étonna
en constatant que la dernière sauvegarde des données portait la date du 6 juin. Dans ce cas, il n'en
avait plus fait deux semaines au moins avant l'événement ; il manquait quatre sauvegardes. De ce point
de vue aussi, il avait changé.

Peut-être les données récentes se trouvaient-elles
dans l'ordinateur de la rédaction. Il se promit d'en
faire un transfert le lendemain matin.

Il éteignit son portable et attrapa un bloc sténo

dans le tiroir. Il en avait toujours un en réserve. Il ne connaissait pas la sténographie, mais ces blocs étaient bien pratiques pour les interviews.

Il nota ce qu'il voulait faire le lendemain :

Rendez-vous avec Lucas. (Qu'est-ce qui s'est passé depuis le 8 mai ?)

Passer reprendre données et affaires à la rédaction.

Poser la question à Marlène pour l'assistant.

Il repassa dans la chambre à coucher. Marlène était toujours couverte. Sans bruit, prudemment, il se glissa près d'elle sous la couverture. Il ferma les yeux et tenta de s'endormir. À cet instant seulement, il remarqua qu'elle ne respirait plus profondément ni régulièrement. Peu après, il sentit la main de Marlène qui se faufilait entre ses jambes.

L'odeur du café le réveilla. Il ouvrit les yeux et vit Marlène. Elle était habillée et tenait un plateau à la main.

— Petit déjeuner au lit, annonça-t-elle.

Fabio s'assit et se cala l'oreiller derrière le dos. Sur le plateau, elle avait disposé une tasse de café au lait, deux croissants, du beurre, du miel, un œuf à la coque, du sel et du poivre.

— Et toi ? demanda-t-il.

— J'ai déjà pris mon petit déjeuner.

Elle s'assit sur le bord du lit. Son baiser avait un goût de dentifrice.

— Qu'est-ce que tu veux demander à propos de ton ordinateur de poche ?

Elle avait lu ses notes sur le bureau.

— Tu sais où on pourrait l'avoir rangé ? Il n'est pas dans le tiroir.

— Il a peut-être été perdu quand ça s'est passé.

Fabio prit une gorgée de café. Son goût ne valait pas son odeur.

— Je ne crois pas que je l'aie eu sur moi. Mon téléphone portable aussi, je l'avais laissé ici.

— Non, le portable, tu l'avais. Il était dans tes affaires à l'hôpital. C'est moi qui l'ai rapporté ici, la batterie était vide.

— C'est toi aussi qui avais changé la sonnerie ?

— Le *Boléro* ? Non, c'était toi, répondit Marlène en riant. Tu trouvais ça sexy.

Fabio secouait la tête, incrédule.

— Il ne joue le *Boléro* que si c'est *moi* qui appelle. Tu l'as programmé comme ça. Tu m'as dit que ça t'excitait.

— Mon Dieu !

Elle rit, lui donna un baiser et se leva.

— Je reviens trop tard. Passe une belle journée. N'oublie pas la physiothérapie. Dix heures.

Elle sortit de la chambre, puis revint sur ses pas :

— Je t'appelle.

— Non, il vaut mieux que ce soit moi.

Après le petit déjeuner, il appela Norina. Au bout de la troisième sonnerie, il entendit sa voix : « Norina Kessler. Je suis absente. Laissez un message ou tentez de me joindre sur mon téléphone mobile. » Suivait son numéro de portable.

— Norina ? dit Fabio. Tu es chez toi ? Si tu es chez toi, décroche, je t'en prie. Norina ? S'il te plaît. Je dois absolument te parler.

Il attendit, mais elle ne décrocha pas.

Il essaya sur son portable. « Norina Kessler, disait sa voix, laissez-moi votre message, je vous rappellerai. »

— Ça n'est pas vrai, dit Fabio. Tu ne rappelles pas. *Ciao.*

Il raccrocha et lava la vaisselle du petit déjeuner. Puis il composa une autre fois le numéro du portable.

— Excuse-moi, dit-il après le bip, je ne voulais pas avoir l'air de te faire des reproches. S'il te plaît, rappelle-moi, simplement. C'est important. S'il te plaît.

Lorsqu'il sortit de la salle de bains, il essaya de nouveau de l'appeler chez elle. Une fois encore, il tomba sur son répondeur. Cette fois-là, il ne laissa pas de message.

Il passa son pantalon d'été le plus léger et une chemise en toile bleu clair qu'il ne connaissait pas. Puis il consulta son bloc sténo.

Rendez-vous avec Lucas. (Qu'est-ce qui s'est passé depuis le 8 mai ?)

Passer reprendre données et affaires à la rédaction.

Poser la question à Marlène pour l'assistant.

Il raya la dernière ligne. On lisait en dessous, de l'écriture de Marlène :

10 h. Physiothérapie, Katia Schnell, 19 chemin du Ruisseau froid.

Fabio composa le numéro direct de Lucas. Il s'apprêtait déjà à raccrocher lorsqu'une voix inconnue se fit entendre.

— Ici Berlauer, qui est à l'appareil ?

— Rossi. Je voulais parler à Lucas Jäger, répondit Fabio.

— Aujourd'hui, il travaille à son domicile.

C'est seulement après avoir coupé que Fabio comprit : il avait parlé à son successeur. Il appela Lucas chez lui. Il tomba sur son répondeur. Il appela son mobile. C'est sa boîte vocale qui se déclencha.

Fabio prit son ordinateur portable dans sa sacoche et partit.

Katia Schnell n'avait pas trente ans, mesurait tout au plus un mètre soixante, et paraissait fragile comme de la porcelaine de Limoges. Mais elle dirigeait un centre de thérapie qui occupait une villa de trois étages équipée de douze salles de soins et employait quatorze collaborateurs. Elle inspecta Fabio, qui se tenait debout devant elle, en short. Il la dépassait de deux bonnes têtes.

— Vous faites du sport ?

Avant l'accident, Fabio jouait au football une fois par semaine avec quelques collègues (entre autres Lucas). À l'époque, il faisait régulièrement de la natation et allait au travail à vélo, par tous les temps. C'est ce qu'il dit à la thérapeute.

— Bien, recommencez tout cela. Sauf le vélo. Tant que vous devrez prendre des antiépileptiques. Nous, ici, nous allons travailler un peu votre motricité. Et un peu votre force. Il faut que vous sentiez votre corps, c'est ce qu'il y a de mieux pour votre mémoire.

Elle lui tournait autour comme un minuscule médecin militaire auscultant un conscrit pendant les trois jours. Puis elle passa à son bureau, fouilla dans son tiroir et revint avec une compresse en coton.

— Vous avez un déficit pondéral ; mangez beaucoup et sainement. Et dites à votre petite amie de se couper les ongles.

Elle lui tapota deux points sur le dos, qui se

mirent immédiatement à brûler. Katia Schnell s'installa derrière son écran.

— Vous pouvez vous rhabiller.

Quelques minutes plus tard, l'imprimante se mit au travail, cracha un formulaire et un planning des séances.

— Une heure chaque jour de la semaine, prescrivit-elle en glissant les papiers dans une enveloppe, deux fois pour le mouvement, trois fois pour la force. Premier rendez-vous après-demain à neuf heures. Chaussures de sport, pantalon de sport ou survêtement, deux serviettes-éponges, un nécessaire de douche. Mais vous connaissez tout ça, avec le football.

Sur le chemin de la station de tram, Fabio tenta vainement d'appeler Norina. Il n'obtint pas non plus Lucas. Il décida de se rendre à la rédaction.

Midi était déjà passé lorsque Fabio arriva. La plupart des bureaux étaient vides. Mais à ce qui était encore son poste de travail quelques semaines plus tôt se tenait son successeur — il ne tenait pas à s'embarrasser la mémoire avec son nom de famille. Il leva brièvement les yeux de son écran et dit :

— Salut, qu'est-ce que je peux faire pour toi ?

— Si vous pouvez faire une petite pause, j'aimerais copier mes fichiers.

Fabio n'avait pas l'intention de le tutoyer. Le jeune type fouilla un instant dans un tiroir et en sortit un CD qu'il tendit à Fabio.

— Déjà fait.

Fabio ne fit pas le moindre geste pour attraper le disque.

— Comment pouvez-vous savoir de quels fichiers j'ai besoin ?

— C'est Lucas qui les a copiés.

Fabio prit alors le disque et le sortit de sa boîte. *Fabio Rossi, personnel*, avait écrit Lucas au feutre indélébile, de son écriture bien propre.

— Tout est là, marmonna le successeur en se tournant de nouveau vers l'écran.

— Je préférerais m'en assurer moi-même.

— Je vous en prie, dit-il en se mettant à taper sur son clavier.

Fabio commençait à perdre patience.

— Je veux dire : j'aimerais bien jeter un coup d'œil sur votre ordinateur.

— Il n'y a plus rien à vous. Tout est effacé.

Fabio lui posa la main sur l'épaule.

— C'est précisément de cela que je voudrais m'assurer moi-même. Et tout de suite.

Le successeur soupira et sauvegarda son document. Tout en laissant la place à Fabio, il grommela :

— Je ne t'ai jamais trouvé bon au point de te piquer tes idées.

Fabio ignora sa remarque. Il s'installa devant l'écran. Le mot *Berlauer* figurait sous l'icône du disque dur qui s'appelait jadis *Rossi*. Fabio chargea le programme de recherche de trouver tous les documents qui avaient été créés ou modifiés avant ce funeste 21 juin. La liste des résultats contenait un peu plus de deux cents fichiers. Il passa les noms en revue, l'un après l'autre. Berlauer avait raison : on avait effacé tous ses fichiers.

— Et le contenu des tiroirs ? demanda Fabio.

Berlauer désigna une boîte en carton sous le

bureau de Lucas. Là aussi, on avait bien proprement écrit *Rossi, personnel*. Il posa la boîte sur le bureau et en examina le contenu. La majeure partie était composée du bazar qui s'était accumulé au fil des ans dans ses tiroirs. Fabio récupéra un maillot de bain, une serviette-éponge, un plan de la ville, un petit dossier intitulé *À régler !*, des lunettes de soleil auxquelles manquait une vis à la charnière de la monture, quelques bandes magnétiques, traces de ses interviews, et un exemplaire de *Dimanche Matin*, celui où l'on avait publié l'histoire du cheminot. Il fourra le tout dans le sac d'une boutique de luxe, *Box !*, qui, pour une raison indéfinissable, se trouvait lui aussi soigneusement plié dans la boîte en carton, mit sa mallette d'ordinateur à l'épaule et partit.

— Hé ! cria Berlauer dans son dos, et le reste du foutoir ?

— Vous mettrez ça sur votre autel domestique à Fabio Rossi.

Arrivé devant son distributeur de billets habituel, Fabio y glissa sa carte et tapa le code 110682. L'appareil cliqueta et bourdonna. Puis un texte apparut sur l'écran. *Carte retenue*. Rien d'autre.

— Et merde ! cria Fabio, en tapant du poing contre la façade.

— Eh, eh ! fit une voix derrière lui.

Fabio se retourna. C'était la voix d'un homme portant une cravate tachetée de tournesols.

— Allons, l'appareil n'y peut rien, si vous n'avez plus d'argent sur votre compte.

Depuis vingt minutes, Fabio attendait devant les guichets de sa banque. L'un des deux était vide, à l'exception d'un écriteau chromé portant le nom de Lea Mitrovic. À l'autre, l'employée de banque – son écriteau la désignait comme Anna Gartmann – avait aidé un vieux monsieur pointilleux à remplir une demande d'ouverture de compte. Puis elle avait accompagné une dame dans la salle des coffres, où elle était restée longtemps. À présent, elle menait une conversation téléphonique, la voix étouffée, le ton défensif. Lorsqu'elle raccrocha, son humeur avait encore empiré.

— Ma carte a été retenue, commença Fabio, aussi sereinement que possible, avant de lui indiquer son numéro de compte.

— Avez-vous une pièce d'identité ?

Fabio n'en avait pas sur lui.

— Mais Mme Seiler me connaît, dit-il en indiquant les guichets.

— Mme Seiler ne travaille plus chez nous.

— Ab, bon ! Je ne le savais pas, cela fait un certain temps que je ne suis plus passé ici, expliqua Fabio avant d'ajouter d'un ton ferme : C'est que normalement, je retire mon argent dans les distributeurs.

— Il me faut une pièce d'identité, répéta Anna Gartmann, en laissant son regard ennuyé balayer la salle des guichets.

— Mais puisque je vous dis que je n'en ai pas sur moi. M. Wieland, appelez M. Wieland, c'est mon conseiller personnel.

Elle soupira.

— M. Wieland est en vacances jusqu'à la fin de la semaine.

Elle se tourna vers les clients qui attendaient derrière Fabio.

À cet instant, une jeune femme apparut derrière le guichet et s'installa derrière l'écriteau « Lea Mitrovic ». Elle sourit à Fabio.

— Bonjour, monsieur Rossi, comment allez-vous ?

— Bien, maintenant que je vous vois, fit-il avec un soupir de soulagement.

Il n'avait pas la moindre idée de qui était cette femme.

Une demi-heure plus tard, Fabio quittait la banque. Il avait fait deux nouvelles découvertes : à un moment quelconque, au cours des cinquante derniers jours, il avait changé son code. Par ailleurs, il avait sur son compte plus de dix mille francs, après un gros virement de *Dimanche Matin*, qui ressemblait fâcheusement à un solde de tout compte. Il datait du 28 juin. Rufer avait donc accepté son offre de quitter le bureau avant la date officielle, alors que Fabio se trouvait déjà à l'hôpital.

Le trottoir était encombré par des gens qui venaient de déjeuner et retournaient à leur travail. Fabio se faufila entre eux. Il avait sa mallette d'ordinateur à l'épaule, portait à la main gauche un sac où le logo *Box !* brillait en lettres fluorescentes, et serrait, de la droite, son téléphone portable contre son oreille.

— Je me fous pas mal de savoir s'il est en rendez-vous ou non, quand j'étais en rendez-vous avec lui, moi, il téléphonait aussi. Passe-le-moi, Sarah !

Sarah Mathey était la secrétaire de Rufer. Une lourde femme, presque sexagénaire, qui avait passé sa vie dans le groupe de presse et avait déjà vu beau-

coup de rédacteurs en chef arriver et revenir, beaucoup de titres de journaux naître et disparaître.

— Sois raisonnable, Fabio, je te le passerais s'il y
avait la moindre possibilité. Tu veux laisser un message ?

— Oui, maugréa Fabio. Tu as quelque chose
pour écrire ?

— Un instant... voilà, je prends note.

— Connard. Tu veux que j'épelle ?

Fabio raccrocha. Comme il connaissait Sarah, il
n'était pas exclu qu'elle le transmette à son patron.

Sans ralentir le pas, il composa le numéro de
Lucas. Lequel ne répondit ni chez lui, ni sur le portable. Fabio arrêta un taxi et monta. « 5, place de la
Montagne », dit-il au chauffeur. Celui-ci appuya sur
le bouton de sa radio et annonça : « Quinge direct-
chion chinq plache de la Montagne. »

La place de la Montagne était le fruit du croisement de trois rues et de deux lignes de tram. Fabio
n'avait jamais compris comment quelqu'un pouvait
habiter là. Mais Lucas avait affirmé que le bruit ne le
dérangeait pas — et puis où trouvait-on encore, pour
ce prix, des plafonds à trois mètres et du vrai parquet ?

Pour Fabio, ces deux prétendus avantages ne faisaient qu'aggraver son cas. Non seulement le bruit
de la rue résonnait dans les pièces vides sans que rien
ne puisse l'arrêter, mais le parquet lui servait de
caisse de résonance. Le trois pièces de Lucas ampli-
fiait tous les bruits, à l'exception de sa propre voix,
qu'il semblait parfois avaler.

Fabio sonna pour la deuxième fois chez L. Jäger.
Cette fois, il laissa son doigt un bon moment sur le

bouton. Il fit quelques pas en arrière et leva les yeux vers le deuxième étage. Toutes les pièces, à part la salle de bains et la cuisine, donnaient sur la place de la Montagne.

Rien ne bougeait. Au moment précis où il allait appuyer une troisième fois sur la sonnette, la porte s'ouvrit. La vieille femme qui vivait au premier étage sortit. Fabio l'avait rencontrée lors de ses passages épisodiques chez Lucas. Elle avait un gros chat qu'elle menait alors, comme à présent, au bout d'une laisse rouge. Fabio connaissait même son nom. Ce qui n'était pas difficile, parce que l'animal s'appelait Mussolini. « Aucun lien de parenté », avait coutume de préciser sa propriétaire, avec un sourire malin.

— Une fichue chaleur, gémit-elle en le laissant entrer.

— Une fichue chaleur, confirma Fabio.

La porte d'entrée de Lucas était équipée, pour moitié, de vitres dépolies et gravées. S'il était chez lui, sa chaîne hi-fi serait en marche. Lucas ne pouvait pas écrire la moindre ligne sans musique. À la rédaction, il portait un casque lorsqu'il travaillait, et tournait le bouton de volume de son walkman au maximum. Un œil sur l'écran, un autre sur les boutons lumineux de son téléphone, dont il ne pouvait pas entendre la sonnerie.

Mais aucune musique venue de l'appartement ne troublait le silence de la cage d'escalier. Juste le bruit de la rue.

Fabio frappa à la vitre. Rien. Il prit son portable et composa le numéro de Lucas. Une sonnerie caverneuse retentit dans l'appartement. Il laissa sonner jusqu'à ce que le répondeur se déclenche. Fabio laissa un bref message : « Tu appelles ça travailler à la maison ? » Il détacha une feuille de son bloc de sténo et écrivit : *Alors comme ça, on travaille à la maison... Passe-moi un coup de fil. F.*

Lorsqu'il rangea son bloc, son regard tomba sur l'écriture de Marlène. Il se rappela alors qu'il avait promis de l'appeler. Il composa son numéro. C'est son répondeur qui décrocha. Il ne laissa pas de message.

Le Neri était une petite boutique dotée d'une unique vitrine. Devant se trouvait un étal surchargé de fruits et de légumes, qui lui valait régulièrement les remontrances de la police, parce qu'il empiétait trop sur le trottoir. Grazia Neri se répandait chaque fois en excuses, et déplaçait, pour la forme, quelques cartons et autres cageots.

Quel que soit le temps, ou presque, la marquise était descendue devant la vitrine. Elle était rouge parce que cela flattait les fruits et les légumes, c'est du moins ce qu'affirmait Lino Neri dans le temps. Il était mort vingt-deux ans plus tôt, mais on lisait toujours sur la marquise en lettres grasses et vertes : « Pizzicheria Lino Neri ».

Trois marches montaient vers la porte de la boutique. Au-dessus de l'entrée, on avait installé un écriteau en émail avec deux bouteilles de vin et l'inscription *vini fini e comuni*. Grazia avait déjà dû repousser un certain nombre d'offres pour ce panonceau. Beaucoup de graphistes et de décorateurs habitaient dans le quartier.

La boutique pouvait accueillir trois clients. Les autres devaient attendre à l'extérieur. Il flottait une odeur de jambon, de mortadelle, de salami, de fro-

mage, et du café que Grazia préparait dans l'arrière-
boutique avec une machine à café sicilienne bosselée.
Depuis des années, elle ajournait une indispensable
opération de la hanche et marchait avec difficulté.
Mais elle était toujours bien en voix. Elle était assise
derrière le comptoir en verre et téléguidait la vendeuse dans toute la boutique. Aucune n'était restée
bien longtemps chez elle.

Lino Neri et le père de Fabio s'étaient rencontrés
près de cinquante ans plus tôt à la Missione
Cattolica Italiana. Fabio se le rappelait parce que
c'est Lino qui, le jour où l'Italie avait perdu contre la
Hollande, l'avait consolé en affirmant : « Dans
quatre ans, nous serons champions du monde. »

Lorsque fut exaucée la prophétie de Lino Neri,
celui-ci était déjà mort depuis deux ans. Écrasé par
le camion d'un fournisseur de vin qui faisait marche
arrière pour assurer sa livraison.

Fabio n'avait repris contact avec la veuve de Lino
que le jour où il s'installa chez Norina. C'était trois
années auparavant. Le Neri se trouvait juste en face
de l'appartement de la jeune femme.

Grazia ouvrait dès sept heures du matin. Pas à
cause de la clientèle – personne, ou presque, ne mettait un pied dans la boutique avant huit heures et
demie –, mais parce qu'elle se réveillait chaque
matin à quatre heures et n'arrivait pas à se rendor-
mir.

Fabio s'était habitué à boire au Neri, sur le che-
min de la rédaction, l'un des cafés noirs et sucrés de
Grazia. Un privilège qu'il devait à l'amitié entre feu
Lino Neri et feu Dario Rossi.

Avec le café, elle servait le plus souvent un morceau de toast avec une fine tranche de jambon de

Parme, ou du salami tranché au moment où il était encore tendre et moelleux. Tout cela ne coûtait rien, si ce n'est l'engagement tacite de ne jamais, de toute sa vie, acheter où que ce soit ailleurs aucun des produits que le Neri proposait à ses clients. Au bout de quelque temps, Fabio avait pris l'habitude de ranger dans sa serviette, chaque fois qu'il rentrait chez lui, le contenu des sacs venus d'autres boutiques.

Après avoir quitté l'immeuble de Lucas, Fabio s'était dirigé tout droit vers l'appartement de Norina. Il avait sonné, sans résultat, puis s'était rendu chez Neri. Il ne lui restait rien d'autre à faire : depuis son poste de garde, Grazia avait une vue directe sur la porte de l'immeuble.

Lorsqu'il entra dans la boutique, elle lui lança un regard rayonnant. Ça n'était pas bon signe, car Grazia Neri était une femme à la cordialité plutôt rugueuse. Elle réservait ses sourires aux policiers et aux clients désagréables.

Fabio lui répondit d'un sourire. Une jeune vendeuse qu'il n'avait encore jamais vue servait une vieille femme du voisinage. Elles parlaient italien. Normalement, Grazia aurait échangé quelques mots avec lui jusqu'à ce que vienne son tour. Mais cette fois, elle sortit un listing d'un tiroir et s'y plongea avec une extrême concentration. Lorsque la vendeuse et la cliente rejoignirent l'étalage, à l'extérieur, Fabio demanda :

— Comment ça va ?
— Mal, mais qui ça intéresse ?
— Moi.
— Depuis quand ?
— Qu'est-ce qui se passe, Grazia ?
— Tu le sais très bien.

— Non. Je n'ai aucun souvenir des cinquante derniers jours.

— Comme c'est commode.

— Ça n'a rien de commode, je te prie de me croire. Ça rend fou.

Grazia haussa les épaules et se replongea dans ses inventaires.

— Comment va Norina ?

— Tu n'as qu'à le lui demander toi-même.

— Elle ne me parle pas.

— Bravo.

La vendeuse revint dans la boutique avec la cliente. Fabio attendit qu'elle ait emballé les marchandises et additionné les montants.

Sur l'autre trottoir, il voyait cette entrée d'immeuble qui avait aussi été la sienne au cours des trois dernières années. 38 rue de la Batterie. Une lourde porte de chêne avec une petite fenêtre en verre jaune, protégée par du fer forgé. La clôture donnant sur le trottoir avait été enlevée la dernière fois qu'on avait rénové la propriété, il y avait bien des années de cela. À cette occasion, on avait aussi recouvert le jardin, côté rue, avec des dalles de ciment, et installé à côté de l'entrée une armoire en aluminium avec des cases pour déposer le lait et le courrier.

L'appartement de Norina se situait au quatrième étage. Il comptait trois pièces, dont deux sur l'arrière-cour, où poussait un majestueux marronnier d'Inde. La cuisine, la salle de bains et la troisième pièce donnaient sur la rue de la Batterie, un sens unique où l'on ne circulait pas beaucoup la nuit. Le plus beau, dans cet appartement, c'était sa terrasse sur le toit. Jadis, on l'avait utilisée pour accrocher le linge. À présent, des vignes vierges s'enroulaient autour des arches, et par les nuits tièdes de l'été, des ampoules colorées brillaient aux fils à linge. La terrasse était accessible à tous les locataires, mais pour des raisons inconnues, un escalier de bois particulier y menait depuis l'appartement de Norina. Celle-ci et Fabio en étaient donc presque les seuls utilisateurs. Avec Hans Bauer, du troisième étage, mais lui se contentait d'y cultiver ses pieds de chanvre.

Lorsque Fabio rencontra Norina, il vivait dans un studio meublé. Ce mode de vie correspondait à l'image qu'il se faisait de lui-même à cette époque : un célibataire mobile et indépendant approchant la trentaine. Il avait gagné ses galons comme reporter pour un grand quotidien, et tout indiquait à l'époque qu'il allait être nommé à Rome pour quelques années, avec le titre de correspondant en Italie. Mais l'offre de *Dimanche Matin* et Norina s'étaient interposées. Dans cet ordre, pour être franc.

Pendant près de six mois, il n'avait plus utilisé le studio que pour se brosser les dents, jusqu'à ce que Norina lui annonce que s'il voulait investir dans son appartement à elle une partie du loyer qu'il payait pour son studio à lui, il était aussi autorisé à y installer sa brosse à dents.

Fabio laissa passer la cliente, qui quitta la boutique, un sac en plastique au bout de chaque bras. Lorsqu'il regarda de nouveau vers l'entrée du 38 rue de la Batterie, la porte était ouverte. Et Norina se tenait devant.

Elle avait changé d'allure. Sa chevelure noire était coupée court, elle portait une jupe et un haut à bretelles tressées.

Il avait déjà atteint la porte de la boutique lorsque Grazia le rappela énergiquement :

— Fabio, attends !

Il la dévisagea, puis se retourna vers Norina. Quelqu'un d'autre venait de sortir de la maison. Un homme. Qui ferma la porte et se retourna.

Lucas.

Norina avait déjà fait quelques pas. Lucas la rattrapa et lui passa le bras autour des épaules.

6

Lucas. Celui qu'il avait libéré de l'air confiné du *Messager du Haut-Pays*. Celui qu'il avait recommandé à Rufer. Qu'il lui avait vendu comme une bête de journalisme. Un enquêteur indécramponnable. Un homme doué d'un flair infaillible pour le scoop.

Lucas. Celui qu'il avait tiré de la crasse du journalisme provincial. Lucas, l'ami de la famille. Le troisième couvert à table. Celui auquel on n'avait jamais fait sentir qu'il dérangeait.

Lucas, auquel il avait fait confiance. Il se niche chez lui. Console sa veuve. Lui rend visite à l'hôpital. Déjeune avec lui et ne dit rien. N'a pas le cran de le regarder dans les yeux et de lui dire : Tiens, j'allais oublier : c'est moi qui baise ta nana, maintenant.

— Ça dure depuis combien de temps ?

Grazia se hissa hors de son siège et sortit de son comptoir.

— Pas assez à mon goût, et j'espère que ça n'est pas près de finir ! (Elle le menaça du plat de la main.) Et gare à toi si tu ne leur fiches pas la paix, à ces deux-là !

Fabio sortit.

— Tu m'as entendue ! cria Grazia derrière son dos.

Puis elle se tourna vers la vendeuse.

— *Uomini*, renâcla-t-elle.

Fabio était posté devant son ordinateur portable. Il avait inséré dans le lecteur le CD où Lucas avait sauvegardé ses données, et faisait l'inventaire. Pour l'essentiel, les dossiers et les fichiers correspondaient à ce qu'il avait trouvé sur son disque dur. Cela ne l'étonnait pas : il synchronisait régulièrement les fichiers, c'était devenu une routine.

Il tenta de se concentrer sur l'écran. Mais chaque fois, l'image de Lucas et Norina revenait l'obnubiler. Le naturel avec lequel il avait posé son bras sur ses épaules, et avec lequel elle l'avait toléré. Comme un vieux couple en confiance.

Il leur avait laissé à tous les deux un message sur leur répondeur.

À elle : « Je t'ai vue avec Lucas. Maintenant, je comprends. »

À lui : « Fumier ! »

Il régnait dans l'appartement une chaleur accablante. La porte du balcon était ouverte, le soleil brillait sur le store. Des cris d'enfants montaient depuis le terrain de jeu. Le matin même, on y avait installé un bassin gonflable.

Fabio vérifia la date de la dernière modification de son agenda électronique. Le fichier enregistré sur le CD portait lui aussi la date du 5 juin. Plus de deux semaines avant l'accident.

Aucune entrée n'était portée à la date du 21 juin, le jour où il avait été admis à l'hôpital. Les journées précédentes, elles aussi, étaient étrangement vides. Les entraînements de football habituels, le lundi à dix-sept heures, deux fois *Cinéma avec M.*, quelques réunions à la rédaction. Les 21 et 28 mai, deux lundis, à midi et demi dans les deux cas, il avait noté *Fredi, Bertini*.

Le *Bertini* était l'Italien le plus cher de la ville, un restaurant que Fabio ne pouvait s'offrir que pour des occasions tout à fait exceptionnelles. Il ne connaissait pas de Fredi. À part Fredi Keller, son vieil ami d'école. Et ça ne pouvait pas être lui. Leurs chemins s'étaient séparés lorsqu'ils avaient à peu près dix-sept ans. Fredi avait abandonné le lycée classique : l'idée de faire des études pour exercer ensuite une profession avec laquelle on pouvait gagner de l'argent était trop emberlificotée pour lui : faire de l'argent son métier lui paraissait plus efficace. Et c'est cette profession-là qu'il exerçait depuis. Avec une réussite considérable, d'après ce que Fabio avait entendu dire. Il n'avait plus vu Fredi depuis près de dix ans. Leurs mondes étaient trop différents.

Qu'il ait déjeuné à deux reprises avec Fredi Keller lui paraissait plus qu'invraisemblable. La seule chose qui lui donnât à réfléchir était le choix du restaurant. Le *Bertini*, cela pouvait cadrer avec Fredi.

Le téléphone sonna. Fabio le laissa sonner longtemps, jusqu'à ce que lui vienne l'idée que l'appel pourrait lui être destiné – tant il se sentait étranger dans l'appartement de Marlène. Lorsqu'il décrocha enfin et répondit – « Oui ? » lui sembla être la forme la plus neutre –, son interlocuteur fut tellement surpris qu'il en resta un instant muet.

— Monsieur Rossi ? finit-il par demander.

— Oui.

— Police urbaine, lieutenant Tanner. Comment allez-vous ?

— En quoi cela intéresse-t-il la police urbaine ?

— Je suis chargé de votre affaire.

— Ah bon. Vous avez trouvé quelque chose ?

— J'aurais besoin de votre déposition. Le docteur Berthod estime que vous êtes en état de répondre à un interrogatoire. Est-ce exact ?

— Je ne sais pas si je pourrai vous aider. Je ne me souviens plus de rien.

— C'est aussi une déposition. Auriez-vous le temps demain ? J'aimerais bien me débarrasser de cette histoire.

Avait-il le temps demain ? Fabio ne le savait pas.

— Je ne sais pas, dit Fabio.

— Si vous avez le temps demain ?

— J'ai égaré mon agenda. Je peux vous rappeler ?

Le policier lui donna un numéro. Fabio le nota sur son bloc de sténo.

Il raccrocha et se concentra sur les rendez-vous inscrits dans son agenda. Hormis le mystérieux Fredi, il ne lui fournissait pas beaucoup d'éléments pour reconstituer son passé immédiat. Peut-être sa boîte aux lettres électronique serait-elle plus secourable.

Le dernier message datait du 10 juin. Il portait comme objet « training », le nom de l'émetteur était lucjaeg@roam.com et le texte était le suivant : *Excuse-moi à l'entraînement, je reste un jour de plus. Cordialement, Lucas.*

Cordialement, Lucas !

Avant cette date, la boîte contenait quelques

publicités, la confirmation d'une commande, envoyée par une librairie, une carte postale électronique et quelques notes internes de la rédaction. La plus ancienne portait la date du 31 mai. C'était plausible, car Fabio avait pris l'habitude d'effacer ses mails tous les derniers lundis du mois.

La date du dernier message, en revanche, était étrange. Fabio ne passait pas sa vie à envoyer des mails, mais il était impossible qu'il n'en ait pas reçu pendant dix jours. Il ouvrit le dossier des messages envoyés. Le dernier en date remontait également au 10 juin, et son texte, adressé à lucjaeg@roam.com, était : *Avec ta technique, tu ne peux pas te permettre de sécher un entraînement. Cordialement, Fabio.*

Cordialement, Fabio !

L'unique explication était que depuis le 10 juin, il n'avait plus récupéré son courrier. C'était sans doute invraisemblable, mais il avait fait d'autres choses invraisemblables au cours de ces semaines. Il ôta le câble du téléphone, le raccorda à son ordinateur portable et lança son programme Internet.

La brève succession de notes, le grésillement et les deux bourdonnements de la porteuse, puis le silence soudain indiquant que la liaison était établie. L'ordinateur l'informa qu'il communiquait à 48 000 bds/s et qu'il vérifiait le nom d'accès et le mot de passe.

« Vérification échouée », lut-il tout d'un coup sur l'écran. Fabio essaya de nouveau. Avec le même résultat.

Lorsque la connexion lui eut été refusée pour la troisième fois, Fabio en fut certain : on avait coupé son accès au serveur du groupe de presse. Son mot de passe n'était plus valable. Cette liaison-là, qui lui aurait ouvert une porte sur les semaines les plus décisives de son existence, était elle aussi interrompue.

Fabio éteignit l'ordinateur et chercha une cigarette. Il trouva un petit paquet dans le casier à bouteilles du réfrigérateur. Une bouteille de Campari, un gin, un whisky et un kirsch. Il fut tenté de se servir un Campari, mais se contenta d'une cigarette. Il s'installa sur le balcon et tenta de ne penser à rien. Mais le bruit des enfants qui se baignaient lui tapa sur les nerfs. Il rentra dans sa chambre et ferma la porte du balcon.

Il prit sa douche et, sans se sécher, se noua la serviette-éponge autour des hanches. L'humidité, sur sa peau, apportait un peu de fraîcheur.

La clef tourna dans la serrure. Marlène entra dans l'appartement.

— Ouf, quelle journée ! gémit-elle.

Fabio ne prononça pas un mot. Il se leva, lui prit son sac à main, la guida jusqu'au divan et souleva sa robe.

— C'était quoi, ça ? demanda Marlène.

— Sexe.

Fabio était en train de remettre son pantalon. Marlène était assise sur le divan, les jambes repliées, les bras croisés autour des genoux, la tête penchée sur l'épaule droite. Elle portait toujours sa robe.

— Il s'est passé quelque chose ?

Fabio secoua la tête. Mais plus tard, lorsqu'ils eurent pris chacun leur douche et se retrouvèrent devant un grand saladier, du pain et du jambon cuit sur le balcon, il demanda :

— Tu étais au courant, pour Norina et Lucas ?

Marlène hocha la tête.

— Pourquoi ne m'as-tu rien dit ?

— C'était à Lucas de te le dire.

— Il était trop lâche pour ça, dit Fabio avec mépris.

— Pour lui non plus, ça n'est pas simple. Mets-toi à sa place.

— Je ne peux pas me mettre à sa place. Pour moi, les femmes des amis sont taboues.

Marlène lui posa la main sur le bras.

— Norina n'était plus ta femme.

Fabio retira son bras.

— Les ex-femmes aussi sont taboues.

Il continua à picorer sa salade.

— Mange un peu de jambon. Je l'ai acheté pour toi. Il faut que tu prennes du poids.

Fabio se leva et cria :

— Je ne bouffe pas de bon Dieu de jambon cuit ! Je n'ai jamais mangé de bon Dieu de jambon cuit !

Marlène sortit de table, courut dans la chambre et ferma la porte. Fabio l'entendit sangloter.

Il se précipita hors de l'appartement et claqua la porte derrière lui.

Le chemin des Merles était plongé dans l'obscurité. Il faisait un peu plus frais. Deux gamins tapaient du ballon contre une porte de garage. Tout près de là, quelques fillettes jouaient à l'élastique. Dans les jardins, les tondeuses chuchotaient. Le vent portait une odeur d'allume-feu, venue d'on ne sait où.

Fabio avait enfoui les poings dans ses poches de pantalon, et regardait ses chaussures de tennis. Ce qui s'était passé commençait déjà à lui faire de la peine. Il avait toujours été colérique. Italien *et* rouquin, disait sa mère, ça ne fait jamais un agneau.

Marlène n'avait pas tort. Ça n'était certainement pas simple pour ceux dont la montre ne s'était pas arrêtée cinquante journées durant. Mais quelle que fût sa compréhension envers les autres, c'est pour lui que c'était le plus difficile.

Devant une entrée de garage, un homme mince en petit maillot de bain lavait à grande eau une Toyota bleue.

— Bonjour, dit-il avec insistance lorsque Fabio passa à sa hauteur.

— 'soir, grommela Fabio.

Voilà où il en était : il habitait dans une rue où les gens lavaient leur voiture le soir.

S'il était honnête, il devait avouer que son histoire de femmes des amis n'était pas tout à fait exacte. Il y avait eu des cas, bien des années plus tôt, sans doute, mais il y en avait eu, où celles-ci n'avaient pas été un tabou absolu.

Lorsqu'il revint dans l'appartement, Marlène faisait la vaisselle. Fabio prit le torchon et essuya.

— Je suis désolé, dit-il.

— Moi aussi.

Ils s'enlacèrent et restèrent ainsi un bon moment. Lui avec son torchon trempé, elle avec ses gants en caoutchouc pleins de mousse.

Plus tard, revenus sur le balcon, sans bougie, juste la pleine lune et les points incandescents de leurs cigarettes, Fabio demanda :

— Je le savais ?

— Norina et Lucas ?

Il hocha la tête. Marlène haussa les épaules.

— Tu ne m'as jamais parlé de Norina.

— Je comprends.

Une voix de femme cria :

— E-li-a ! Va-nes-sa !

— Tu ne tiens pas un journal, par hasard ?

— Juste un agenda, répondit Marlène en souriant. Mais je me rappelle très bien les dernières semaines.

— Il faut que je sache ce qui s'est passé pendant les cinquante derniers jours. Tu peux m'aider ?

— Bien entendu. Volontiers. Très, très volontiers.

La voix recommença à crier : « E-li-a ! Va-nes-sa ! » Cette fois avec un peu d'impatience.

7

Tout était grand, chez le lieutenant Tanner : ses mains, ses chaussures, son corps, sa tête, son nez, sa bouche, même sa coiffure. Il salua Fabio avec la poignée de main prudente des grands hommes timides et lui offrit une chaise en face de son petit bureau.

Fabio se demanda si le fait de dépasser d'au moins une tête toute assemblée humaine ne constituait pas un handicap pour un inspecteur. D'autant plus que le lieutenant Tanner souffrait d'un tic nerveux. Il clignait de l'œil droit. Fabio pensa dans un premier temps qu'il s'agissait de ce clignement grâce auquel les personnages qui inspirent la peur – le Père Noël ou le Père Fouettard – cherchent à rassurer les petits enfants. Cela avait peut-être effectivement été le cas, jadis. Mais, depuis, le clignement était devenu autonome. Tanner clignait sans doute aussi de l'œil lorsqu'il voulait impressionner un délinquant.

Le lieutenant Tanner avait certainement été affecté aux paperasseries. Fabio ne pouvait pas imaginer que l'on puisse faire prendre en filature des criminels dignes de ce nom par un géant clignant de l'œil.

— Comment allez-vous, monsieur Rossi ? demanda-t-il.

À son ton, il semblait que cela l'intéressait vraiment. En tout cas, Fabio donna une réponse plus exhaustive que d'habitude.

— Depuis l'os zygomatique droit jusqu'aux dents de la mâchoire supérieure droite, je n'ai aucune sensation ; mes souvenirs s'arrêtent le 8 mai et ne reprennent qu'au cinquième jour après mon admission à l'hôpital. Mais je suppose que vous avez assez souvent affaire, dans votre métier, à des gens qui souffrent de trous de mémoire.

Tanner se mit à rire :

— Oui, oui, ça arrive. Je suis heureux que vous le preniez avec humour. (Il feuilleta ses documents et adopta une mine de fonctionnaire en service.) Le 21 juin, à seize heures, vous avez été pris en charge par une patrouille, près du terminus de Wiesenhalde. Vous étiez blessé à la tête, et vous souffriez de confusion mentale. Un couple d'un certain âge s'était inquiété de votre état et avait appelé la patrouille. Je vous pose seulement cette question pour le procès-verbal : vous souvenez-vous de cet épisode ?

— Non, répondit Fabio.

Le lieutenant alla chercher le clavier au-dessus du moniteur, où il le rangeait par manque de place et lorsqu'il ne s'en servait pas. Il tapait avec deux de ses grands doigts sur les petites touches. Vraisemblablement : *Ne se rappelle pas l'incident.*

La rédaction du procès-verbal dura environ une heure et en apprit plus à Fabio qu'au lieutenant Tanner. Il découvrit le nom du couple qui avait appelé les secours, et celui des deux policiers. Il savait à présent que les enquêteurs envisageaient l'hypothèse d'une agression au cours de laquelle le ou les agresseurs avaient été dérangés, car Fabio portait encore sur soi son argent, ses objets de valeur, ses papiers d'identité et son téléphone portable. Il sut aussi que la police continuait à rechercher des témoins.

Le lieutenant Tanner, en revanche, n'apprit même pas ce que Fabio Rossi venait faire près du terminus de Wiesenhalde. « Je me suis rendu une fois dans ces parages pour une sortie pédagogique en forêt », indiqua-t-il pour le procès-verbal. « À cette époque, j'étais au cours moyen. »

Fabio signa sa déposition et promit de rappeler si quelque chose lui revenait. L'inspecteur Tanner promit de rappeler s'il apprenait quelque chose de nouveau. Les deux promesses que policiers et victimes se faisaient depuis des siècles.

Dans une papeterie, Fabio acheta un petit cahier à feuillets mobiles doté d'un index numéroté. Chaque numéro représentait une journée oubliée. Derrière chacun d'entre eux, il plaça une feuille blanche. Après la dernière page, on trouvait une pile de feuillets en réserve, pour les journées dont il apprendrait plus que ce qui figurait sur un feuillet. Il avait même convaincu la vendeuse d'aller vérifier, dans la réserve, s'il ne s'y trouvait pas encore un agenda de poche de l'année en cours.

Dans un café, il reporta dans l'agenda les rendez-vous qu'il avait notés sur son bloc. Il constata à cette occasion qu'il devait se trouver chez le docteur Loiseau une demi-heure plus tard. Il l'appela depuis sa table. Lorsque la secrétaire médicale lui eut passé la communication, Loiseau ouvrit la conversation par cette phrase :

— Ne me dites pas que vous avez oublié votre séance d'entraînement de la mémoire.

Fabio n'était pas sûr de vouloir s'habituer à l'humour du docteur Loiseau.

Plutôt que d'aller entraîner sa mémoire, il se rendit au marché. Il avait promis à Marlène de préparer quelque chose à manger. La moitié des stands étaient déjà pliés, mais il trouva tout de même ce qu'il cherchait : un kilo de tomates siciliennes mûres et un bouquet de basilic. La marchande était en train de lui rendre la monnaie par-dessus l'étalage lorsque son mobile pépia. Fabio glissa l'argent dans sa poche, posa son cabas et répondit :

— Oui ?

Il y eut un instant de silence à l'autre bout du fil. Puis une voix :

— C'est moi, Lucas. Je crois que nous devrions nous parler.

— Je ne le crois pas, répondit Fabio, et il raccrocha.

Il fit bouillir de l'eau, y plongea les tomates, les y repêcha, les pela, les découpa en gros cubes et les versa dans un saladier en verre. Il les épiça de sel et de poivre, lava et hacha les feuilles de basilic avant de les saupoudrer sur les tomates, versa un peu d'huile d'olive, mélangea le tout et plaça le récipient au réfrigérateur.

Les spaghettis à la sauce tomate froide étaient l'un des plats préférés de Norina. Un menu d'été qu'ils avaient souvent savouré pendant les chaudes soirées sur le toit de la terrasse.

L'image ne lui sortait pas de l'esprit : la manière dont elle avait franchi la porte de son immeuble. Hésitante, et sachant pourtant où elle allait. Les cheveux courts. La jupe. Le top à bretelles tressées. Comme elle avait changé. Et comme elle était belle.

Marlène n'avait encore jamais mangé de spaghettis à la sauce tomate froide. Elle était enthousiaste. Mais Fabio ne parvint pas à se débarrasser du sentiment que ce plat ne lui plaisait pas. Ils mangèrent de bonne heure et s'attelèrent à la reconstitution du passé immédiat de Fabio.

— Le 23 mai, à dix heures, nous nous sommes vus pour la première fois. Tu es venu à l'hôtel Au Lac, pour le petit déjeuner de presse de Lemieux.

En remontant à rebours depuis l'événement, le 23 mai était le trentième jour de son amnésie.

Fabio ouvrit le trentième registre de son cahier et prit des notes.

Lemieux organise un petit déjeuner de presse pour le lancement de Bifib, *une boisson au bifidus enrichie en fibres. J'y participe pour* Dimanche Matin. *(?)*

— Je ne comprends pas, les lancements de produits de consommation, ça n'était pas de mon ressort.

— Moi aussi, j'ai été surprise de te voir arriver.

— Quel était ton rôle dans cette réunion ?

— J'ai rédigé le dossier de presse, envoyé les invitations, organisé la manifestation, j'ai piloté les journalistes.

— C'est toi qui rédiges ces communiqués de presse ?

— C'est moi qui rédige ces communiqués de presse benêts, exact.

Marlène organise la réunion, envoie les invitations et écrit ces communiqués de presse benêts.

— Quelle formation faut-il suivre pour faire ce travail-là ?

— Tu te moques de moi ?

— Non, c'est sérieux. Ça m'intéresse.

— Ça varie. J'étais journaliste.

— Où ça ?

— Au *Messager du Haut-Pays.*

Marlène était journaliste à l'origine. Au Messager du Haut-Pays.

Fabio s'arrêta.

— Lucas y a aussi été, dans le temps.

— Je sais. Il est parti peu après le début de mon stage.

— Je ne me doutais absolument pas que tu avais déjà rencontré Lucas.

Marlène connaissait Lucas depuis ce temps-là (!).

— Vous étiez encore en contact ?

— Bien sûr, être en contact avec les journalistes, c'est mon métier. D'ailleurs, c'est à lui que j'avais envoyé l'invitation.

— C'est à *lui* que tu as donné l'invitation, et c'est *moi* qui suis venu ?

— Puisque je te dis que j'ai été surprise de te voir arriver.

Elle a envoyé l'invitation à Lucas, mais c'est moi qui suis venu.

— Tu as une idée du motif ?

— Tu avais dit que tu t'intéressais au produit.

— À une boisson lactée ?

— Un drink au bifidus enrichi de fibres de

céréales. Les micro-organismes protobiotiques du bifidus favorisent la digestion, renforcent les défenses immunitaires naturelles, augmentent la capacité d'absorber le calcium et améliorent les fonctions thyroïdiennes, parce qu'ils contiennent de l'iode. Quant aux fibres, elles font circuler le bol alimentaire. On appelle ça le *functional food*.

Parce que je m'intéressais à un drink au bifidus et aux fibres de céréales ?

— Plus tu m'en dis, moins je comprends que je sois venu pour ça.

Marlène sourit :

— C'était peut-être un prétexte.

— Et la véritable raison ?

Elle sourit.

— Tu veux dire : pour toi ? Je ne te connaissais pas.

— Mais Lucas, si.

— Tu penses que Lucas m'a chanté tes louanges, et que je n'avais plus qu'une seule idée en tête, ce petit déjeuner de presse au bifidus ? Allons, Marlène, ce genre de trucs ne fonctionne plus quand on a dépassé les seize ans.

À moins que Lucas ne se soit débrouillé pour que ça se passe comme ça ?

— En tout cas, tu m'as invitée le soir même au *République*.

— Et c'est moi qui t'ai fait cette proposition ?

— D'aller dîner ? Bien entendu !

— Je veux dire : au *République* ?

— Bien sûr.

Soirée avec elle au République *(!).*

— Et ensuite, chez moi.

Et ensuite chez elle (!).

L'image qu'il commençait à se faire du Fabio de ces journées-là était étonnante : le lendemain, ils avaient pris rendez-vous pour le déjeuner. Au *Greenhouse*, un bistrot végétarien proche du bureau de Marlène. Le soir, elle avait fait la cuisine. Enfin, elle en avait eu l'intention, mais pas le temps. Ils avaient été directement au lit.

Le lendemain, un vendredi, ils s'étaient donné rendez-vous pour une séance de cinéma. (Cela coïncidait avec l'une des rares indications figurant dans l'agenda de Fabio.) Ce soir-là, elle devait travailler plus tard que d'habitude ; ils étaient donc convenus de se retrouver directement devant le cinéma. C'est lui qui avait acheté les billets. Ils se trouvaient dans l'agenda de Marlène – on ne s'en était pas servi.

— Ce soir-là, je t'ai demandé pourquoi tu ne passais jamais la nuit chez moi.

— Et alors ?

— Le lendemain, tu es arrivé avec quelques affaires, dans un sac.

Ils avaient passé la fin de la semaine au lit. Le lundi, il alla travailler de bonne heure. L'après-midi, il sécha la séance de football. Ils mangèrent de nouveau au *République*, avant de se rendre chez elle.

— Et jamais un mot sur Norina ?

— Non, jamais. C'est à l'hôpital que tu as pour la première fois prononcé son nom en ma présence.

— Et tu ne t'es jamais doutée que j'avais une liaison fixe ?

— Seulement le jour où tu as repris ton sac.

— C'était quand ?

Marlène regarda dans son agenda.

— Le mardi. Je t'avais obtenu un entretien avec

le docteur Mark, notre ingénieur en chef pour l'alimentation.

— Un entretien à quel propos ?

— Les produits alimentaires. Le docteur Mark peut tout te dire sur notre gamme de produits. Ceux d'aujourd'hui et ceux du futur.

— Je n'ai rien trouvé là-dessus dans mon agenda.

— Mardi, neuf heures. Tu t'es rendu au bureau avec moi. Tu avais emballé tes affaires et emporté ton sac. Le soir, nous avions rendez-vous. Mais tu as décommandé.

— Sous quel motif ?

— Le travail. Comme le lendemain. Et le surlendemain. Alors je me suis dit que c'était fini.

— Mais ça ne l'était pas.

— Pas fini. Mais différent. J'étais ta liaison secrète.

— Je l'ai dit ?

— Ça n'était pas nécessaire. Nous ne nous sommes plus revus que de manière sporadique. Tu n'as jamais plus passé la nuit chez moi. Nous n'allions jamais dans les restaurants fréquentés par tes collègues et tes amis. À part Fredi, naturellement.

— Fredi ?

Marlène éclata de rire.

— Fredi, tout de même, tu devrais te le rappeler. Tu l'as connu bien avant le 8 mai. Fredi Keller.

— Cela fait des années que je n'ai plus de contacts avec Fredi Keller.

— Quand je t'ai rencontré, vous étiez copains comme cochons.

Peu après une heure, Fabio referma son cahier à feuillets mobiles et le fourra dans le tiroir du casier à roulettes. Il avait trouvé plus de questions que de réponses.

Le soir tombait déjà lorsqu'ils abandonnèrent les tentatives de se rapprocher un peu, au moins physiquement, du Fabio de ces premières nuits.

Le lendemain matin, Fabio alla chercher son vélo dans le garage souterrain. Il s'était offert l'année précédente un *hybrid-bike* anglais, un compromis très élégant entre le *mountain-bike* et le *city-bike*. Le cadre était en aluminium teinté d'argent, le guidon et la selle étaient équipés d'une suspension hydraulique. On n'y avait pas fixé de porte-bagages, raison pour laquelle Fabio circulait le plus souvent avec son sac en bandoulière.

Il monta la rampe de sortie et tourna dans le chemin des Merles. Au bout d'un peu moins de cent mètres, il dut s'avouer qu'il aurait dû écouter sa thérapeute. Il se sentait instable. Lui qui avait monté sur un vélo avant même de vraiment savoir marcher, voilà qu'il roulait comme s'il pouvait basculer à n'importe quel moment. Lui qui, jusqu'ici, se faufilait comme un coursier entre les files de voiture décrivait à présent de grands cercles apeurés autour des autos garées, comme si elles pouvaient lui sauter au visage sans prévenir. Il envisagea de faire demi-tour et de prendre le tram. Mais sa fierté ne le toléra pas.

Il arriva avec dix minutes de retard à sa première séance de musculation. Son entraîneur personnel s'appelait Jay, Fabio supposa qu'il s'agissait d'un ancien surnom de compétition. « Tu m'appelles Jay, je t'appelle Fabio, dans la salle de muscu personne ne se vouvoie. »

Jay avait un corps de vieux gladiateur et un visage de vieux mineur de fond. Il passa l'éponge sur le retard de Fabio avec une magnanimité appuyée et commença immédiatement un léger programme d'échauffement et de stretching.

— Tu trouveras la liste de ces exercices sur ton bulletin de contrôle personnel. Tu viens un peu plus tôt et tu les fais tout seul, comme ça on commence l'entraînement déjà chauffé et on gagne du temps.

Ensuite, il ordonna à Fabio de se déshabiller, sauf le slip, et de se mettre sur la balance. Il le mesura avec les gestes routiniers d'un maître tailleur et reporta les données sur un formulaire où figurait la silhouette d'un homme nu.

— Nageur ? demanda-t-il en connaisseur.

— Un peu, répondit Fabio.

Fabio passa le reste de l'heure à travailler sur ses engins de musculation, bancs à haltères, planches abdominales et stations à dorsaux. Jay notait les poids et le nombre des exercices accomplis. Il lui annonça qu'il lui composerait son programme d'entraînement personnel d'ici au rendez-vous sui-vant.

Il prit congé de Fabio avec ce commentaire :

— J'ai déjà vu pire.

Le stylo à bille de Fabio tremblait dans sa main. Les gens qui écrivent ne devraient pas soulever d'hal-tères, pensa-t-il. Il était assis à l'une des petites tables, devant le café *Hauser*. Toutes les autres étaient déjà mises pour le déjeuner. Si la serveuse avait accordé cette place à Fabio, c'est uniquement parce qu'il lui avait promis de la libérer à onze heures et demie précises. Il lui restait encore dix minutes.

Il avait ouvert son nouvel agenda devant lui, et notait les sources qui lui permettraient d'en savoir plus sur les cinquante jours.

Norina.

Fredi Keller. Il avait déjà passé un coup de téléphone à son bureau, et sa secrétaire lui avait promis qu'il rappellerait.

Le docteur Mark, ingénieur en chef du département alimentaire de Lemieux, avec lequel il avait eu un entretien. Celui-là pourrait lui dire sur quoi portait son enquête.

Stefan Rufer, son rédacteur en chef, s'il lui présentait ses excuses pour le « connard ».

Pas Lucas Jäger.

Les cheminots.

La veuve du suicidé.

Le couple qui l'avait trouvé et avait appelé la police.

Les relevés de banque.

La facture du téléphone.

Le décompte de sa carte de crédit.

Lorsque Fabio paya son thé glacé, son portable sonna. Il reconnut la voix comme s'il l'avait entendue la veille : Fredi.

— Pose-toi dans un taxi et file au *Bertini*, ordonna-t-il. J'y serai dans un quart d'heure.

— Au *Bertini* ? Avec cette chaleur ?

— Le *Bertini* est climatisé.

La climatisation n'était pas en mesure de produire au *Bertini* une atmosphère estivale. Le restaurant avait une allure hivernale, une odeur hivernale, un menu hivernal. La seule chose à ne pas l'être, c'était la température de la salle : l'hiver, au *Bertini*, il faisait plus chaud.

Fabio était arrivé en retard. Il n'avait pas pris de taxi, naturellement : il s'était prudemment faufilé en vélo dans la circulation en accordéon. Lorsqu'il entra au *Bertini*, Fredi se tenait tout seul à une table pour quatre, devant un Campari pratiquement vide.

Au lycée, Fredi était un garçon tout en muscles et en longueur. Dans l'équipe de foot, un bon libero, quoique parfois un peu trop nonchalant. Depuis, il avait certainement pris trente kilos. Sa silhouette ne s'était pas profondément modifiée, la surcharge pondérale était répartie régulièrement sur tout son corps. Mais son visage était à peine reconnaissable. Son nez, ses joues, ses yeux, ses lèvres — on aurait juré que quelque chose pressait tout cela vers l'extérieur.

Fredi portait un costume léger, gris foncé, dont les manches étaient retroussées jusqu'à la moitié de ses bras épais et poilus. Il avait posé les coudes sur la table et laissait pendre ses mains. De temps en temps, elles lui repêchaient un verre ou un *grissini*, sans que ses bras aient à faire de grands mouvements.

— *Ciao*, se contenta-t-il de dire.

Pas un mot sur le retard.

À peine Fabio s'était-il assis, le serveur commença à disposer sur la table de petites assiettes. Des *zucchetti* grillés et des tranches d'aubergines, du jambon, du salami, des sardines, des olives, des tomates marinées, des fonds d'artichaut. Au milieu, il déposa une cruche d'un demi-litre de *frascati* glacé. Fabio commanda un litre de San Pellegrino.

— À cause de ça ? demanda Fredi, en laissant sa main droite toute molle remonter en oscillant vers sa chevelure clairsemée

— Même sans cela, je ne bois rien au déjeuner.

— Tiens, depuis quand ?

— J'ai une faille dans ma mémoire.

— C'est ce que j'ai entendu dire. Comment ça fait ?

La main de Fredi faisait à présent tourner une fourchette en rond au-dessus de la petite assiette. De temps en temps, elle piquait vers le bas et remontait un amuse-gueule. Fredi ne parlait pas la bouche pleine ; c'est pour cette raison qu'il mâchait à peine et abrégeait ses phrases.

— Comme quand tu te réveilles avec la gueule de bois. Sauf qu'au lieu de quelques heures, tu as oublié quelques semaines.

— Mais ça te revient ?

Fabio déposa à son tour quelques *antipasti* sur son assiette.

— Jusqu'ici, il ne m'est rien revenu du tout.

— Et ça ?

Fredi désigna avec sa fourchette la tête de Fabio. Celui-ci avait ôté sa casquette et l'avait posée sur le banc, à côté de lui, dévoilant l'emplacement qu'on avait rasé.

— Ça fait mal ?

Fabio secoua la tête. La fourchette de Fredi désigna un point un peu plus bas, la tache jaune et vert en dessous de son œil droit.

— Et ça ?

Du bout du doigt, Fabio dessina un cercle sur la moitié droite de son visage.

— Au contraire. Tout ça est insensible.

Les petites assiettes étaient presque vides. Fredi leva la main et fit signe au serveur.

— Tu prends quelque chose avant le *brasato* ?

Le *manzo brasato* était une spécialité du *Bertini*. On le servait avec une purée de pommes de terre où le beurre représentait à peu près la moitié de la recette. Fabio déclina l'offre. Fredi commanda une portion de *fettucine*, suivie du *manzo brasato*. Fabio passa sur les entrées et demanda des *spaghetti alle vongole* comme plat de résistance.

— Qu'est-ce que tu veux savoir ? demanda Fredi.

Lorsqu'il constata que la question semblait surprendre Fabio, il expliqua :

— Quand on se réveille d'une cuite, aussi, on demande ce qu'on a fait aux gens qui étaient là.

— Comment nous sommes-nous retrouvés, après dix ans ? demanda d'abord Fabio.

— Au Landegg.

Le Landegg était un établissement de bains, près du lac, en vogue dans les milieux branchés ces deux dernières années. On avait nettoyé le restaurant attenant des oripeaux poussiéreux des cinquante dernières années, et on l'avait complété par un bar ouvert même en dehors des horaires de la baignade.

— Une rencontre fortuite ? demanda Fabio.

— Naturellement. D'habitude, je ne fréquente pas les marginaux du *prosecco*. Mon bateau était en panne. Tu y étais avec... Comment s'appelait-elle ?

— Marlène ?

— Non, la brune.

— Norina.

— Oui, tu étais avec Norina, moi avec Libellula.

— Ton épouse ?

— Mon bateau à moteur.

Le serveur apporta ses *fettucine* à Fredi. Une grande assiette de pâtes saupoudrées de légumes coupés en cubes et agrémentées d'une bonne dose de crème fraîche.

— Je me suis installé au bar avec vous jusqu'à l'arrivée du mécanicien du port, et nous avons discuté. Tant que Norina l'a toléré.

Fabio s'imaginait facilement comment Norina avait réagi à Fredi.

— Quelques jours plus tard, tu m'as appelé. À partir de ce moment-là, nous nous sommes rencontrés de temps en temps.

— Pour manger ?

— Manger, boire, parler.

— De quoi ?

— De la vie.

Fredi mangeait, les coudes sur la table, la fourchette dans la main droite, et dans la gauche la serviette avec laquelle il s'essuyait la bouche après chaque bouchée.

— De choses qui ne t'avaient jamais intéressé auparavant.

— Quel genre de choses ?

— L'argent, par exemple.

— Je parlais d'argent ?

— Pas directement.

Fredi mâcha, avala, s'essuya la bouche.

— J'ai parlé d'argent indirectement.

— Ça ne t'a pas dérangé que j'en parle. Au contraire.

— Au contraire ?

Mâcher, avaler, s'essuyer la bouche.

— Tu as posé des questions.

— Des questions sur la manière de gagner de l'argent ?

Fredi secoua la tête :

— De dépenser de l'argent. Repas, boissons, habitat, voyage, objets de luxe. Femmes.

— Femmes ?

— Femmes, femmes, femmes, femmes.

La main de Fredi poussa une autre fourchetée de *fettucine* dans la bouche de Fredi.

— Tu veux parler de Marlène ?

— Marlène en particulier. Les femmes en général.

Fredi avait vidé son assiette. Il s'essuya encore une fois la bouche et s'adossa à sa chaise.

— Si tu veux vraiment le savoir : ton univers te sortait par les yeux, et tu cherchais quelqu'un pour t'en faire découvrir un autre.

— Et c'est toi que j'ai trouvé ?

Une once d'ironie avait dû se mêler à sa voix ; en tout cas, la réponse de Fredi était un peu haineuse :

— Quand nous nous sommes revus, tu étais un petit-bourgeois de trente-trois ans.

Fabio attendit que l'on ait débarrassé l'assiette de Fredi et remplit son verre. Puis il demanda :

— Et ensuite, je n'étais plus un petit-bourgeois ?

— Tu étais en voie d'amélioration.

Après le repas, Fredi posa son agenda sur la table et donna à Fabio les dates auxquelles ils s'étaient rencontrés.

Deux mentions coïncidaient avec celles de Fabio :

les 21 et 28 mai, ils s'étaient rencontrés au *Bertini*. Fabio avait appelé la veille.

Mais ensuite, plusieurs dates indiquées par Fredi ne coïncidaient pas avec les siennes : le 6 juin, ils s'étaient retrouvés à dix-huit heures au *Blue Nile*, un cocktail-club un peu louche, dans lequel on n'était servi que si l'on accompagnait un membre inscrit.

Le samedi matin suivant, on lisait *Fabio, Libellula*. Le 14 juin, une semaine précisément avant l'événement, Fredi avait écrit, à dix-neuf heures trente : *Fabio, Marlène, Patricia, Maison Rouge*.

La *Maison Rouge* était un restaurant quatre étoiles situé un peu en dehors de la ville. Fabio n'y était encore jamais allé.

— Qui est Patricia ? demanda-t-il.

Fredi éclata de rire et répondit :

— Elle ne croira pas qu'un homme ait pu survivre à un coup sur la tête assez puissant pour ne même plus se souvenir d'elle.

Le *Bertini* s'était lentement vidé. Après le dessert, le *ristretto* et la *grappa*, Fredi était passé à la bière et avait raconté en détail des excursions en bateau, des soirées en célibataires au *Blue Nile* (qui, disait-il, s'étaient achevées dans des boîtes de nuit) et des tournées des grands-ducs dans les temples culinaires des environs proches et lointains. Parfois, Fabio avait emmené Marlène. « Et Norina ? » avait demandé Fabio.

— Fort heureusement, jamais, avait répondu Fredi.

À trois heures, Fabio avait cessé de prendre des

notes. Peu avant cinq heures, ils quittèrent la froi-
dure du *Bertini* pour la fournaise de la ville.

Fabio était devenu encore un peu plus étranger à
lui-même.

8

À la fin de la semaine, le thermomètre dépassa les trente degrés. Dans le chemin des Merles, l'air scintillait au-dessus du goudron. Le silence pesait sur les jardins. Les gens se réfugiaient dans les pièces obscurcies de leurs maisons.

Le petit appartement de Marlène n'offrait aucun refuge. On pouvait bien baisser le store et les jalousies, ouvrir les fenêtres et les portes, la fournaise s'était incrustée dans tous les angles, dans les moindres recoins.

Fabio était dérangé de voir Marlène se promener toute nue. L'idée que dans les appartements situés au-dessus, en dessous, à droite et à gauche du leur, d'autres couples en nage se promenaient nus ou demi-nus, lui fit oublier ses tentatives pour se laisser prendre de nouveau à son charme.

Le dimanche, de bonne heure, il alla ouvrir la boîte aux lettres et remonta le *Dimanche Matin*. Lire comme s'il y était étranger le journal auquel il avait participé depuis sa création était une étrange sensation. Rufer avait écrit un éditorial sur la vague de canicule. Même sur un sujet comme celui-là, il réussissait son tour de force habituel ; après la dernière ligne, on se demandait encore : Il est pour ou il est contre ?

Lucas Jäger était présent lui aussi, avec une chronologie de l'échec de la conférence sur le climat et un commentaire (avec portrait). Fabio tourna rapidement la page où figuraient les deux textes.

Le premier reportage de Reto Berlauer dans *Dimanche Matin* s'étalait sur trois pages. Il avait accompagné plusieurs groupes de touristes japonais, et décrivait la discipline militaire avec laquelle ceux-ci étaient encadrés et guidés. Fabio ne l'aurait certes jamais admis ouvertement, mais le texte n'était pas si foutrement mal écrit que cela.

Les pages culturelles proposaient un reportage sur le tournage du *Thé des trois vieilles dames*, l'adaptation du premier roman policier de Friedrich Glauser, considéré comme infilmable. On tournait ces jours-ci dans une villa au bord du lac. Une photo montrait le décor : une sorte d'autel, et devant une figure vêtue d'une sorte de robe du Ku Klux Klan jaune brillant. À l'arrière-plan, quelques membres de l'équipe.

Un peu à l'écart se tenait une jeune femme aux cheveux courts et noirs, qui parlait dans un talkie-walkie.

Norina.

Fabio posa le journal et se rendit à pas feutrés dans la chambre. Marlène était couchée sur le flanc, la jambe inférieure tendue, l'autre pliée. Il s'assit au pied du lit et l'observa.

— Est-ce que tu regardes là où je pense que tu regardes ?

Lorsqu'il le lui confirma, elle replia encore un peu plus la jambe.

— Tente d'imaginer que nous sommes aux Caraïbes. C'est plus facile à supporter comme ça.

Ils étaient couchés sur le dos, luisants de sueur, et prenaient garde à ne pas se toucher.

Fabio ne répondit pas. Depuis longtemps déjà, il s'imaginait qu'il était ailleurs.

Quelqu'un alluma une radio. Accordéon et trompette des alpages. Fabio éclata de rire :

— Les Caraïbes !

— Si nous allions au Landegg ? proposa Marlène.

Fabio sut aussitôt qu'il ne voulait pas être vu au Landegg.

— Aujourd'hui, tout le monde est au Landegg, répondit-il.

— Et alors ?

— Je ne veux pas avoir à expliquer cent fois de suite ce qui s'est passé.

— Dans ce cas, pas au Landegg. Mais quelque part, ailleurs. Il faut que je sorte d'ici.

Ils allèrent à la séance de l'après-midi du Palazzo. On projetait *Titanic*. Ça n'était pas vraiment le film le plus récent, ni vraiment du goût de Fabio. Mais le cinéma était climatisé, le film durait plus de trois heures, et Leonardo DiCaprio mourait frigorifié entre les glaçons de l'Atlantique.

Lorsqu'ils sortirent du cinéma, ils butèrent contre un mur d'air brûlant. Marlène avait les larmes aux yeux.

— Excuse-moi, dit-elle en sanglotant, c'est tellement idiot.

L'*Outcast*, un grand bar dans lequel on pouvait aussi manger, n'était pas à cent mètres du Palazzo. Il avait rouvert ses portes quelque temps auparavant, après un changement de direction, et le succès avait été immédiat. Là non plus, Fabio ne voulait pas se montrer avec Marlène.

Il préféra l'emmener quelques pâtés de maisons plus loin, aux *Ciseaux à Vigne*. Un bar à vins lambrissé, avec des vitres en cul-de-bouteille vertes. Sur la porte, un écriteau annonçait : « Climatisé ! »

Malgré ce panonceau, ils étaient les seuls clients. Ils s'installèrent à une table, dans une alcôve. Une serveuse mince, aux cheveux gris, leur apporta la carte de l'après-midi. Elle portait une petite veste en laine bleu clair, tant la climatisation fonctionnait bien. Marlène commanda un verre de féchy, Fabio de l'eau minérale.

— Comment s'appelle votre ingénieur nutritionniste, celui avec lequel j'ai eu cet entretien ?

— Le docteur Mark.

— Tu crois que tu pourrais encore m'obtenir un rendez-vous avec lui ?

— Ça devrait pouvoir se faire.

La femme apporta les boissons.

— Il voudra savoir sur quel sujet.

— C'est ce que j'aimerais savoir, moi aussi. Dis-lui que j'aurais encore quelques questions complémentaires à lui poser sur l'entretien de la dernière fois.

Marlène hocha la tête et but une gorgée.

— À partir de quand as-tu cessé d'être ma liaison cachée ? demanda Fabio.

— À partir du vendredi 8 juin, aux alentours de vingt-trois heures.

— Qu'est-ce qui s'est passé à ce moment-là ?

— Le téléphone a sonné, une certaine Mme Kessler était au bout du fil et voulait parler à M. Rossi. C'était urgent. Je t'ai passé l'appareil. Tu étais couché à côté de moi, au lit.

— Tu m'as passé l'appareil ?

— Je ne pouvais pas savoir qui était Mme Kessler. Je pensais qu'il s'agissait de quelqu'un de la rédaction.

— Un vendredi ? À vingt-trois heures ? Mon cul !

Marlène avala une gorgée de vin. Quand elle posa le verre, elle avait de nouveau les larmes aux yeux.

Fabio fit mine de ne pas les voir et espéra qu'elles sècheraient d'elles-mêmes. Mais lorsqu'il leva de nouveau les yeux, le visage de Marlène était trempé.

— Excuse-moi, fit-elle dans un sanglot, et elle quitta la table en direction des toilettes.

Il attendit. Chaque fois qu'il levait les yeux, il captait le regard sévère de la serveuse. Au bout de cinq minutes, il se leva.

— Je m'apprêtais à y aller, dit la femme lorsqu'il passa devant elle.

Lorsqu'il eut trouvé les toilettes des dames, Marlène était en train d'en sortir. Elle ne pleurait plus, mais ça ne durerait pas.

— Nous pouvons prendre un taxi ? demanda-t-elle.

À peine étaient-ils assis sur la banquette arrière, Marlène recommença.

— Le film ? demanda Fabio.

— Aussi, répondit-elle en un sanglot.

Il conduisit Marlène à son lit, la tint serrée jusqu'à

ce que ses larmes l'aient plongée dans le sommeil, et pensa à Norina.

Le lundi matin, les collaborateurs des journaux dominicaux n'étaient pas accablés de travail. Sarah Mathey avait immédiatement accepté lorsque Fabio lui avait demandé s'ils pourraient se retrouver pour le déjeuner.

Fabio avait une séance de musculation à neuf heures. Jay le tortura sans le moindre égard pour la chaleur ambiante, et lui interdit de prendre une douche froide après l'entraînement.

— À moins que tu ne veuilles te faire un claquage.

Sur le chemin qui le menait au *Biotope*, Fabio tenta déjà de se rappeler le nom de la serveuse. Le mot clef était : fait rien. Nue près de la piscine avec une glace à la framboise. Yvonne Dolcefarniente ? Exactement. Elle s'appelait comme ça.

Il avait une demi-heure d'avance. C'était la journée de congé d'Yvonne Dolcefarniente. Un jeune homme le servit.

— *Ciao*, dit-il. Fait chaud.

Fabio ne savait pas s'il était censé le connaître. Au *Biotope*, on était vite à tu et à toi.

Il but un tonic et tenta de ne pas bouger. La canicule et les effets secondaires de la musculation lui donnaient constamment des accès de sueur.

Il vit Sarah Mathey venir de loin. Elle portait une chemise d'homme trop grande pour elle, rayée blanc et bleu, sur un pantalon kaki devenu trop étroit. Elle trimbalait son sac à main bosselé et élimé sans lequel il ne l'avait encore jamais vue. Lorsqu'elle le découvrit, elle coinça sa cigarette entre ses lèvres et lui fit

signe. Sarah était l'une des dernières femmes autour
de la soixantaine à fumer dans la rue.

— Comment te sens-tu ? demanda-t-elle d'une
voix grave après s'être assise.

— À chier, répondit Fabio.

— Raconte.

Fabio tenta d'exprimer par des mots comment il
se sentait. Désorienté. Trompé. Volé. Trahi. Étranger. Apatride. Seul. En plan. Exclu.

Il parvint à tout raconter avec plus de détails qu'il
ne l'avait prévu. Avec Sarah Mathey, c'était systéma-
tique. La manière dont elle écoutait les gens suffisait
à les faire parler.

Ils avaient tous les deux fini leur grande assiette
de salade lorsque Fabio en arriva à la conclusion :

— J'avance à tâtons, comme un aveugle, à travers
les ténèbres de ma mémoire, dit-il. Et aucun de ceux
qui voient ne m'aident à me retrouver. Peux-tu
m'expliquer pourquoi ?

— Tu veux une réponse sincère ? répondit Sarah.

— Sans ça j'aurais posé la question à quelqu'un
d'autre.

Sarah sortit ses cigarettes de son sac.

— Le Fabio dont tu te souviens, tout le monde
l'aurait aidé. Mais celui que tu as oublié était un
sacré connard – passe-moi l'expression.

— Dans quelle mesure ?

Fabio parvint à peu près à ne pas avoir l'air vexé.

— Le Fabio que tu as oublié ne prenait plus un
verre avec ses collègues après le travail. Il avait rendez-vous au club de yachting ou au *Blue Nile*. Il ne
venait plus à la rédaction que lorsque c'était absolument nécessaire, et nous faisait sentir son dédain. Il
prenait des semaines pour pondre un papier

médiocre sur les cheminots, mais voulait qu'on l'adule comme une star internationale. Il n'intervenait jamais plus en cas de problème, et se cachait derrière un projet dont personne ne savait rien, sinon que c'était un « gros coup ». Il trompait sa compagne avec une attachée de presse blondasse et achetait ses chemises chez *Box* ! Le Fabio que tu as oublié était un petit m'as-tu-vu. Nous avons tous applaudi lorsque Norina t'a fichu dehors.

Fabio ne prononça pas un mot. Sarah lui offrit une cigarette.

— Le Fabio que tu as oublié fumait.

— Je sais, répondit Fabio, et il n'en prit pas.

Sarah s'en alluma une.

— *Sorry*. Tu voulais connaître la vérité.

— C'était avant de la connaître. (Il essaya de sourire.) Et tu ne sais toujours pas aujourd'hui ce qu'était ce « gros coup » ?

— Personne ne le sait.

— Sauf Rufer.

— Rufer non plus. C'est bien pour ça qu'il t'a fichu dehors.

— Il ne m'a pas fichu dehors. J'ai donné ma démission. Il m'a montré la lettre.

— C'était une rupture par consentement mutuel.

Fabio secoua la tête. Il avait travaillé sur un gros coup et n'avait même pas mis son rédacteur en chef au courant.

— Et Lucas ? À lui, je le lui aurais dit.

— Lucas a dit que non. Mais tu connais Lucas, il ne te trahirait pas.

Fabio afficha son sourire le plus sarcastique.

— Allons, Fabio. Lucas ne t'a pas trahi.

Fabio ne s'engagea pas dans cette discussion.

— Si quelqu'un peut t'aider, c'est bien lui.

— Demande-lui donc, proposa Fabio.

— Je l'ai déjà fait. Il dit qu'il n'y a pas eu de gros coup.

Fabio sentit la fureur s'emparer de lui.

— Est-ce qu'il affirmerait que j'ai inventé cette histoire ?

— Il n'était pas le seul à le dire, Fabio. Mais peut-être le seul à l'affirmer par loyauté.

— C'est ça ! s'exclama Fabio, si fort que le serveur pensa qu'il l'avait appelé.

— Et toi ? Qu'est-ce que tu crois ? Il existait, le gros coup ?

Sarah haussa les épaules.

— Allez, dis-moi.

Elle passa le plat de sa main sur sa chevelure récalcitrante de fausse blonde, et tira sur sa cigarette.

— Je crois que le gros coup a existé. Mais ensuite...

Elle fit un vague mouvement de la main.

— Ensuite ?

— Il s'est fragmenté, éparpillé, dissous dans l'air, qu'est-ce que j'en sais, moi. En tout cas, au début, tu y as cru. Je l'ai vu sur ton visage. Je connaissais suffisamment le vieux Fabio.

— C'était quand, « au début » ?

Sarah fouilla dans son sac et en sortit son agenda. Un petit carnet à feuillets mobiles en cuir graisseux, dont un bracelet de caoutchouc assurait encore la cohésion.

— Vers la fin de ton reportage sur les cheminots. Vers la mi-mai.

— Tu es sûre ?

— Oui. J'ai même pensé à l'époque qu'il y avait un lien entre ce reportage et ton nouveau coup.

Fabio empila les assiettes vides, les mit de côté, posa son propre carnet sur la table, puis y reporta tous les rendez-vous qui avaient un rapport avec lui dans l'agenda de Sarah. Le bouclage de son dernier reportage, les conférences de rédaction qu'il avait séchées, les réunions à thèmes où il ne s'était pas présenté. Un peu avant deux heures, il paya l'addition. Sarah devait retourner à la rédaction.

Ils attendaient la monnaie lorsque Fabio demanda :

— As-tu une idée de la raison pour laquelle je voulais interviewer un ingénieur nutritionniste de chez Lemieux ?

— Parce que tu voulais impressionner la blonde de leur service de presse... Comment s'appelle-t-elle ?

(*Unter der Laterne / wie einst Lili...*)

— Marlène, répondit Fabio, a été la conséquence de mon reportage sur l'alimentation, et pas sa cause. Auparavant, je ne la connaissais pas.

— Lucas la connaissait. Tu l'as vue avec lui. Là-dessus, tu lui as extorqué l'invitation pour le petit déjeuner de presse.

— C'est ce qu'il raconte ?

— Ça n'est pas vrai ?

— Comment veux-tu que je le sache ? répondit Fabio, agacé.

— Excuse-moi.

Le serveur rapporta la monnaie. Sarah s'alluma une cigarette pour la route.

Fabio poussait son vélo à côté d'elle. Un gentil fils

qui accompagnait sa mère. À la station de bus, il demanda :

— Et l'histoire entre Norina et Lucas, ça a commencé quand ?

Sarah fit un signe négatif.

— Je ne suis même pas sûre que ça ait seulement commencé.

À peine le bus était-il hors de portée que le portable de Fabio se mit à jouer le *Boléro* de Marlène. Fabio se promit de chercher le mode d'emploi le soir même.

Marlène annonça qu'elle lui avait obtenu un rendez-vous chez le docteur Mark. Afin de vérifier quelques points, sur le même sujet que la dernière fois.

— Il a demandé si c'était urgent. Quand je lui ai répondu que ça l'était, il m'a donné la date la plus proche qu'il pouvait me proposer. Mardi en quinze.

— Et le sujet ? demanda Fabio. Tu as appris quelque chose là-dessus ?

— Non, dit Marlène. Mais ça ne semble pas l'intéresser particulièrement.

— Tu as sa ligne directe ?

Marlène lui donna le numéro.

— Mais moi, je ne t'ai rien dit.

Fabio le composa. À la quatrième sonnerie, il tomba sur la secrétaire du docteur Mark. Elle nota le numéro de Fabio et promit que le docteur Mark rappellerait.

9

Un vigile en uniforme montait la garde devant la villa Tusculum. Fabio lui montra sa carte de presse, et on le laissa entrer sans autre forme de procès.

L'accès était barré par toute sortes de véhicules. Des camions pleins de câbles, de projecteurs, des perches d'échafaudage, d'accessoires et de costumes ; des voitures de l'entreprise, frappées du logo *Mystic Productions* ; les autos privées de l'équipe. Derrière ce parc automobile, on avait dressé une tente. On lisait en grosses lettres, au-dessus de l'entrée, le mot *CINEFOOD*.

Devant la villa, un jeune homme montait la garde, un écouteur à l'oreille. Lorsque Fabio s'approcha, il posa le doigt sur les lèvres. Fabio quitta le chemin de gravier, où ses pas crissaient, et fit le tour du bâtiment.

Derrière la villa, un tapis de pelouse menait jusqu'à la rive du lac. Quelques vieux arbres, des ormes anglais, des platanes, des bouleaux et des marronniers d'Inde, ourlaient la verdure. Sur la rive, on apercevait un hangar à bateaux aux volets peints en rouge et blanc. À côté, trois minces peupliers. Au nord, un saule pleureur majestueux délimitait la plage.

Quelques fenêtres, au rez-de-chaussée de la villa, étaient masquées par des draps noirs. Trois éclairagistes, torse nu, s'étaient installés devant et fumaient. Lorsque Fabio s'approcha, l'un d'entre eux posa son doigt sur les lèvres.

Fabio s'arrêta et attendit. Sur le lac, quelques bateaux aux voiles flasques cabotaient. Une silhouette sauta depuis le radeau de plongée qu'on avait ancré sur la rive. Peut-être un figurant dont on n'aurait besoin qu'un peu plus tard.

Le ciel était d'un blanc laiteux. Au-dessus de la chaîne de collines, sur l'autre rive, se dressait un banc de nuages. Il fallait espérer que la pluie se mettrait enfin à tomber.

Deux points se détachèrent du ciel gris clair, et grandirent à toute vitesse. Ils allaient droit vers la villa. C'étaient deux avions de chasse. À cet instant, il entendit aussi le bruit des réacteurs, d'abord doucement et d'un point où les deux jets ne se trouvaient plus depuis longtemps. Ils virèrent vers le nord avant d'avoir atteint la rive. Quelques secondes plus tard, le fracas de leurs moteurs mugit au-dessus de la paisible villa.

— Et merde ! cria une voix derrière les fenêtres obscurcies.

Peu après, une porte de terrasse s'ouvrit. De vieilles dames en robe de soie noire des années 1920, des hommes en tenue sombre et col raide, un autre vêtu d'une chasuble du Ku Klux Klan en satin jaune sortirent comme un fleuve, suivis par une légion de techniciens et de membres de l'équipe, en tenue de plein été.

Fabio en connaissait quelques-uns. Il se rappela même le nom de la jeune assistante costumière qui portait au bras son coussin à épingles et s'efforçait de protéger le col dur d'un comédien de la chaleur et du maquillage, à l'aide d'une collerette de papier : elle s'appelait Regula. Il se dirigea vers elle.

— Tu as vu Norina ?

Regula parut surprise de le voir là.

— Elle est encore à l'intérieur.

Par la porte de la terrasse, on arrivait dans une sorte de jardin d'hiver, rempli des meubles que l'on n'utilisait pas pour le tournage. Une odeur d'encens filtrait par la porte, dont les deux battants étaient grands ouverts. Une fine fumée s'échappait et courait le long du jardin d'hiver.

Fabio entra. Le salon baignait dans la pénombre. On y avait disposé des sièges, comme dans une salle de conférences. On voyait partout des projecteurs, des déflecteurs, des trépieds. La caméra était installée devant un autel. En son milieu se tenait la sculpture d'une grosse mouche. Une mer de bougies était allumée. Chaque flamme était entourée d'une aura de fumée sortie de deux machines à fumée réparties dans la pièce, et qu'un jeune homme évacuait à présent avec une plaque de polystyrène.

Norina allait d'une chandelle à l'autre, un éteignoir à bougies à la main. Elle était si profondément plongée dans son activité qu'elle ne vit pas venir Fabio. Avec un grand sérieux, elle coiffait la flamme avec le petit chapeau en laiton, attendait qu'elle soit étouffée, laissait la fine colonne de fumée qui s'échappait de la mèche monter jusqu'au plafond, et se tournait vers la petite flamme suivante.

Chaque fois qu'elle éteignait une bougie, l'éclairage de son visage se transformait, ses contours s'assombrissaient, les nuances devenaient plus profondes. Elle avait l'air aussi jeune et pieuse que les jeunes filles aux bougies consacrées vers lesquelles il louchait le jour de sa première communion.

Elle avait dû sentir qu'on l'observait : tout d'un coup, elle tourna la tête et le regarda droit dans les yeux. Elle laissa passer une seconde, puis secoua la tête sans rien dire.

Fabio avança vers elle. Elle se tourna de nouveau vers les bougies et recommença à les éteindre l'une après l'autre.

— Putain de jets, dit Fabio.

— C'est la quatrième fois aujourd'hui, gémit Norina. D'habitude, ils ne passent jamais ici.

Il se tenait tout près d'elle.

— En quels termes sommes-nous ? Nous nous faisons la bise, ou nous nous serrons juste la main ?

Elle ne répondit pas.

— Comment vas-tu ?

— Un peu... étrange. Et toi ?

— Bien.

Elle n'avait pas hésité.

Fabio hocha la tête. Le jeune homme au polystyrène quitta le salon.

— Je dois m'être comporté d'une manière abominable. Aucune idée de ce qui m'est passé par la tête.

— Je sais. Tu as tout oublié.

— C'est malheureusement exact. À partir du 8 mai.

Norina transformait les flammes, les unes après les autres, en colonnes de fumée graciles.

— Moi, en revanche, je me rappelle parfaitement, Fabio.

— La question qui se pose à présent, c'est de savoir ce qui est le pire : se rappeler ou oublier.

— Le mieux serait que chacun tente de faire ce qui l'aidera le plus.

Il ne restait plus que quelques bougies allumées. Le visage de Norina était de plus en plus sombre.

— Peut-être pas. Peut-être devrions-nous discuter. Cela nous aidera peut-être tous les deux.

Norina avait étouffé la dernière flamme. Elle se tenait désormais devant l'autel, immobile et fantomatique.

— Eh bien ! Parlons.

— Ici ?

Il put deviner un faible hochement de tête.

— Par quoi devons-nous commencer ? Par Marlène ?

— Par Fredi.

— Pourquoi par lui ?

— C'est lorsqu'il est apparu que ça a commencé.

— Quoi ?

— Ta transformation.

— C'était donc la mauvaise influence de Fredi.

Norina devait avoir deviné son sourire.

— Ça n'a rien de drôle. Fredi t'a impressionné. Tu voulais être comme lui.

— Moi ? Comme Fredi ?

Fabio éclata de rire. Norina resta de marbre.

— Peut-être pas seulement. Mais aussi. Tu voulais aller et venir entre le monde de Fredi et le nôtre. C'était ça, le problème. Pas Marlène. Elle n'était qu'un épiphénomène.

Une voix appela depuis la porte :

— Norina ? Renato te cherche.

— Dis-lui que je viens tout de suite, répondit-elle.

— C'est à cause d'un épiphénomène que tu m'as fichu dehors ?

— Tu as dit que tu étais en reportage au bord du lac Léman, tu m'as même appelée de là-bas, et on t'a vu avec Marlène au *République*. Nous nous sommes disputés pendant des nuits, puis réconciliés. Quelques jours plus tard, je t'ai eu au téléphone, chez elle, alors que tu étais censé être parti enquêter.

Fabio, consterné, ne trouva rien à répondre.

— Et tu sais quoi ? Si j'ai dû me séparer de toi, ça n'était pas parce que tu m'avais de nouveau menti si peu de temps après. La raison, c'est que je l'avais fait : appeler chez elle et te demander. Cela prouvait que j'avais perdu confiance. Je ne peux pas vivre avec un homme en qui je n'ai pas confiance.

La lumière s'alluma, et un homme en tenue de cuisinier fit irruption dans la pièce.

— Norina ? cria-t-il, d'une voix furieuse.

— Oui ?

— Selon le planning, le repas était prévu à cinq heures. Il est quatre heures.

— Qu'est-ce que je peux y faire, moi, s'ils jouent à la guerre, là-haut ?

La voix de Norina, elle aussi, paraissait agacée.

— Et qu'est-ce que je fais, moi, maintenant ? Ils sont en train de me prendre ma cambouille d'assaut, merde !

Norina explosa.

— Improvise ! lui cria-t-elle au visage. Merde, merde, merde !

Devant la tente de restauration se pressait une

étrange assemblée à différents stades de l'habillage. Un semi-remorque plein de voitures de collection barrait l'entrée. Fabio dut attendre un quart d'heure avant de pouvoir se mettre sur son vélo et démarrer.

Chauffé à blanc et épuisé, il arriva dans l'appartement. La petite montée qui séparait le lac et le chemin des Merles l'avait exténué. La chaleur était torride. De gigantesques tours nuageuses s'étaient amassées dans le ciel. Les premiers signes annonciateurs de l'orage – du moins, il l'espérait.

Il prit une douche froide, passa des vêtements frais et s'installa à son bureau, avec son cahier à feuillets mobiles et son agenda.

Sur quel gros coup était-il en train de travailler ? Sarah pensait qu'il y avait un rapport avec l'histoire du cheminot.

Il alla ramasser sous son bureau le sac de chez *Box !* contenant les affaires qu'il avait rapportées de la rédaction, et en étala le contenu sur la table. Dans le vieux numéro de *Dimanche Matin*, il relut encore une fois, attentivement, l'histoire du conducteur de locomotives.

Il s'était manifestement laissé prendre au récit d'Erwin Stoll, le jeune cheminot. Il lui avait consacré beaucoup de place et pris son point de vue comme fil directeur : se jeter devant un train, c'était un manque de respect envers celui qui le conduisait. C'est aussi sous cet aspect qu'il avait interrogé les autres cheminots. Sarah avait raison : ça n'était pas son meilleur papier.

Parmi les objets rapportés de la rédaction se trouvaient aussi quelques cassettes audio. L'une d'elles était intitulée « E. Stoll ». Fabio la glissa dans son petit lecteur.

La voix aiguë de Stoll retentit. Il parlait rapidement, avec excitation, et ne laissait jamais Fabio formuler jusqu'au bout ses questions prudentes.

Tout lui revint aussitôt : l'appartement de trois pièces dans une résidence de banlieue ; la fille de deux ans qui mâchonnait des biscuits, assise sur le canapé, à côté de Stoll ; son épouse, qui arrondissait les fins de mois en exerçant les fonctions de concierge, lavait l'escalier à grande eau et portait jean et T-shirt noué au-dessus du nombril ; les posters de Willie Nelson, Jim Reeves, Stonewall Jackson et d'autres stars du Nashville-Sound-Country ; les bottes de cow-boy Lizard sur les pieds croisés de Stoll, au bout de ses jambes tendues.

Fabio essaya de se concentrer sur le monologue d'Erwin Stoll. Mais l'image de Norina ne cessait de s'intercaler : elle se tenait debout dans cette mer de petites flammes qu'elle éteignait religieusement, l'une après l'autre.

Si Sarah n'avait pas dit : « Je ne suis même pas sûre que ça ait seulement commencé », il ne se serait pas rendu sur le plateau. Il avait interprété ces mots comme une invitation à ne pas encore baisser les bras. Quel qu'ait pu être le fondement de cette remarque, il n'en avait rien décelé dans le comportement de Norina. Il ne l'avait encore jamais vue aussi belle. Mais jamais aussi froide non plus.

Fabio essaya d'imaginer Norina avec Lucas. Faisaient-ils les choses qu'eux-mêmes avaient faites ? Ou bien d'autres ? Plus bizarres ? Plus taboues ? Le faisaient-ils plus souvent ? Était-ce plus beau pour Norina ? Lucas... Lucas était-il meilleur ?

Fabio avait souvent vu Lucas nu, au vestiaire, après les entraînements. Il était peut-être un peu trop sec, mais bien bâti. Et il avait, il n'y avait malheureusement aucune contestation possible sur ce point, une assez grande queue. Pas une queue à record, mais plus grande que le reste de l'équipe, Karl Wetter mis à part. Mais Fabio Rossi compris.

Il n'avait pas fait attention au moment où l'entretien avec Erwin Stoll s'était achevé. C'était une autre voix qui parlait à présent. Plus calme, plus profonde, plus réfléchie. Un homme beaucoup plus âgé.

La voix disait : « Quand on est jeune, on parle beaucoup. Je ne peux pas prendre ça tellement au sérieux. À votre avis, par quoi passe un homme avant de se mettre devant un train qui approche ? Et dans la courbe de Feldau, en plus, là où il sait que le conducteur n'a aucune chance. »

Fabio arrêta la bande et la rembobina en accéléré jusqu'à ce que la hauteur des voix de souris se transforme. Il appuya de nouveau sur le bouton *Play* et entendit sa propre voix annoncer : « Hans Gubler, 14 mai. »

Ce nom-là ne lui disait rien. Il n'était pas non plus mentionné dans l'article. S'il n'avait pas cité Gubler, c'est vraisemblablement parce que ses propos ne cadraient pas avec la ligne de son article. Gubler était un cheminot proche de la retraite. À quatre reprises, au cours de sa carrière, des suicidaires s'étaient jetés sous sa locomotive. Deux femmes, deux hommes, il connaissait leur nom, il avait même parlé à leur famille. « Si quelqu'un vous dit qu'il est furieux contre ces pauvres diables, c'est sa manière de s'en sortir. Moi, je n'ai jamais ressenti de colère. Juste de la pitié. »

Le dernier suicidé de Hans Gubler remontait à un peu moins de deux mois : c'était le docteur Andreas Barth, un spécialiste de la chimie alimentaire, âgé d'un peu plus de cinquante ans. Gubler était allé rendre visite à sa veuve. Elle ne pouvait pas s'expliquer pourquoi il l'avait fait.

Jacqueline Barth était la femme mentionnée dans son reportage, sous forme d'une brève interview. C'est elle qui avait prononcé cette phrase laconique : « Dites-lui que moi aussi, j'aurais préféré qu'il n'ait pas fait ça. »

Il trouva aussi sur la bande son entretien avec Mme Gubler. Fabio l'y confrontait à la colère du cheminot contre le suicidaire, sans dire clairement que la fureur d'Erwin Stoll concernait un autre désespéré. L'entretien durait plus de quarante minutes. Mme Barth était manifestement reconnaissante de pouvoir parler de cette affaire à quelqu'un. Elle admettait qu'elle pouvait comprendre la rage du conducteur. Elle-même était parfois prise d'une immense colère. Elle était furieuse et blessée. Pas un mot d'adieu, pas une explication. Une muflerie qui ne lui ressemblait pas du tout.

Elle ne cachait pas non plus sa situation financière. L'assurance-décès ne fonctionnait pas en cas de suicide. Elle se retrouvait avec une simple pension qui la forcerait à reprendre un travail. Elle avait une formation de fleuriste. Ça n'était pas avec ce genre de métier-là qu'on pouvait se permettre une maison pareille.

Replacée dans son contexte, la brève phrase sur laquelle Fabio avait centré sa brève interview n'avait strictement rien de sarcastique. « S'il vous plaît, dites au conducteur du train que je le comprends bien et que cela me fait de la peine. Moi aussi, j'aurais préféré qu'il n'ait pas fait ça. » Fabio l'avait écourtée pour lui donner plus d'impact.

Il trouva sur une deuxième cassette des entretiens avec d'autres cheminots. Mais aucune allusion non plus au grand coup. Les autres bandes étaient celles d'anciens reportages.

Lorsque Fabio commença à ranger le bureau, Marlène entra dans la pièce.

— Ça veut pleuvoir, mais ça ne peut pas, gémit-elle avant de passer les bras, par-derrière, autour de Fabio, de se pencher au-dessus de lui et de l'embrasser sur le front.

Puis elle disparut dans la salle de bains. Il entendit la douche. Un peu plus tard, la porte s'ouvrit. Marlène traversa la pièce et passa dans la chambre, vêtue d'un peignoir de soie rouge pâle. Il fallut un certain temps avant qu'elle ne ressorte. Elle était maquillée, vêtue d'un porte-jarretelles, de bas, d'un tanga string et d'un soutien-gorge, le tout en blanc.

Pour quelqu'un qui n'avait jamais particulièrement apprécié les froufrous et les dentelles, il prit beaucoup de temps avant d'en libérer Marlène.

Avant de s'endormir, il se demanda si Norina portait aussi parfois pour Lucas le body gris souris et transparent, avec les deux boutons-pressions à l'entrejambe.

L'orage n'avait pas éclaté. Au petit matin, il n'y avait plus un nuage dans le ciel. Aux informations, on demandait d'économiser l'eau. Il fallait éviter d'arroser les pelouses et de laver les voitures.

Avant que Fabio ne quitte la maison, il appela le docteur Mark. Une fois encore, c'est la secrétaire qui décrocha, et une fois encore, elle promit qu'il rappellerait.

Pour la séance de physiothérapie, cette fois, c'est Katia Schnell en personne qui s'occupa de lui. Elle avait prévu une séance d'entraînement à l'équilibre et à la coordination. On donna à Fabio une planche circulaire sur la face inférieure de laquelle était fixée une demi-sphère. Il devait s'installer dessus et tenir l'équilibre. Il n'y parvint qu'à grand-peine.

La petite femme l'observa un moment en silence.

— Vous ne m'aviez pas dit que vous alliez travailler à vélo, autrefois ?

Fabio descendit de cette installation instable.

— Je suis venu ici à bicyclette.

— Laissez tomber provisoirement. Déjà entendu parler du tai-chi ?

— Ce sport de combat au ralenti ? Oui, j'ai déjà vu ça. Ça a l'air passablement idiot.

— Pas aussi idiot que de tomber de vélo.

Lorsque Fabio quitta le centre de thérapie du 19 chemin du Ruisseau froid, il avait un rendez-vous de tai-chi pour le mercredi suivant.

Ce matin-là, le docteur Loiseau ressemblait effectivement à un hippopotame. Un qui serait tout juste sorti de l'eau. Malgré la climatisation, sa vaste chemise en batik lui collait au torse.

— Ça, là, dit-il en haletant et en désignant son corps comme un objet étranger, sur les quelques mètres qui séparent la voiture climatisée et le cabinet climatisé, ça stocke suffisamment de chaleur pour

me maintenir en nage le restant de la journée.
Comment allez-vous ?

— Troubles de l'équilibre. C'est normal ?

— Ça se traduit comment ?

— Je ne tiens pas bien à vélo.

— Depuis quand ?

— Depuis que je refais du vélo.

— Laissez tomber, de toute façon il fait trop
chaud.

— La thérapeute veut m'envoyer au tai-chi.

— Ça ne peut pas faire de mal. Il faut que vous
retrouviez votre centre. Et à part ça ?

À la montagne de graisse coincée, immobile, dans
son siège spécial, Fabio raconta la double perte de
ses souvenirs. Ceux qu'il avait dans la tête, et ceux
qu'il avait notés sur son ordinateur.

Soudain, il s'entendit raconter. Marlène, l'inconnue pour laquelle il avait tout abandonné, et avec
laquelle il vivait. Et Norina, qu'il avait quittée.
Norina qui ne voulait plus entendre parler de lui.
Norina, à laquelle il ne pouvait s'empêcher de penser
en permanence. Norina, qui le trompait avec son
meilleur ami. Norina, son grand amour.

À deux reprises, le docteur Loiseau regarda ostensiblement sa montre, sans que Fabio fasse mine
d'interrompre sa lamentation. Il fallut que le docteur actionne en tâtonnant la sonnette placée sous
son bureau, et que l'assistante médicale arrive peu de
temps après sous un prétexte quelconque, pour que
Fabio remarque qu'il avait dépassé l'horaire normal
de sa consultation.

Sur le trottoir se pressait une foule qui rappelait la
Passeggiata de Rimini, le soir, à dix heures, au mois

d'août. Ceux qui travaillaient étaient en pause-
déjeuner et flânaient comme des touristes. Chaque
restaurant, chaque café, chaque boulangerie, chaque
kiosque avait disposé quelques tables à l'extérieur.

Peut-être, songea Fabio, devrait-il aller passer
quelques jours à Urbino, chez sa mère. Il avait suivi
le conseil du docteur Loiseau, rangé son vélo dans la
cave, sous le cabinet médical, et avait fait le chemin
à pied. Le flot des promeneurs le poussa vers le
débarcadère. Il acheta un billet pour une promenade
sur le lac et se retrouva un peu plus tard à une table,
sur le pont supérieur de *La Mouette*. Unique
Européen dans un groupe de Japonais souriants, il
mangea une « assiette du lac » : une laitue pommée
découpée en bandes sur une sauce blanche industrielle, garnie de trois sortes de fromages.

L'homme assis en face de Fabio ressemblait à un
vieux samouraï. Il avait mangé la salade et s'attaquait
à présent au fromage. Il ôta l'emballage de la portion
de beurre, en découpa un morceau avec sa fourchette et son couteau, l'étala sur l'emmental, en
tailla un morceau et le mâcha minutieusement.

La femme, à côté de lui, portait un hybride de
casquette et de foulard, et un masque semblable à
ceux des chirurgiens. Pour manger, elle l'abaissait un
bref instant, puis elle le relevait.

Les haut-parleurs diffusaient une polka, interrompue par des messages en plusieurs langues sur les
rares curiosités que l'on apercevait sur la rive.

Fabio laissait le paysage défiler devant lui et se
demanda ce qui avait bien pu l'amener là.

C'est seulement lorsque *La Mouette* eut fait demi-
tour et mis le cap vers la ville, en longeant l'autre
rive du lac, qu'il connut la réponse. Il se leva,

déclenchant ainsi bon nombre de hochements de tête et de sourires chez ses voisins de table. Il se dirigea vers la poupe et s'appuya sur le bastingage.

Ils passèrent à moins de cinquante mètres de la villa Tusculum. Le radeau était vide. Sur la rive, on avait étalé trois draps de bain colorés. Des gens affluaient par la porte de la terrasse et se dirigeaient vers la tente de restauration. Il crut un moment distinguer Norina, mais il n'en était pas sûr.

Il se concentra sur une lame d'étrave, et la suivit du regard jusqu'à ce qu'elle aille claquer contre le mur mousseux du quai, devant le Tusculum. Peu après, la villa disparut derrière le grand saule pleureur.

Fabio prit le tram pour le chemin des Merles, emprunta la rue inconnue, le portail inconnu, l'escalier inconnu qui menait à l'appartement inconnu. Il se déshabilla, ne garda que son caleçon, se servit un verre d'eau minérale et le but, à demi assis, à demi couché sur le canapé inconnu.

Il plongea le doigt dans le verre, laissa une goutte froide tomber sur sa poitrine et la regarda chercher son chemin sur la peau. Dès qu'elle se fut infiltrée dans le nombril, il en repêcha une fraîche dans le verre et suivit son chemin sur son corps. Il se sentait comme un étranger dans sa propre vie.

Fabio se reprit et sortit sur le balcon. Il regarda le gazon, en dessous de lui.

L'anneau le plus élevé du bassin d'enfants s'était dégonflé. L'eau montait jusqu'au niveau du deuxième boudin. Une pelle de plastique jaune y dérivait. On ne voyait personne. Et l'on n'entendait rien, hormis la voix ténue d'un petit enfant qui pleurait dans son sommeil.

Fabio avait envie d'une cigarette. Il n'en trouva pas sur le bureau, ni sur la desserte, le comptoir du petit déjeuner ou la table de maquillage. Il ouvrit le tiroir de la cuisine où Marlène conservait ses provisions. Il ne restait que l'étui vide d'une cartouche.

Il revint sur le balcon et s'appuya à la rambarde. Comme il l'avait fait quelques instants plutôt contre le bastingage de *La Mouette*, lorsqu'elle glissait irrésistiblement devant Norina, le pavillon affalé.

L'idée de la cigarette s'était incrustée en lui. Fabio rentra et se lança dans une fouille méthodique.

Il ne trouva rien, ni dans la cuisine américaine, ni dans la salle de bains. Il entra dans la chambre à coucher et se mit à passer ses vêtements en revue. S'il avait effectivement fumé au cours de ces cinquante journées, il était possible qu'il ait oublié un paquet dans une poche de sa veste. Elles étaient vides, à part une facture chiffonnée dans la poche de poitrine d'une veste en coton doublée. Un parcours en taxi, au mois de mai.

Il palpa les vêtements de Marlène accrochés aux cintres, puis il fouilla les tiroirs à linge, d'abord le sien, puis celui de Marlène. Il n'y trouva rien — mais il constata qu'il était loin d'avoir vu, la veille au soir, la totalité des sous-vêtements excitants que Marlène avait à proposer.

Dans le tiroir droit de sa table à maquillage, il dénicha enfin ce qu'il cherchait. Un paquet entamé des cigarettes extra-légères de Marlène se trouvait entre toutes sortes de crayons, de poudreuses, de pinceaux, de petits pots et de brosses. Un lieu auquel il aurait pu penser plus tôt. Marlène fumait en se maquillant, comme une star de comédie musicale.

Lorsqu'il sortit le petit paquet, il aperçut derrière quelque chose qui ressemblait à une lampe de poche. Il tira un peu plus le tiroir. C'était un vibro-masseur chromé. Fabio l'alluma. Un bourdonnement discret retentit, le genre de bruit qu'émettent des appareils coûteux et soigneusement réglés. L'intensité des vibrations était ajustable par paliers. Même au niveau maximum, le pénis artificiel était plus silencieux que le rasoir électrique de Fabio. C'était certainement la Rolls-Royce des vibromasseurs.

Fabio rangea le jouet et referma le tiroir. Mais une vieille boîte de maquillage s'était mise en travers. Il fallait la sortir et la remettre en place. En dessous apparut son assistant personnel.

Fabio se tenait devant son bureau et soupesait le petit ordinateur de poche gris. Il y avait forcément là-dedans une partie des données qui étaient effacées ou inaccessibles dans son cerveau. Il hésitait à allumer l'appareil, comme s'il redoutait d'y faire de nouvelles découvertes. Ou bien de n'en faire aucune.

C'est la deuxième crainte qui se confirma. Les rendez-vous qui apparurent sur le petit écran étaient aussi peu nombreux que dans sa sauvegarde. Et il les connaissait tous.

Il mit son ordinateur portable en route et lança le programme de l'assistant personnel. Les rendez-vous coïncidaient. Tout comme les données dans les autres programmes. Pas de nouvelles adresses, pas de nouvelles notes, ni de nouveaux décomptes de frais ou de nouveaux textes. De deux choses l'une : ou bien il ne s'était plus servi de l'ordinateur de poche depuis sa dernière sauvegarde, ou bien il y avait recopié les vieilles données de la sauvegarde du 5 juin. On ne commettait pas ce genre de choses par erreur. On avait dû le faire en toute connaissance de cause.

Lui-même. Ou quelqu'un d'autre.

Il cliqua sur le programme de synchronisation du petit appareil : les mots « Dernière synchronisation le 5 juin » apparurent sur l'écran. Cela ne signifiait rien. Il suffisait de changer brièvement la date de l'ordinateur portable avant la synchronisation pour que la sauvegarde de l'assistant personnel porte la date souhaitée.

Il éteignit l'appareil et le rangea de nouveau sous la boîte de maquillage plate, dans le tiroir. Il sortit deux cigarettes du paquet, en veillant à tout laisser à la place où il l'avait trouvé. Il s'assit de nouveau au bureau et mit de l'ordre dans ses idées.

Sur son disque dur, Fabio ouvrit un dossier intitulé « Backups ». Il contenait une copie des données du programme de l'ordinateur de poche – il les sauvegardait à intervalles irréguliers, au cas où. Elle portait la date du 5 juin.

Quelqu'un avait manipulé son assistant personnel et son ordinateur portable. Quelqu'un, alors qu'il était à l'hôpital, avait remplacé les données actuelles par cette sauvegarde, puis effacé toutes les données sur son ordinateur de poche, avant de recopier les anciens fichiers sur l'autre appareil.

Le fait que l'appareil ait été dissimulé dans la table de maquillage de Marlène ne pouvait signifier qu'une chose : elle avait quelque chose à voir avec cette manipulation. Il ne savait pas quelles étaient ses connaissances en informatique, mais pour pratiquer ce genre d'opération, il n'était pas nécessaire d'être un génie de l'ordinateur.

Fabio alluma une cigarette, inhala et souffla la fumée vers le plafond.

Si c'était Marlène, comment se faisait-il que la sauvegarde récupérée à la rédaction datât elle aussi du 5 juin ?

Elle devait avoir un complice à la rédaction. Il ne se demanda pas longtemps de qui il s'agissait.

Fabio écrasa sa cigarette, éteignit l'ordinateur portable et rangea son bureau. La note de taxi chiffonnée lui tomba entre les mains. Il la déplia et la lissa.

On y lisait l'adresse de la rédaction, et, comme point d'arrivée de la course : 12 chemin de la Prairie. Cette adresse ne lui disait rien. Il appela les renseignements et apprit que la personne inscrite à cette adresse était un certain docteur Barth. Il avait donc trouvé la facture du taxi utilisé pour son entretien avec la veuve du docteur Barth. Il feuilleta son carnet à feuillets mobiles et s'arrêta à la feuille du 16 mai.

Il avait déjà fermé son agenda lorsqu'il prit conscience du fait que les dates ne coïncidaient pas. La facture avait été établie le 18.

10

La journée accablante laissa place à une soirée torride. Depuis son balcon, Fabio regardait la pelouse. Le concierge était en train de dérouler deux tuyaux d'arrosage. Il s'appelait Anselmo. Anselmo Merletto, comme le merle qui chantait le soir sur le bouleau du chemin des Merles. C'est ainsi que Fabio avait retenu son nom.

Marlène avait appelé. Elle devait rencontrer un journaliste à l'*Outcast*, ils se retrouveraient plus tard. Fabio était heureux de ce retard. Il ne savait pas encore comment il devait se comporter avec elle.

Pourquoi les dates de sa visite chez Jacqueline Barth ne concordaient-elles pas ? S'était-il trompé en inscrivant la date ? Le chauffeur de taxi avait-il fait une erreur ? Le rendez-vous avait-il été reporté ? Ou bien s'y était-il rendu une deuxième fois ?

Anselmo mit en marche deux gicleurs, malgré les appels aux économies d'eau lancés par l'administration. Il leva les yeux vers Fabio et cria :

— Causio, Rossi, Bettega !

— *Ciao !* répondit Fabio.

— *Ciao !* grogna Anselmo.

Sa voix trahissait la déception du petit garçon avec lequel personne ne veut jouer.

Fabio quitta le balcon. Pourquoi n'appelait-il pas tout simplement Jacqueline Barth, pour lui poser la question ?

Il composa son numéro. Pendant longtemps, personne ne répondit. Elle avait peut-être déménagé. Après tout, elle avait dit qu'elle ne pouvait plus se permettre une maison pareille après la mort de son mari.

Au moment précis où il allait raccrocher, il entendit une voix de femme.

— Oui ?

— Madame Barth ?

— Non, fit une voix à l'accent slave. Je suis la femme de ménage. Mme Barth est en vacances.

— Jusqu'à quand ?

— Jusqu'à la fin du mois.

— Peut-on la joindre ?

— Elle est en Italie. Elle appelle de temps en temps. Vous pouvez lui laisser un message.

— Dites-lui que j'ai appelé. Fabio Rossi, de *Dimanche Matin*. Je souhaiterais qu'elle me rappelle, j'aurais une question urgente à lui poser.

Il lui donna le numéro de l'appartement de Marlène et celui de son portable.

Le soir était déjà tombé lorsque Marlène arriva. Elle était de bonne humeur et sentait les boissons qui avaient accompagné son rendez-vous de presse. Elle l'embrassa, laissa une main glisser dans son caleçon et annihila chez Fabio toute velléité de garder ses distances.

— Le tai-chi est une méthode permettant de recouvrer l'équilibre intérieur et extérieur, de revenir à soi et de retrouver son centre de gravité interne.

Fabio et les autres élèves du cours pour débutants se tenaient en demi-cercle autour du professeur de tai-chi et écoutaient son introduction.

— Mais le tai-chi régule aussi le métabolisme, stabilise le système cardio-vasculaire, abaisse la tension, dilate les vaisseaux coronaires, permet de lutter contre les troubles végétatifs, élimine les troubles du sommeil et régule les activités fonctionnelles du système nerveux central.

Les condisciples de Fabio avaient tous un âge auquel on s'intéresse personnellement à chacun de ces effets. Lui-même en attendait un surcroît d'équilibre extérieur et intérieur.

— La posture assurée et l'équilibre stable encouragent la stabilité interne et le sentiment de se tenir les deux jambes sur terre, reprit l'enseignant.

Dieu sait que cela pourrait être utile à Fabio.

L'homme avait à peu près cinquante-cinq ans. Ses paupières, ses joues, ses lèvres, les commissures de sa bouche et les lobes de ses oreilles penchaient vers le bas. Peut-être une maladie professionnelle, la conséquence d'une décontraction permanente. Il s'appelait François Tisserand. Fabio associa son nom à la « princesse de jade au métier à tisser ». C'était le titre de l'un des enchaînements de tai-chi qu'ils auraient à interpréter vers la fin du cours pour débutants.

Lorsqu'ils commencèrent enfin à répéter le premier des treize enchaînements principaux, Fabio se révéla rapidement comme le premier de la classe pour ce qui concernait les mouvements tranquilles, tendres et fluides. En matière d'équilibre, en revanche, il était lanterne rouge.

Peu avant midi, Fabio avait un rendez-vous à la clinique universitaire. Il choisit d'entrer par le jardin public et la cafétéria. Elle était occupée jusqu'au dernier siège. On entendait des cliquetis de couverts, des voix assourdies, il retrouva l'odeur familière d'hôpital et de café au lait. Il connaissait quelques-unes des patientes. Il salua d'un hochement de tête un homme portant un pansement sur son crâne à demi-rasé. Celui-ci ne lui répondit pas. Peut-être ne reconnaissait-il pas Fabio sans son peignoir. Ou alors il ne pouvait pas se souvenir de lui.

Une infirmière le conduisit dans la salle d'attente de neurologie. À peine s'était-il assis et avait-il salué les deux autres personnes présentes, un couple assez âgé, que son portable sonna. La femme lui lança un regard indigné.

Fabio se leva, se posta face à la fenêtre ouverte, le dos à la pièce, et décrocha en se présentant. Une voix de femme inconnue lui répondit.

— Mme Barth à l'appareil. On m'a dit que vous aviez encore une question. Je pensais que cette affaire était réglée.

La voix paraissait inquiète. Il fallut un moment à Fabio pour comprendre avec qui il parlait.

— Merci de me rappeler, madame Barth. Si, l'affaire est réglée, ma question est d'ordre privé. J'ai perdu mon agenda et je suis en train de reconstituer la liste de mes rendez-vous. Je voulais vous demander si vous vous souveniez de la date de notre entretien.

— Et c'est pour cela que vous m'appelez pendant mes vacances ?

Le reproche laissait un peu trop transparaître son soulagement.

— Pardonnez-moi. La comptabilité me harcèle pour obtenir un justificatif.

— Un instant, ne quittez pas. (Il patienta jusqu'à ce qu'elle soit revenue à l'appareil avec son agenda. Puis elle demanda :) Le premier ou le deuxième entretien ?

— Les deux, se contenta de répondre Fabio.

— Mercredi 16 mai, à quinze heures. Et vendredi 18, à dix-sept heures. Cela vous est-il utile ?

— Cela m'aide beaucoup, merci.

Il lui souhaita de bonnes vacances et lui demanda où elle était. Elle se trouvait à Amalfi.

On appela le couple en salle de consultation. La femme lança à Fabio un regard triomphal. Il éteignit son portable, le rangea dans sa poche et s'assit.

Pourquoi une deuxième visite ? Pour ces quarante lignes d'interview, le premier entretien avait déjà été trop long. De quoi avait-il été question dans le second ? Et pourquoi son coup de téléphone avait-il autant inquiété cette femme ? « Je pensais que cette affaire était réglée. »

Quelle affaire ? Le gros coup ?

Fabio fut appelé à son tour en salle de consultation. Le docteur Berthod l'attendait. Il lui demanda de s'allonger sur la table d'auscultation. Il se mit aussitôt à lui palper le visage.

— Une transformation quelconque ?

Fabio répondit par la négative.

— Et autrement ?

— Des troubles de l'équilibre.

— Vous faites quelque chose contre ?

— Du tai-chi.

— Bien. Ça passera. Ça arrive souvent. Aucune raison de se faire du souci. Et les souvenirs, ça donne quoi ?

— J'y travaille. Sans succès jusqu'ici.

— Vous êtes-vous déjà rendu à l'endroit où l'on vous a ramassé ?

Fabio secoua la tête.

— Essayez donc. Parfois, ça apporte quelque chose. Les cadres. Les images. Les odeurs.

Le docteur Berthod ôta les fils sur la tête de Fabio, lui souhaita une bonne continuation et lui demanda de se faire donner un rendez-vous au secrétariat, d'ici quatre semaines.

Les trams qui roulaient sur la ligne dix-neuf étaient anciens. La ligne traversait l'un des quartiers les plus mal fréquentés de la ville. Les voitures étaient couvertes de graffitis, taguées, décorées au feutre indélébile ; sièges et dossiers étaient lardés de coups de couteau.

Fabio Rossi était installé dans la deuxième voiture du tram. Elle était à demi remplie. Des personnes âgées, des lycéens, des ménagères.

À l'une des stations, trois jeunes gens montèrent, deux femmes et un homme. Ils étaient ensemble, mais dès qu'ils furent à bord, il se répartirent dans toute la rame. Fabio trouva cela étrange. Il ne quittait pas les trois passagers des yeux.

Lorsque le tram se mit en marche, l'une des jeunes femmes dit d'une voix forte dans le silence : « La nuit. »

Personne ne se retourna. Alors, le jeune homme, près de l'entrée médiane, se fit entendre :

« Qu'il est beau de rêver ici
La nuit dans la forêt silencieuse
Lorsque parmi les arbres sombres
Résonne la vieille fable. »

La mine des passagers se referma, ils espéraient que le jeune ne leur demanderait pas d'argent. La première femme reprit :

« La montagne à la lueur de la lune
Comme figée dans ses pensées
Et dans les décombres troublés
Les sources vont en se plaignant. »

De l'avant retentit la voie aiguë de la troisième, la plus jeune, qui parlait la même langue théâtrale et cultivée.

« Car las j'allais sur les alpages
La beauté devenue paix
La nuit de son ombre froide,
Recouvre mon tendre amour. »

Le tram de la ligne dix-neuf bringuebalait devant les façades noircies par les gaz d'échappement. Kiosque, bistrot, sex-shop, spécialités turques, marchand de vélos. Fabio avait les larmes aux yeux. L'image de la première femme s'estompa. Sa voix continua.

« C'est la plainte folle
Dans la splendeur silencieuse de la forêt
Les rossignols en résonnent
Tout le reste de la nuit. »

« Rue des Hauts-fourneaux, changement rue de la Prairie », annonça dans le haut-parleur la voix du conducteur de trams. Le jeune homme reprit :

« Les étoiles montent et descendent —

Quand viendras-tu, vent du matin
Et lèveras de nouveau les ombres
De l'enfant perdu dans ses rêves ? »

— Nous sommes des élèves de l'Académie d'art dramatique. Nous voulions attirer votre attention sur nos journées portes ouvertes, samedi prochain, annonça la première femme.

Et tous trois se préparèrent à descendre.

Fabio se dirigea vers le jeune homme.

— De qui était-ce, s'il vous plaît ?

— Joseph von Eichendorff, répondit-il.

La porte s'ouvrit, et il descendit.

— Merci ! cria Fabio derrière lui, c'était beau.

Dans la boucle que formait le terminus de Wiesenhalde, le tram précédent n'était pas encore reparti. Un petit abri doté de deux bancs et d'une corbeille à papier, un kiosque fermé, un distributeur de billets tagué de haut en bas. Derrière, une rue de banlieue, qui bifurquait vers la colline où se pressaient les constructions. « Cimetière », indiquait un panneau.

Fabio avait passé les alignements de pavillons et marchait à présent à l'ombre du petit bois de hêtres qui ourlait la route. Son polo blanc trempé de sueur lui collait à la peau. Il était seul à marcher sur ce trajet.

La petite forêt s'achevait contre le mur du cimetière. Fabio poursuivit son chemin jusqu'à la porte en fer forgé. Deux panneaux d'interdiction, l'un destiné aux chiens, l'autre aux klaxons, et un autre indiquant les horaires, y avaient été fixés. Une petite route goudronnée menait à une chapelle en béton brut et, de là, s'enfonçait dans le cimetière. Il était parcouru par un réseau d'allées entre lesquelles on fleurissait des tombes normalisées et en bon état. Un numéro figurait sur chaque alignement de tombes, comme devant les rangées de sièges au cinéma.

Il fit demi-tour à un carrefour meublé de deux petits bancs, quatre corbeilles à papier et un règlement du cimetière. Quoi qu'il se soit passé ce 21 juin, ce n'était certainement pas ici que cela s'était produit. Il n'avait rien à faire dans des cimetières comme celui-là. Ces cimetières-là étaient l'une des raisons pour lesquelles il avait conservé son passeport italien. Son père le lui disait toujours : « Ici, tu peux vivre et mourir, tu ne peux pas y être enterré. »

La prochaine fois qu'il se rendrait à Urbino, il irait visiter la tombe de son père, recouverte d'herbes folles. Revoir l'ange de marbre que sa mère avait payé plus de huit millions de lires à l'époque.

Il quitta le cimetière par une petite sortie latérale et remonta le chemin. À sa gauche se trouvait une grande prairie couverte d'herbe haute, où poussaient quelques pommiers. Derrière, la ville, sous une cloche de vapeur jaunâtre.

Deux cents mètres plus loin, l'asphalte s'arrêtait en dessinant une ligne sans bavures. Le panneau qui se dressait à sa hauteur indiquait : « Interdit sauf livraisons. »

Fabio eut l'impression de connaître ce lieu. Il poursuivit sa route. Le chemin décrivait une fourche. À droite, il entrait dans la forêt ; tout droit, il en suivait la lisière. Après le premier virage, le chemin était délimité par une haie épaisse. Fabio le suivit jusqu'à un portail en planches de bois. Sur un écriteau émaillé, on pouvait lire : « Coopérative jardinière de la Forêt paisible, entrée réservée aux membres et aux invités. » Par-dessus le portail, on apercevait une partie de cette colonie de jardins ouvriers. De petites maisons recouvertes de chèvre-feuille, de glycines et de vignes ; des buissons, des haies, des plates-bandes, des arbres fruitiers, des fûts pour l'eau de pluie et des tas de compost. Il y avait peut-être quelques mâts et quelques roues de char-rette en trop, mais contrairement au cimetière de Wiesenhalde, il régnait ici un chaos absolu.

Fabio savait désormais où il se trouvait. Il ouvrit le portail et entra sur le terrain. Il marcha un peu sur le chemin principal, puis tourna sur un sentier laté-ral. Sous l'auvent d'une petite maison aux volets jaunes, trois hommes d'un certain âge jouaient aux cartes en maillot de corps. Fabio les salua. Ils répon-dirent à son bonjour, l'air méfiant.

Tout au bout du chemin se trouvait un terrain un peu plus grand que les autres, et moins bien entre-tenu. Un panneau usé par les intempéries en annon-çait le nom : « Gourrama ». Les haies de mûres et de framboises étaient envahies par les tentacules d'une citrouille qui s'était enracinée dans le compost ; l'une des plates-bandes s'était transformée en prairie estivale ; devant la haie de noisetiers qui séparait le terrain et la lisière de la forêt, des pattes d'ours s'éle-vaient à hauteur d'homme. Dans le potager, quelques laitues montaient en graine.

La cabane, elle aussi, était différente des autres. Elle était construite contre le talus de la forêt, sa façade avant était montée sur pilotis. En dessous, une sorte de cave ouverte sur trois côtés offrait un abri pour le bois, les outils de jardin, les conteneurs, les échelles et tout un bric-à-brac. La maison proprement dite possédait un appentis en carton bitumé, une véranda en bois, une chambre avec une fenêtre. Depuis la véranda, on avait une belle vue sur la ville. Dans la chambre, deux couchettes. Elles étaient étroites, courtes, inconfortables. Et elles grinçaient.

Fabio savait tout cela. Depuis cette terrasse, un soir de fête nationale, il avait admiré le grand feu d'artifice au-dessus de la ville. Et tard dans la nuit, il avait tenté de faire l'amour avec Norina sans réveiller Lucas. Dont le grand-oncle était le propriétaire du Gourrama.

Il faut parfois suivre ses premières impulsions. La première impulsion de Fabio fut d'appeler Lucas et de lui dire : « Devine donc où je me trouve en ce moment. » Il verrait bien comment il réagirait.

Il sortit son portable de sa poche et tenta vainement d'appeler la rédaction. « Pas de couverture réseau », lisait-on sur l'écran. Exact : la colonie de jardins ouvriers se trouvait dans l'un des rares lieux de la ville situés hors de portée des émetteurs. Ils s'en étaient rendu compte le matin qui avait suivi la fête nationale, alors qu'ils avaient eu tous les trois une panne d'oreiller et voulaient appeler un taxi. Lucas avait dû marcher et dépasser le virage pour retrouver le signal.

Fabio revint sur ses pas. À mi-chemin, un homme en maillot de corps marchait à sa rencontre. Il ressemblait à l'un des joueurs de cartes.

— Qui cherchez-vous ? demanda-t-il, d'une voix rogue.

— Je suis un ami de Lucas Jäger. Je pensais qu'il serait peut-être ici.

L'homme se fit moins bourru.

— Un ami de Lucas, ah, d'accord. Non. Je ne l'ai pas vu. Mais ils étaient là ce week-end, lui et sa nouvelle. Ils jardinent plus dans la maison qu'à l'extérieur, ajouta-t-il avec un clin d'œil.

Fabio reprit aussitôt son chemin. Il tenta de ne pas penser à Norina et Lucas dans la couchette.

Il arriva au virage. Le témoin de signal de son portable se remplit de petits rectangles. Il composa le numéro de la rédaction, le fit sonner à deux reprises, puis coupa.

Il faut parfois suivre sa première impulsion. Mais parfois, il vaut mieux s'en abstenir.

Deux heures plus tard, Fabio découvrit l'indice crucial.

Trop retourné pour prendre un tram étouffant, il avait pris un taxi pour rejoindre l'appartement de Marlène. Plus pour se divertir qu'avec un objectif précis, il feuilleta ses notes, cliqua d'un fichier sauvegardé à l'autre et fit défiler les cassettes audio qu'il avait sauvées à la rédaction.

L'une d'entre elles était étrange. Elle portait le titre « divers », et elle était vide. Enfin : on n'y avait pas enregistré de paroles, mais on percevait des bruits. Les bruits d'une pièce vide, puis des pas, puis une porte, puis les bruits de la pièce. Lorsqu'il augmentait le volume, il distinguait parfois une voiture qui passait, un bruit qui semblait arriver par une fenêtre fermée. Fabio mit l'appareil en lecture avec avance rapide. Les mêmes bruits, deux octaves plus haut.

Et tout d'un coup, presque au bout des quarante-cinq minutes de la face A, une voix.

Fabio rembobina.

Une fois encore le bruyant silence de la pièce puis, d'un seul coup, une voix de femme : « ... qu'à emporter le tout. Faites ce que vous estimerez juste, mais faites-le comme il l'aurait voulu. Je peux vous faire confiance ? »

Il connaissait cette voix. C'était Jacqueline Barth. Et il connaissait aussi la voix qui répondait : « Je vous le promets. » C'était la sienne.

11

Il n'eut pas de mal à retrouver le numéro de téléphone de Jacqueline Barth. La mémoire des numéros reçus par son portable ne contenait qu'un seul
préfixe italien.

— *Santa Caterina, buona sera*, répondit une voix
de femme.

Fabio demanda Mme Barth, et la standardiste éta-
blit la communication. Au bout de cinq sonneries, la
femme reprit la ligne. La *Signora Barth* n'était pas
dans sa chambre. Elle allait aussi essayer sur la terrasse.

Fabio attendit.

— Barth à l'appareil. (En fond sonore, on entendait de la musique.)

— Fabio Rossi, de *Dimanche Matin*, excusez-moi
de vous déranger de nouveau.

Elle se taisait.

— Allô ?

— Je suis toujours à l'appareil, que voulez-vous ?

— J'ai une question étrange.

Elle se tut de nouveau.

— Ce que je vous ai dit à propos de la perte de

mon agenda ne correspondait pas à toute la vérité. J'ai eu un accident, et j'ai perdu la mémoire sur cinquante jours. Je ne me souviens de rien. Je ne me rappelle pas non plus nos rencontres.

La musique cessa, on perçut de maigres applaudissements.

— Continuez, dit Mme Barth.

— Pouvez-vous me parler des dossiers que vous m'avez donnés lors de ma deuxième visite ? Je ne trouve rien là-dessus.

La musique reprit.

— Des dossiers ?

— Des dossiers et des documents. Sur la bande de notre deuxième entretien, vous me demandez de les utiliser comme votre mari l'aurait voulu. Pouvez-vous me dire de quoi il s'agissait ?

— Ça n'est pas sur la bande ?

— La plus grande partie en a malheureusement été effacée.

— Des dossiers, marmonna-t-elle. Ah, oui, ça devait être son curriculum vitæ. Je vous ai remis le dossier de carrière de mon mari. Quelques données biographiques. Vous pouvez les garder, j'ai des copies.

— Vous êtes sûre ? Cela paraissait plus important.

— Plus important que la biographie de mon mari ?

— Excusez-moi.

— Autre chose ?

— Non. Si : le deuxième entretien. Quel était le sujet ?

De nouveau le silence de la femme et les sons de l'orchestre de l'hôtel à Amalfi.

— La même chose que la première fois, finit-elle par répondre.

— Pourquoi un deuxième entretien ?

— Je me suis posé la question, moi aussi... Si vous n'y voyez pas d'objections, j'aimerais reprendre mes vacances, à présent.

— Bien entendu, merci beaucoup, et bonnes vacances !

— Merci. Et... Navrée pour votre accident.

Fabio déposa son portable devant lui, sur le bureau. Le store du balcon baignait la pièce dans une lueur orange. Fabio avait passé une serviette-éponge autour de son cou, comme un boxeur après l'entraînement. Et il transpirait aussi comme un sportif. Il prit une gorgée de thé glacé.

Il était sûr, à présent, que le gros coup avait un rapport avec le docteur Barth. Et avec les documents que lui avait remis la veuve de celui-ci.

Dehors, un chien se mit à aboyer. « Jaspers ! » cria une voix de femme. L'aboiement cessa.

Fabio composa le numéro de la ligne directe du docteur Mark. C'était après les horaires de bureau : ce n'était pas une mauvaise heure pour joindre directement un cadre supérieur, il le savait par expérience.

Cela fonctionna : au bout de la troisième sonnerie, une voix d'homme se fit entendre.

— Oui.

— Docteur Mark ?

— Qui est à l'appareil ?

— Je suis heureux de pouvoir enfin vous parler directement. Mon nom est Rossi, de *Dimanche Matin*. Je vous avais interviewé.

Le docteur Mark parut suffoqué. Pendant quelques instants, il resta muet.

Fabio profita de cet instant de surprise.

— Votre secrétariat m'a proposé un rendez-vous dans deux semaines. C'est trop éloigné. Est-ce impossible plus tôt ? C'est urgent.

— De quoi s'agit-il ?

— De quelques questions supplémentaires apparues au fil de mon travail. Auriez-vous une demi-heure supplémentaire demain, à n'importe quel moment ?

— Un instant.

Fabio entendit le bruit de l'écouteur qu'on posait sur le bureau. Le chien se remit à aboyer. La femme cria : « Jaspers ! »

Lorsque le docteur Mark reprit l'appareil, il paraissait un peu plus sûr de lui.

— J'ai mon agenda sous les yeux. Mon secrétariat avait raison, je ne vois aucune possibilité de rendez-vous avant cette date.

— Je pourrais aussi venir juste au début ou à la fin de votre travail. Ou en dehors des horaires de bureau, je suis flexible. Demain, par exemple, ça ne serait pas possible ?

Le docteur Mark se défendit bravement. Mais Fabio lui arracha un rendez-vous. Le lundi suivant, vers dix-huit heures. Cinq jours plus tard.

Marlène entra, se laissa tomber sur le canapé et ôta ses sandales.

— Comment fais-tu pour tenir ici ? fut sa première phrase.

— Où veux-tu que j'aille ?

Marlène ne répondit pas.

— C'était quoi ? demanda-t-elle en désignant son verre vide.

— Thé glacé.

— Tu m'en sers un ?

Eh alors, je suis devenu le chômeur au foyer de service ? voulut demander Fabio. Mais il se leva sans dire un mot et lui apporta un verre.

Marlène le vida d'un trait et le lui tendit de nouveau.

— Quand comptes-tu te plonger de nouveau parmi les êtres humains ?

— Je suis en permanence parmi les êtres humains.

— Mais jamais avec moi. Avant, nous sortions sans arrêt.

Fabio haussa les épaules. Qu'est-ce qu'il en savait, lui, de ce qu'ils faisaient avant ?

— Tu devrais peut-être recommencer à mener une vie normale. Ça te ferait peut-être revenir la mémoire.

Fabio prit le verre et alla le remplir. Elle sourit lorsqu'il le lui apporta.

— Merci. Je suis un peu nase. La chaleur, le boulot, la moitié du service en vacances... Désolée.

Elle avala une gorgée.

— Nous menons la vie d'un couple de petits-bourgeois, constata-t-elle.

Nous avons aussi un appartement de couple de petits-bourgeois, voulut répondre Fabio.

— Demain, dit-il. Demain soir, nous sortons, OK ?

— OK, répondit Marlène.

Elle tendit la main et le tira sur le divan.

— Tu portes bien la serviette-éponge.

Elle l'embrassa.

Il la suivit des yeux lorsqu'elle passa à la salle de bains. Sur la pointe des pieds. Quelqu'un devait lui avoir dit que les femmes nues doivent marcher sur la pointe des pieds parce que cela flatte la silhouette. Cela fonctionnait. Et cela tapait sur les nerfs de Fabio.

C'est Marlène tout entière qui l'agaçait profondément. Depuis qu'elle était entrée dans l'appartement. Chaque phrase, chaque geste l'horripilait. Et il n'en avait rien laissé paraître. Comme un époux petit-bourgeois dans un deux pièces petit-bourgeois, il avait tenu sa langue pour qu'aucune dispute ne vienne lui gâcher son divertissement de fin de journée.

Lorsque Marlène sortit de la salle de bains, elle était démaquillée, crémée, et portait un T-shirt trop grand pour elle dont Garfield, le matou, décorait le dos. Elle ouvrit le réfrigérateur et en sortit quelques bricoles.

— Et toi ? Comment s'est passée ta journée ?

Comment s'est passée ta journée, mon chéri ?

— J'ai réussi à joindre le docteur Mark et j'ai obtenu un rendez-vous plus tôt que prévu. Lundi vers dix-huit heures.

Marlène se retourna et regarda Fabio. Elle paraissait irritée.

— Tu l'as eu sur sa ligne directe ?

— Après les horaires de bureau. Un vieux truc.

— Surtout ne raconte à personne que c'est moi qui t'ai donné le numéro. Nous ne sommes pas autorisés à donner les lignes directes aux journalistes.

Marlène était irritée. Elle tentait de ne pas le montrer, mais elle n'y parvenait pas.

Ils mangèrent les restes trouvés dans le réfrigérateur, et passèrent la soirée devant la télévision, sans dire un mot.

Chaleur persistante, aucun espoir de pluie, annonça la fée Météo.

Fabio arriva de mauvaise humeur au tai-chi et une immense envie de faire demi-tour s'empara de lui lorsqu'il entendit l'introduction de François Tisserand :

— Avant le début de l'entraînement au tai-chi, il faut s'efforcer d'obtenir et d'établir peu à peu une ambiance calme et harmonieuse. Le corps devrait être purifié, la vessie et l'intestin, si nécessaire, vidés.

— Si possible ! lança Kari, soixante-quatorze ans.

Quelques élèves rirent. La première partie des exercices s'appelait « Terre », parce qu'on y apprenait comment on peut s'appuyer sur la terre et construire une stabilité intérieure.

— Il est important que vos mouvements soient réguliers, tendres et élastiques, ronds, en spirale et largement étendus, que votre attitude corporelle soit droite et naturelle, expliquait doctement François Tisserand. Le souffle est synchronisé avec le mouvement du corps, il s'écoule naturellement et doucement pour activer par les sens les fonctions physiologiques des organes internes. L'esprit est centré et tranquille pour qu'une perception sensorielle efficace des effets du training intérieur puisse s'épanouir.

Ils répétèrent « Éveille le Chi », « Attrape l'oiseau par la queue », « La mouette déploie ses ailes », « Enlacer le tigre et aller vers la montagne ».

On aurait dit un bal de hérons arthritiques. Parmi eux, et ce n'était pas, loin s'en faut, le plus agile : Fabio Rossi, trente-trois ans.

Semblable à une voiture accidentée qui, sortie après avoir passé des mois au fond d'un lac, une chose dégoulinant d'eau, de vase, de fucus, d'objets portés par le courant et de déchets, dont les contours apparaissaient peu à peu et, tout d'un coup, se détachaient clairement et nettement devant lui, une île du souvenir émergea devant Fabio.

Il sortait de la douche et s'habillait devant son armoire. À côté de lui se tenait l'un de ses condisciples, un vieux monsieur qui peignait ses cheveux clairsemés et encore trempés. Il ne portait qu'un slip rouge un peu trop juste pour son âge et pour le goût de Fabio, ainsi qu'un bracelet de cuivre. Fabio n'y prêta pas plus d'attention que cela jusqu'à ce qu'une odeur fraîche et vive lui monte peu à peu au nez. Le vieux monsieur tenait un flacon dans la main gauche et, de la droite, se tapotait le visage avec de l'after-shave.

L'odeur éveilla un souvenir : des gens, beaucoup de gens, des vieux, des jeunes, des enfants. Un lac. Un restaurant au bord du lac. Une terrasse couverte. La pluie. La musique. Un homme-orchestre. Discussions de table. Attractions. Norina. Les parents de Norina. Le père de Norina, Kurt. C'est l'anniversaire de Kurt. Un jubilé. Kurt a soixante-cinq ans.

Soudain, tout lui revint. Le père de Norina fêtait son soixante-cinquième anniversaire au *Hecht*, le restaurant du lac. On avait invité soixante-cinq personnes et réservé la grande terrasse sur le lac. Norina n'était pas venue de bon cœur, elle ne s'entendait pas bien avec son père. Mais elle avait tout de même fini par s'amuser. Surtout parce qu'il pleuvait. Peu après l'apéritif, il avait fallu déplier les marquises. Pendant toute la fête, la pluie trouait le miroir gris plomb du lac et tambourinait, rivalisant avec la boîte à rythmes de l'homme-orchestre. Kurt ignora le climat et ordonna que toute allusion au temps soit punie par l'absorption d'un verre de kirsch. Peu de temps après, la moitié de l'assistance était ivre. Y compris Norina, qui avait lancé dix fois de suite : « Pour son anniversaire, chacun a le temps qu'il mérite, Papa. »

Papa utilisait le même après-rasage pour vieux messieurs que l'homme en tanga rouge. *Pitralon*, si Fabio ne se trompait pas.

Fabio n'avait pas encore quitté le couloir du centre de thérapie lorsqu'il composa le numéro de Norina. Il fallait qu'elle lui donne la date de naissance de son père, et lui dise s'il avait effectivement fêté cette année son soixante-cinquième anniversaire.

Chez elle, personne ne répondait. La boîte vocale de son portable disait : « Vous êtes bien chez Norina Kessler, je suis sur le plateau et je ne peux répondre, mais je vous rappellerai à la prochaine pause du tournage. »

Fabio jugea le nouveau message un peu prétentieux.

Il appela les renseignements et se fit mettre en communication avec les parents de Norina. Personne ne répondit. Évidemment — s'il était vrai que Kurt avait fêté ses soixante-cinq ans, ils étaient à présent dans leur *rustico* de la vallée de Maggia. Ils comptaient y passer la plus grande partie de leur temps après leur retraite. Combien de fois l'avait-il répété : « Lorsque l'un de nous ne sera plus là, je me retirerai dans la vallée de Maggia » ; c'était l'une de ses phrases préférées.

Fabio trouva le numéro et obtint la ligne. C'est le père de Norina qui répondit.

— Salut, Kurt, c'est moi, Fabio. Comment vas-tu ?

— Ça allait bien avant ton appel.

Une autre des répliques préférées de Kurt. Mais cette fois, il paraissait sérieux. Il n'était pas aimable du tout. Fabio parvint quand même à obtenir une confirmation : Kurt Kessler avait bien fêté au *Hecht*, le 12 mai, son soixante-cinquième anniversaire. Il refusa de donner la moindre indication sur le temps qu'il faisait ce jour-là.

— Une île de mémoire, dit le docteur Loiseau. Dans l'océan de l'oubli apparaît tout d'un coup un souvenir. Elle m'a toujours plu, cette image. Félicitations.

Après avoir passé ses coups de téléphone, Fabio était arrivé chez le docteur Loiseau en retard, brûlant et euphorique ; il était désormais assis et frissonnait dans le cabinet réfrigéré.

Le docteur Loiseau avait déboutonné les trois boutons supérieurs de sa chemise. Son double menton était poudré de blanc – un sycosis ou un érythème de chaleur.

— Une odeur, dites-vous. Rien d'inhabituel. Les odeurs. Les images et les odeurs sont les plus puissants stimulants de la mémoire.

— Cela signifie-t-il que je peux m'attendre à voir surgir d'autres îles de mémoire ? s'enquit Fabio.

— Faites-le. Attendez-vous à cela. Mais ne soyez pas déçu si ça ne se produit pas.

— Ah, ça arrive aussi ?

— Oui, les deux arrivent. Tout arrive. Le cerveau est une pochette surprise. Mais soyez confiant. La confiance fait partie de la thérapie.

Fabio ne put s'empêcher de rire :

— Au moins, vous êtes honnête.

— Excusez-moi, ça n'était pas mon intention.

Depuis une demi-heure, Fabio était adossé à un mur d'immeuble et observait une entrée de l'autre côté de la rue. Il était huit heures et demie. Un quart d'heure plus tôt, le soir avait commencé à tomber. Il faisait toujours une chaleur étouffante. Parfois, il levait les yeux vers une série de fenêtres ouvertes au deuxième étage.

L'immeuble était un bâtiment industriel des années 1930. Des ateliers de tailleurs, de typographes, d'imprimeurs et de relieurs y avaient été installés autrefois. Il abritait désormais des ateliers pour photographes, graphistes, créateurs de sites Web et artistes. Dans la cave et au premier étage se trouvaient un centre de remise en forme, au deuxième un studio de danse et une école de yoga. Norina, lorsque son boulot le lui permettait, s'y rendait tous les jeudis soir.

Il y avait eu du mouvement, peu de temps auparavant, dans la salle aux fenêtres ouvertes. Il avait aperçu quelques têtes, quelques bras qui se dressaient. L'heure de cours était terminée, les élèves passaient au vestiaire et les premiers sortis entreraient bientôt dans le hall de l'immeuble.

Fabio avait tenté tout l'après-midi d'agrandir son

île de mémoire. Comment étaient-ils arrivés au *Hecht* ? Quelqu'un les avait-il accompagnés ou avaient-ils pris un taxi ? Compte tenu de l'occasion exceptionnelle, Norina avait-elle accepté son sort sans se plaindre ? Ou bien avait-il dû la convaincre, comme chaque fois qu'il s'agissait d'affaires de famille ?

Et après ? Comment étaient-ils revenus chez eux ? Norina avait bu dix kirsch. Elle devait être ronde comme une queue de pelle. Comment avait-elle passé cette nuit-là ? Et la journée suivante ?

Mais il avait beau faire des efforts, les marges de son île de mémoire restaient nettes. Elles allaient exactement de l'apéritif (un kir) jusqu'au moment où l'on dansait la polonaise. Il n'irait pas plus loin sans Norina. Ni sur cette question, ni sur le reste.

Ensuite, il s'était rappelé le cours de yoga. Il avait appelé *Mystic Productions* et réussi à apprendre qu'ils ne tournaient pas ce soir-là.

Deux jeunes femmes sortirent alors, traversèrent la rue et passèrent devant lui, absorbées par leur conversation. Il entendit la première dire : « Avant mon ménisque, je pouvais faire le lotus comme toi. »

Norina fut la quatrième à apparaître à la porte. Elle aussi dut traverser la chaussée pour rejoindre la rue latérale qui menait à son appartement.

Lorsqu'elle reconnut Fabio, elle s'immobilisa au milieu de la rue. Une voiture s'approcha et Fabio vit que la jeune femme était à deux doigts de faire demi-tour. Puis elle réfléchit et se dirigea vers lui.

— Qu'est-ce que tu veux ?

— Je me suis rappelé quelque chose. L'anniversaire de ton père. Mais je ne suis pas sûr que mes

souvenirs soient les bons. Je me disais que tu pourrais m'aider à les vérifier.

— L'anniversaire de mon père fait partie des
choses que moi, je voudrais oublier, répondit-elle.

Mais elle le laissa marcher à côté d'elle, écouta les
détails de ses souvenirs en hochant ou en secouant la
tête. Le plus souvent, elle la hochait.

Quand il en fut à la polonaise, il dit :

— Et ça s'arrête là.

— Chez moi aussi. (Il crut discerner l'ombre
d'un sourire.) Ensuite, je ne me rappelle plus rien
avant le dimanche. Je ne tenais plus debout.

Ils continuèrent à marcher en silence.

— Et moi ? finit-il par demander.

— Tu étais gentil. Tu m'as soignée.

Ils tournèrent dans une rue à circulation douce.
De grandes plates-bandes fleuries cassaient le rythme
des voitures. Quelques jeunes parents assis à une
grande table de bois bavardaient et buvaient de la
bière, un œil sur leurs enfants absorbés dans un jeu
bruyant et incompréhensible.

Norina avait croisé les bras et regardait dans la
rue, devant elle. Comme si elle avait froid. Elle sentait bon le talc dont elle se saupoudrait, les jours de
grande chaleur, les bras, les seins et la face intérieure
des cuisses.

Il posa le bras autour de ses épaules. Elle s'arrêta
et s'ébroua. Elle reprit sa marche sans un mot.

— Norina, je t'aime, laissa échapper Fabio.

Elle pressa le pas.

— Je sais, ça a l'air idiot. Mais je t'aime. Je ne
savais absolument pas à quel point je t'aimais.
Comme un dingue. Et merde. Je ne peux pas vivre
sans toi.

Norina s'arrêta, se tourna vers lui et secoua la tête.

— Je rêve, se contenta-t-elle de dire. Je rêve.

Et elle reprit son chemin.

Au quatrième étage du 38 rue de la Batterie, la lumière était allumée.

— Il attend, dit Fabio.

Norina ne répondit pas. Ils atteignirent la maison.

— Hier, j'ai été à la Forêt paisible. On y raconte que vous baisez dans notre couchette.

Fabio n'avait pas voulu dire ça. Ça lui avait échappé. Norina défit ses bras croisés et planta les mains sur ses hanches.

— Et avec Marlène, qu'est-ce que tu fais ? Vous parlez boulot ?

— Avec Marlène, c'est fini. Je déménage. J'ai déjà commencé.

Elle secoua de nouveau la tête. Puis elle fit les derniers pas qui la séparaient de l'entrée de son immeuble. Fabio la suivit. Elle ouvrit la porte.

— Je t'aime, tu m'entends ?

Dans sa poche, le portable se mit à jouer le *Boléro*. Norina le laissa en plan. Avant que la porte se ferme totalement, il l'entendit dire quelque chose. Ça ressemblait à « Ces Italiens ! »

Fabio sortit le portable de sa poche et répondit.

— Je croyais que nous devions sortir ce soir, dit la voix de Marlène.

Il était neuf heures et demie lorsqu'il entra dans la cage d'escalier de l'immeuble de Marlène. La clef était fichée de l'intérieur dans la serrure de l'appartement. Fabio fut forcé de sonner.

Au bout d'un moment, la clef tourna. Marlène était habillée pour sortir. Elle portait la robe noire courte et sans bretelles que seul le bout de ses seins semblait empêcher de glisser.

— Ouaouh ! fit Fabio.

— Tu y vas comme ça ? demanda-t-elle.

Fabio portait un pantalon kaki et une chemise blanche à manches courtes. Sa tenue standard pour l'été.

— Où allons-nous ?

— D'abord prendre un verre et quelques tapas à l'*Outcast*. Ensuite au *Frigo*. Dancehall-Reggae-Night.

Marlène était fermement résolue à ne pas se laisser gâcher sa soirée.

— J'ai le temps de me doucher ?

— Mais dépêche-toi.

Dix minutes plus tard, Fabio sortit de la salle de bains. Douché, rasé, peigné et nu. Marlène était adossée au comptoir du petit déjeuner et fumait. Il lui prit la cigarette de la main et l'écrasa.

— Eh ! protesta-t-elle.

Il prit son visage entre ses mains et voulut l'embrasser. Elle tourna la tête.

— Attention, peinture fraîche.

Il laissa sa main glisser sur ses épaules, sur son dos, sur ses hanches, sur ses fesses.

— Allons-y, la nuit est encore longue, demanda-t-elle.

— Restons, la nuit est encore longue, chuchota-t-il.

Ses mains avaient atteint l'ourlet de sa robe et la relevaient lentement vers le haut. Dessous, elle portait une chose très petite, en soie, tirée de sa mallette pour grandes occasions. Il tenta de nouveau de l'embrasser. Cette fois, elle n'y vit pas d'objection.

— Fabio ? fit Marlène à voix basse.

Il fit semblant de dormir, comme avant, lorsqu'elle venait lui rendre visite à l'hôpital.

Il l'avait entendue passer à la salle de bains, prendre une douche et revenir dans la chambre.

Elle se pencha au-dessus de lui et l'embrassa sur sa joue insensible.

— Fabio ?

Fabio fit entendre le faible gémissement d'un dormeur en sommeil paradoxal. Il entendit Marlène s'installer à la table de maquillage, ouvrir des tiroirs, les refermer et faire tinter ses ustensiles de maquillage, sans se donner le moindre mal pour être moins bruyante. Manifestement, elle était en train de refaire son maquillage.

— Fabiooo, on se ré-veille ! chanta-t-elle.

Fabio gémit de nouveau dans le sommeil.

— J'appelle un taxi ; quand il arrive, je pars. Avec ou sans Fabio Rossi.

Fabio respirait profondément et régulièrement. Il l'entendit se lever, commander un taxi et revenir dans la chambre.

— J'ai commandé le taxi, annonça-t-elle.

Elle se remit à fouiner dans sa table de maquillage. Cela sentait la fumée de cigarette et le *Numéro 5* de Chanel. Il attendit sa remarque suivante. Mais Marlène resta silencieuse.

Lorsque le chauffeur de taxi eut sonné et que Marlène eut crié « J'arrive » dans l'interphone, elle revint encore une fois dans la chambre.

— *Ciao*, Fabio, dit-elle d'un ton glacial.

Il entendit la porte de l'appartement, et peu de temps après le bruit de ses talons sur le chemin dallé, devant l'immeuble. Puis les portes de la voiture et le moteur du taxi qui s'éloignait rapidement.

— *Ciao*, Marlène, marmonna Fabio.

12

Il était couché sur le banc de musculation et avait fait glisser sur la barre quarante kilos d'haltères, huit de plus que la dernière fois.

Il se sentait bien. Les choses s'étaient remises en mouvement. Depuis la veille, il possédait une île de mémoire, Norina lui avait tout de même parlé, et son histoire avec Marlène se dirigeait vers sa fin naturelle. Elle était rentrée la nuit passée vers cinq heures du matin, elle sentait la fumée et l'alcool, et avait tenté de lui extorquer un numéro de réconciliation. Il était fier qu'elle n'y soit pas parvenue.

Lorsqu'il se leva, elle était assise, habillée, devant le comptoir du petit déjeuner, avec un verre d'eau et une tasse de café. Elle avait vainement tenté de couvrir de maquillage trois rides de sommeil qui couraient sur son visage. Et lorsqu'elle lui souriait, cela semblait lui faire mal. En passant, il lui avait donné une tape d'encouragement sur le derrière. Quand il sortit de la salle de bains, elle était partie.

Tout cela l'avait encouragé à disposer quarante kilos de métal sur ses haltères.

Il se coucha sur le banc de musculation, saisit la barre, respira profondément, retint son souffle, expira tout en sortant la barre de son support. Pas de problème.

Il la laissa descendre lentement, la bloqua, inspira, expira en soulevant les haltères. Une fois.

Il y parvint une deuxième fois, une troisième, une quatrième. À la cinquième, il constata que quarante kilos étaient plus qu'il ne lui en fallait. Il remplit ses poumons d'air, le fit sortir et, à bout de bras, dans un geste douloureux, souleva la barre quelques centimètres au-dessous de son support. Il rassembla toutes ses forces, se cabra contre le fer, mais il n'y parvint pas. Il n'eut d'autre solution que de laisser descendre les haltères sur sa cage thoracique.

Il était là, à présent, coincé entre un banc de musculation trempé de sueur et quarante kilos de fonte. Lorsqu'il voulut tenter de faire basculer les haltères sur le côté et de sortir du piège en se tortillant, Jay arriva. Il secoua la tête avec compassion, s'installa à cheval au-dessus de lui et souleva les haltères pour les remettre sur leur support.

— La plupart des accidents se produisent parce qu'on se surestime, fit-il d'un ton docte.

— Merci, fit Fabio en haletant.

Et lorsque Jay fut hors de portée, il ajouta :

— Y compris pour tes conseils existentiels, connard.

L'immeuble de la Labag était un bâtiment de deux étages datant des années 1980. De grandes surfaces vitrées s'étalaient entre des montants habillés de plastique. Il se trouvait dans la zone industrielle de Neubach, un village situé en dehors de la ville, qui avait attiré un peu d'industrie et d'artisanat grâce à un généreux projet de zone d'activités.

Fabio avait vu l'édifice depuis le train express régional et avait refait à pied le petit kilomètre qui l'en séparait, en suivant le bord de la voie. Il se trouvait à présent dans le hall d'entrée et observait des photos aux couleurs défraîchies. On y voyait le personnel du laboratoire, des éprouvettes et des appareils.

À deux reprises déjà, l'hôtesse d'accueil l'avait invité à s'asseoir : le docteur Schnell allait le recevoir d'ici quelques minutes.

La Labag était un laboratoire privé d'analyses chimiques, physico-chimiques et microbiologiques. Le docteur Barth y avait été chef de service.

Le docteur Schnell en était le directeur. Fabio l'avait appelé le matin en s'attendant à ce qu'on l'envoie promener dès qu'il aurait donné son nom. Mais Schnell ne paraissait pas le connaître. Lorsque Fabio avait dit qu'il était pigiste à *Dimanche Matin* et qu'il enquêtait sur le contrôle alimentaire, il lui avait donné sans la moindre hésitation un rendezvous pour l'après-midi même. Sa voix paraissait jeune et dynamique.

C'est aussi l'air qu'il avait lorsqu'il descendit l'escalier à grands pas et se dirigea vers Fabio. Il n'était pas beaucoup plus vieux que lui ; quant à son dynamisme, il dépassait le sien de quelques degrés.

— Tout cela va disparaître ; j'aurais préféré vous recevoir la semaine prochaine, la salle d'accueil aurait été refaite, mais vous aviez l'air d'être pressé.

Le docteur Schnell lui tendit une main dure et énergique.

— Nous passons d'abord chez moi.

Il conduisit Fabio dans un bureau lumineux, au premier étage. Cela sentait la peinture. Le sol était en parquet, le mobilier dernier cri. Chrome, verre, métal, cuir, touches de couleur.

Avant de laisser Fabio prendre la parole, il fit ce qu'il appela un petit tour d'horizon. Il en ressortait que la Labag était un laboratoire de confiance servant les administrations et les entreprises privées. Ils faisaient des études, des recherches, développaient des programmes de qualité, effectuaient des analyses, fixaient des normes de qualité et en vérifiaient le respect. Pour l'instant, ils se trouvaient en phase de restructuration et d'innovation.

Deux mois et demi plus tôt, Schnell avait remplacé le fondateur de l'entreprise au fauteuil de directeur ; à présent, il s'efforçait de « préparer la boutique aux défis de l'avenir ».

— Pensez seulement à la détection d'organismes génétiquement modifiés dans l'alimentation. Ou encore à tout ce qui nous attend dans le domaine des prions. Vous savez ce que sont les prions ?

— La cause de l'ESB.

— Et très vraisemblablement aussi celle de la nouvelle forme de Creutzfeldt-Jakob. Les prions, si vous voulez, ce sont des protéines mal enroulées. Elles résistent à des températures de plus de six cents degrés.

Fabio notait soigneusement. C'est seulement lorsque le docteur Schnell lui eut remis un dossier de presse – qui contenait surtout le communiqué annonçant le changement à la tête de la Labag, trois photos du docteur Schnell, une version courte et une version longue de sa bio –, que le directeur du laboratoire s'adossa à son fauteuil de direction et dit :

— À vous de tirer.

Fabio commença par quelques précisions sur ses notes, avant de poser des questions sur la carrière du docteur Schnell. Celui-ci y répondit volontiers et en détail. Fabio fit un détour par l'organigramme avant de demander, comme si de rien n'était :

— Vous connaissiez le docteur Barth ?

Schnell hésita un bref instant.

— Seulement de loin. Ça s'est passé quelques jours avant que je ne commence. Pourquoi posez-vous cette question ?

— Par intérêt personnel. J'avais fait la connaissance de sa veuve pour un autre reportage. De quoi était-il chargé ?

— Il dirigeait le contrôle alimentaire. Et parallèlement, il bricolait de nouveaux procédés de laboratoire. Rien à redire. Seulement... ça n'était pas l'homme qu'il fallait à ce poste-là. À l'avenir, nous emploierons des spécialistes.

La tournée des laboratoires tels qu'ils étaient, et des laboratoires tels qu'ils allaient être, dura une heure et demie. Au moment du départ, Fabio dut promettre au docteur Schnell qu'il pourrait lire son reportage avant parution. Il eut bien du mal à ne pas s'engager sur une date.

Fabio remontait tranquillement le chemin qui longeait la voie ferrée. Il avait vu son train de banlieue passer devant lui dans un roulement de tonnerre au moment précis où il avait quitté la Labag.

Le suivant n'arriverait que vingt-cinq minutes plus tard.

Cinq heures étaient passées, mais le soleil brûlait encore, impitoyable, sur l'étroite route goudronnée. Le long de la voie, des abeilles bourdonnaient entre les mauves, les géraniums, les coquelicots et les ansérines.

Il entendit des pas derrière lui. Il se retourna. C'était une femme de son âge. Il l'avait remarquée dans l'un des laboratoires, parce qu'elle portait au sourcil droit une rangée serrée d'anneaux en or.

Elle le dépassa et marmonna un mot de salutation.

Il la revit en entrant dans la petite gare. Elle avait acheté une boisson gazeuse au distributeur et ouvrait la boîte, le bras tendu. Elle parvint à ne pas s'asperger, mais Fabio en reçut une partie.

— Excusez-moi, dit-elle avant de sortir un mouchoir en papier de son sac à main, de le tendre à Fabio et de le regarder frotter son pantalon.

— Du Coca. Ça ne partira plus jamais, constata-t-elle.

— Vous parlez en laborantine de l'agro-alimentaire ? demanda Fabio.

— Je parle d'expérience, dit-elle.

Elle s'appelait Bianca Monti, et ses parents étaient originaires de Pesaro, la capitale de la province de Pesaro e Urbino.

Lorsque le train arriva, ils étaient face à face et tentaient de savoir s'ils avaient des relations communes. Peu avant qu'elle soit arrivée à sa station, il parvint à lui demander (ils se tutoyaient depuis qu'ils parlaient italien) :

— Tu as connu le docteur Barth ?

— J'étais son assistante. Pourquoi ?

— J'ai rencontré sa femme. Tu la connais ?

— De loin, seulement. À l'enterrement.

— Comment était-il ?

— Gentil. Gentil et triste.

— Triste ?

— Les derniers temps, oui.

— Tu as une idée des raisons pour lesquelles il a fait ça ?

— C'est juste une supposition. Mais je crois qu'il y a un rapport avec Schnell. C'est lui qui voulait lui retirer le département développement.

— Personne ne se suicide pour ça.

— Parfois, quand le reste ne va pas trop bien, il n'en faut pas beaucoup.

On annonça la station de Bianca. Le train ralentit.

— À quoi travaillait-il ? demanda Fabio alors qu'elle allait se lever.

— À un procédé de détection des prions dans l'alimentation.

Le train s'arrêta, Bianca se leva, Fabio l'accompagna jusqu'à la sortie. Elle ouvrit la porte et descendit sur le quai.

— Peut-être un jour à Pesaro, dit-elle

— Ou à Urbino, répondit-il.

— Ou ici ? cria-t-elle alors que la porte se refermait déjà.

Lorsque Fabio arriva dans l'appartement, à la tombée du soir, Marlène était au lit et dormait. Il ferma doucement la porte de la chambre, s'installa à son ordinateur portable et écrivit.

Le 2 mai, Schnell doit reprendre la tête de la Labag.

Il a entre autres l'intention de changer le chef du service développement.

Le 27 avril, Barth, contrôleur alimentaire, jusqu'alors responsable du développement, met fin à ses jours.

Un peu moins de trois semaines plus tard, j'interviewe l'épouse de Barth. L'enregistrement de l'entretien ne contient aucune allusion à un lien possible entre le suicide et la situation professionnelle de Barth.

Deux jours plus tard a lieu un deuxième entretien avec la veuve de Barth. À ma demande, dit-elle. L'enregistrement de cette conversation-là est effacé. Sauf la fin, d'où il ressort que Mme Barth m'a remis quelque chose en me chargeant de m'en servir dans le sens où l'aurait voulu son mari. Elle affirme aujourd'hui qu'il s'agit de données biographiques.

Cinq jours après le second entretien, je me rends de mon propre chef au lancement d'une boisson lactée de Lemieux et j'entreprends l'assistante des relations publiques. Intérêt pour la branche alimentaire, ou pour l'attachée de presse ?

Une semaine plus tard, j'obtiens par son intermédiaire un entretien avec le chef des ingénieurs alimentaires de Lemieux.

À la rédaction, je laisse entendre que je suis sur un gros coup.

Pendant les quatre semaines qui suivent, je me conduis mystérieusement. Puis je prends un coup sur le crâne et je me réveille à l'hôpital. Les souvenirs que j'ai conservés des cinquante derniers jours sont effacés. Toutes les indications sur le gros coup sont effacées elles aussi.

Et j'apprends aujourd'hui que le docteur Barth menait des recherches sur un procédé de détection de l'agent pathogène de l'ESB dans les produits alimentaires.

Fabio se leva, trouva une cigarette et l'alluma. La main qui tenait le briquet tremblait. Et ça n'était pas une conséquence de sa séance de musculation.

Il s'installa à la rambarde du balcon. Sur le carré de gazon, en dessous de lui, on faisait les derniers préparatifs d'un barbecue. Deux hommes portant bermuda et tablier manipulaient un gril de jardin. Des guirlandes lumineuses pendaient au bouleau. Deux femmes en short et haut de bikini mettaient le couvert sur une table de jardin. Quatre enfants aidaient à la manœuvre.

Barth avait-il découvert quelque chose en rapport avec Lemieux ? Sa veuve lui avait-elle laissé les notes de son mari sur la question ?

Il revint à son bureau, glissa la bande mystérieuse dans le lecteur de cassettes et écouta le passage à plusieurs reprises :

« ... qu'à emporter le tout. Faites ce que vous estimerez juste, mais faites-le comme il l'aurait voulu. Je peux vous faire confiance ? »

Cela signifiait sans doute : « Vous n'avez qu'à emporter le tout. » Apparemment, c'était volumineux. Il ne s'agissait pas de quelques feuillets de curriculum vitæ.

« Faites ce que vous estimerez juste, mais faites-le comme il l'aurait voulu. Je peux vous faire confiance ? »

Ça ne ressemblait pas à quelque chose dont elle possédait des copies, contrairement à ce qu'elle affirmait. Ça ressemblait à des dossiers. À quelque chose d'important pour son défunt mari. Quelque chose que l'on confie à quelqu'un. Et si ce quelqu'un était un journaliste, ça ressemblait aussi à quelque chose qu'il fallait publier.

Il avait promis de le faire. Mais quelqu'un l'avait empêché. Pourquoi ? Qui ?

Les deux questions étaient liées. Parce que cela nuirait à l'entreprise, Lemieux l'en avait empêché. Parce que cela nuirait aux clients, Labag l'en avait empêché. Parce qu'il voulait sortir l'affaire lui-même, un collègue l'en avait empêché.

Ce collègue-là était forcément quelqu'un dans le secret. Et il n'y en avait qu'un dans ce cas.

L'un des chefs de gril, sur le gazon, arriva avec un seau d'eau et le déposa près du barbecue. Certainement une mesure de sécurité préconisée par le manuel de garden-parties.

L'autre déversa sur le charbon de bois un liquide sorti d'une bouteille noir et rouge, la revissa soigneusement et la déposa sur le sol, à bonne distance. Il frotta une allumette et la lança sur le gril. Une flamme faiblarde s'empara des charbons de bois. L'homme en tablier regarda fièrement autour de lui, comme s'il venait d'inventer le feu.

Fabio alluma une nouvelle cigarette. La troisième théorie devenait de plus en plus vraisemblable : c'est Lucas qui lui avait piqué son sujet. Cela expliquait aussi pourquoi Jacqueline Barth lui mentait. Elle travaillait désormais exclusivement avec Lucas.

— Cazzo !

— Qu'est-ce qui se passe ? demanda la voix de Marlène, derrière lui.

Fabio se retourna. Elle portait de nouveau un T-shirt trop grand, orné, cette fois, d'une cane derrière laquelle pataugeaient cinq petits.

— Rien, répondit-il. Une idée qui m'est venue, c'est tout. Et toi ? Comment ça va ?

— Pas plus mal que toutes les femmes une fois par mois.

— Je comprends.

— Tu as de la charcuterie au réfrigérateur si tu as faim.

— Merci.

— Demain, je vais chez mes parents. Je passe la nuit chez eux. Je suppose que tu ne tiens pas à m'accompagner.

— Je les connais ?

— Non.

— Dans ce cas, il ne vaut mieux pas.

Ni l'un ni l'autre ne savaient plus quoi dire.

— Bon, eh bien, j'y retourne, OK ?

— OK.

Marlène lui déposa un baiser sur la joue. Il la suivit des yeux. Sur le dos du T-shirt se trouvait un sixième caneton qui avait manqué le train. Un grand point d'interrogation était suspendu au-dessus de sa tête.

Fabio resta jusqu'à une heure tardive sur le balcon, et laissa le spectacle du barbecue le déprimer.

Le lendemain matin, la radio lança un bulletin d'alerte incendie maximale. Les autorités appelaient instamment la population à ne pas allumer de feu dans la forêt.

Dès que Marlène eut quitté la maison, Fabio tenta de joindre le docteur Loiseau. Il appela d'abord à son cabinet. Non pas qu'il supposât que les neuropsychologues travaillaient aussi le samedi, mais il pensait que Loiseau ne possédait pas de cli-

matisation chez lui. Et c'était sans doute le cas.
Loiseau décrocha au bout de quelques instants en
prononçant un « Ouuui ? » qui annonçait une
conversation privée.

Fabio le pria de l'excuser de le déranger pendant
son week-end, et posa sa question :

— Est-il possible d'effacer de la mémoire une
période précisément définie ?

— Oui, ça arrive. Par exemple chez les gens qui
ont vécu des expériences traumatiques : la guerre,
des chocs, la torture, un viol, des accidents. Ou bien
chez ceux dont on a abusé lorsqu'ils étaient enfants.

— Mais ces gens-là effacent ces souvenirs eux-
mêmes.

— On peut avoir une opinion partagée sur ce
point.

— Alors je pose la question autrement : une personne peut-elle effacer les souvenirs qu'a une autre
personne d'une période déterminée ?

— Oui. Par exemple par la suggestion.
L'hypnose. Il y a aussi des médicaments qui provoquent de brèves amnésies rétrogrades. On les utilise
en anesthésie. Ou les électrochocs, qu'on continue à
employer de temps en temps en psychiatrie.
Pourquoi vous intéressez-vous à cela, un samedi de
canicule où les gens de votre âge et de votre consti-
tution physique se laissent porter par l'eau du lac ?

— Mais cinquante jours ? Est-il possible que
quelqu'un dise : Effaçons-lui de la mémoire les cinquante derniers jours ? Existe-t-il des méthodes, des
substances, des interventions ne laissant aucune
trace, qu'est-ce que j'en sais, moi, mais qui permettraient cela ?

Fabio entendit le docteur Loiseau souffler

bruyamment, autant qu'il était possible à une personne affichant cent soixante kilos de poids vif pendant une vague de canicule.

— Non, cela n'existe pas encore, autant que je sache. Et j'en sais beaucoup. Enfin, dans ce domaine, en tout cas.

Fabio passa le reste de son samedi sur Internet. Le soir, il savait sur l'ESB et la maladie de Creutzfeldt-Jakob tout ce que l'on pouvait infliger au grand public. Entre autres, que la science considérait désormais comme avéré le fait que les prions à l'origine la maladie de la vache folle pouvaient déclencher la nouvelle variante de Creutzfeldt-Jakob.

Ou encore qu'il existait des procédés de laboratoire avec lesquels on pouvait détecter dans les aliments des matériaux à risques, comme le cerveau et la moelle épinière, mais qu'on n'avait encore aucune méthode permettant de prouver qu'ils étaient contaminés par les prions. Parce qu'il n'existait aucun test assez sensible pour détecter de très petites quantités de ces protéines.

Ou encore qu'il existait une théorie dite de la cristallisation selon laquelle de très faibles doses de prions suffisaient à déclencher la maladie de Creutzfeldt-Jakob.

La maladie commençait par des dépressions, des troubles du sommeil, des délires. Les patients devenaient agressifs, hypersensibles, leur démarche était instable. Ils souffraient de troubles de la coordination, de sensations de surdité, de picotements, plus tard de pertes de mémoire et de troubles de la réflexion. En fonction de la zone du cerveau touchée, les malades étaient atteints de paralysie ; de tremblement des bras, des jambes ou de la tête ; de tressaillements musculaires ; d'accès épileptiques et tétaniques. Ils mouraient après vingt-deux mois en moyenne, l'esprit enténébré.

Presque toutes les victimes de cette nouvelle variante de la maladie de Creutzfeldt-Jakob étaient jeunes : entre dix et trente ans. La plupart des décès avaient été enregistrés en Angleterre. Un peu plus d'une centaine à ce jour. Pas assez pour justifier que l'industrie pharmaceutique se lance dans la recherche intensive d'un remède.

Certains chercheurs dignes de considération estimaient pourtant que le nombre de personnes entrées en contact avec l'agent pathogène pouvait atteindre les cent millions. Et que celui des malades potentiels s'élevait à dix millions de personnes.

Le soir, il se prépara un sandwich au fromage et s'installa devant la télévision. Après la première bouchée, il le reposa sur l'assiette.

13

Les cloches dominicales le sortirent du sommeil. Il avait passé une nuit agitée. Il n'avait pas cessé de se réveiller et avait eu besoin d'un moment pour s'orienter dans l'appartement, qui lui était encore plus étranger lorsque Marlène ne s'y trouvait pas. Il était resté longtemps couché et éveillé, en essayant d'empêcher son cerveau de répéter toujours les mêmes successions de pensées diffuses. Il avait senti que la nuit apportait enfin un peu de fraîcheur, et vu les toits des maisons qui commençaient à se dessiner peu à peu. Ensuite, il s'était certainement endormi. Et les cloches annonçaient à présent le dimanche.

Enfant, il allait à l'église chaque semaine. Pour lui, la chose était toute naturelle. Tous ceux qu'il connaissait allaient à l'église. Puis au *Soleil*, pour boire un verre.

Devenu adulte, il avait conservé un rapport détendu avec l'Église. Il n'était pas spécialement pieux, il n'était même pas sûr d'être croyant, mais l'idée de se faire rayer des registres paroissiaux ne lui serait pas venue à l'esprit. Il était rare qu'il pénétrât dans une église ; mais lorsqu'il le faisait, il se signait et s'embrassait le pouce.

Fabio se leva, se prépara un espresso, s'installa sur le balcon et écouta le son majestueux des cloches.

Une sorte de mal du pays indéfini le submergea. La nostalgie du temps jadis. De l'Italie. Des vrais dimanches. De Norina.

Les cloches s'arrêtèrent de sonner. D'abord celles du voisinage, puis, peu à peu, les autres. Le silence se fit. Dans les églises, la messe débutait.

Peut-être devrait-il revenir assister à une messe, songea Fabio. C'était peut-être aussi un moyen de retrouver son centre.

Il fit sa toilette matinale en traînant, passa un nouveau pantalon et sa dernière chemise blanche repassée. « Teinturerie ! » nota-t-il sur son agenda à la page du lundi. Puis il appela sa mère au téléphone.

— Il est arrivé quelque chose ? demanda-t-elle, effrayée, en entendant sa voix.

Il se proposa de l'appeler plus souvent.

Les premières cloches annonçaient déjà la fin de la messe lorsque Fabio quitta la maison. Il n'avait pas d'objectif précis, si ce n'est d'acheter des cigarettes, quelque part, non loin de là. Son premier paquet personnel, aussi loin que sa mémoire remontât.

Là où le chemin des Merles débouchait sur la rue des Vignes se trouvait un petit immeuble des années 1970. Au rez-de-chaussée, un pressing et le restaurant *Le Jardin des Merles*. Fabio entra, s'installa à une petite table et commanda un café crème et des cigarettes.

Il avait volontairement laissé *Dimanche Matin* dans la boîte aux lettres de Marlène. Mais à présent qu'il le voyait accroché à une baguette, près du vestiaire, il ne put y résister.

Le journal était mince. Par son volume comme par son contenu. Un vrai numéro de trou estival, avec peu de publicité et des sujets tirés par les cheveux. Quelques articles de fond sur les nouvelles de la veille, des conversations de vacances avec des hommes politiques, un guide des établissements thermaux du pays, des personnalités qui révélaient leurs recettes contre la canicule.

Le restaurant se remplit rapidement de croyants sortant de la messe, qui venaient prendre l'apéritif au *Jardin des Merles*. C'était l'un des trois restaurants situés à proximité de l'église catholique.

Fabio n'avait aucune envie ne partager sa petite table avec des inconnus, et se réfugia derrière son journal.

Son successeur, Reto Berlauer, s'étalait sur double page avec un reportage sur le premier guide de haute montagne tamil. Certainement un rebut de son article sur les groupes de voyage japonais.

Rufer était manifestement en vacances : l'édito était signé Lucas Jäger.

Fabio ne trouva pas la force de le lire. Mais il fut bien forcé de regarder la photo. C'était une nouvelle. Lucas regardait par-dessus son épaule, comme s'il n'avait pas trouvé le temps de quitter un bref instant son poste de travail pour se faire faire le portrait. Ses cheveux étaient tondus de peu, l'expression de son visage était un mélange de sérieux et de sarcasme. Il avait bonne mine. Meilleure qu'au naturel, estima Fabio.

Le garçon apporta le café et les cigarettes. Fabio enroula le journal sur son support et le déposa sur la table. Lucas était donc autorisé à écrire un éditorial. De son temps (à sa connaissance), cela ne lui était encore jamais arrivé. Que dissimulait cette promotion ? Le gros coup ?

— Causio, Rossi, Bettega, dit une voix au-dessus de lui : c'était le concierge, le merle du chemin des Merles, Anselmo Merletto.

— Tardelli ! répondit Fabio.

— Benetti, Zaccarelli ! poursuivit Anselmo.

— Gentile, Cuccureddu, Scirea, Cabrini !

Et tous deux ensemble :

— Zoff !

Anselmo s'assit, l'air rayonnant. Fabio n'y vit aucun inconvénient. Pour être sincère, il était même heureux qu'on lui apporte un peu de compagnie.

— Je ne t'ai encore jamais vu ici, constata Anselmo.

— C'est la première fois que je viens. Autant que je sache.

Le garçon apporta un *punt e mes*. Anselmo les présenta l'un à l'autre :

— Fabrizio, voici Fabio, d'Urbino.

Ils hochèrent tous deux la tête pour se saluer.

— Fabrizio vient de Monza, expliqua-t-il à Fabio avant de demander au garçon : Qu'est-ce que tu sers ?

— *Coniglio*.

Lorsque le garçon fut parti, Anselmo demanda :

— Tu manges avec moi, ou bien il faut que tu rentres ?

Fabio mangea. Le lapin n'était certes pas son plat préféré, surtout par un dimanche torride dans un restaurant de quartier à l'air brûlant et enfumé. Mais il était forcé de l'admettre : c'était remarquable. Il se laissa même convaincre de goûter à la bouteille de barolo qu'avait commandée Anselmo. Il essaya le *zabaglione*, que l'on disait légendaire, et n'aurait pas craché sur une grappa si Anselmo ne l'avait pas refusée d'un geste de la main :

— La grappa, c'est chez moi qu'on trouve la meilleure.

Et c'est ainsi que Fabio, repu et un peu gris, se retrouva dans la loge de concierge du 74 chemin des Merles. Il était assis sur un balcon, comme celui de Marlène, à une table de jardin, presque comme celle de Marlène, et savourait une grappa.

Anselmo avait apporté deux verres en cristal et les avait remplis d'un geste solennel.

— D'abord, juste la couleur, fit-il d'un ton docte. Nous avons dix minutes pour nous concentrer uniquement sur la couleur. C'est le temps qu'il faut à une grappa pour se réveiller. Ne bois jamais une grappa avant de l'avoir laissé respirer au moins dix minutes. C'est en cela que le connaisseur se distingue du buveur.

Anselmo avait apporté deux feuilles de papier à écrire ligné. Il en tendit une à Fabio, et garda l'autre pour lui. Il prit le verre par le pied et le brandit devant la feuille. Fabio dut l'imiter.

— Qu'est-ce que tu vois ? demanda Anselmo.

— Rien.

— Moi, je vois des lignes sur un papier.

— Ça, je le vois aussi.

— Distinctement ?

— Pour le moment.

— Le plus important, dans une grappa jeune, c'est la couleur. Elle ne doit pas en avoir. Tu m'entends ? Couleur zéro. Zéro absolu.

Anselmo fit une pause.

— Alors ?

— Pas de couleur, confirma Fabio.

— Pas d'impuretés non plus ? Un trouble ? Des stries ?

— Rien, insista Fabio.

— Claire comme de l'eau de source ?

— Comme de l'eau de source.

— Bien. Maintenant, le nez. Trois secondes. Avec le temps, ça, tu l'as dans la peau. Vingt et un, vingt-deux, vingt-trois. Mais tu n'as pas le droit de compter. Tu te concentres sur ton nez, et uniquement sur lui. Prêt ?

Ils levèrent tous les deux le verre sous leur nez.

— Alors ? demanda Anselmo au bout de trois secondes.

— Ça sent bon.

— Moisissure, fumée, choucroute, chèvre, œuf pourri ou sueur ?

Fabio voulut humer encore une fois. Anselmo fit un geste négatif.

— Inutile. On ne sent pas ce genre de choses chez moi. Si tu sens dans une grappa une odeur de moisi, de fumée, de choucroute, de chèvre, d'œuf pourri ou de sueur, tu peux vider ton verre dans l'évier. Chez moi, une grappa sent la noisette, la fraise, la jacinthe, la pêche, les roses, la sauge, le tabac, la réglisse, la vanille, les épices, les fruits exo-

tiques et les pommes. Encore une fois trois secondes.
Prêt ?

Ils tinrent de nouveau le nez au-dessus des verres.

— Et maintenant, une toute petite gorgée
minuscule. Mais ne pas avaler, faire circuler dans la
bouche, veiller aux papilles : il ne faut pas que ça
pique, que ça ait le goût gras, ou ennuyeux, ou
amer. Maintenant !

Il prirent une petite gorgée et la gardèrent en
bouche jusqu'à ce qu'Anselmo donne le signal d'avaler.

— Alors ?

— Admirable, dit Fabio.

Anselmo n'était pas satisfait.

— Admirable, admirable, je croyais que tu étais
journaliste, c'est un métier qu'on fait avec des mots,
tout de même. Admirable ! *Immatérielle*, voilà le
mot ! Une bonne et jeune grappa est *immatérielle*.

— Je n'ai plus de sensations en haut à droite.

— Comment ça, plus de sensations ?

— C'est l'accident. Tout est anesthésié entre ici
et ici. (Fabio lui montra l'endroit.) Les lèvres aussi.
Et le palais. Et les dents. C'est peut-être pour ça.

— Y compris les papilles ? demanda Anselmo,
ému.

— Elles aussi, confirma Fabio.

— Mais pas toutes ?

— Un quart environ.

— Alors essaie encore une fois avec ce qui te
reste.

Fabio reprit une gorgée, la laissa en bouche, ferma
les yeux, attendit, attendit, avala et se tut.

Anselmo retint son souffle.

— Immatériel, constata Fabio.

Anselmo remplit de nouveau les verres.

— Ça ne faisait pas dix minutes. Nous l'avons goûtée avant qu'elle ne soit complètement réveillée.

Pendant qu'ils attendaient que la grappa se réveille dans leurs verres, Fabio apprit qu'Anselmo travaillait, pendant la journée, dans une boutique de cordonnerie express.

— Un boulot de merde, je te prie de le croire. Surtout avec cette chaleur infernale. Les gens te balancent leurs godillots puants et trempés de sueur sur le comptoir, et tu n'as même pas le temps de les faire sécher avant de travailler dessus. Et le soir, le boulot dégueulasse continue ici. Alors qu'en fait, c'est ma femme qui devrait occuper le poste de concierge.

Fabio commit l'erreur de demander :

— Et où est-elle ?

— Qu'est-ce que j'en sais, où est ma femme ? demanda Anselmo. En tout cas pas ici. À moins que tu ne la voies quelque part ? Moi, je ne la vois pas. Cela fait longtemps que je ne l'ai pas vue. La dernière fois, c'était il y a un an.

Dans son émotion, Anselmo oublia les dix minutes de rigueur, avala sa grappa et força Fabio à engloutir aussi la sienne pour rétablir des conditions olfactives identiques.

Pendant la période d'attente suivante, Anselmo lui raconta que sa femme l'avait laissé tomber un an plus tôt, pour un collègue de travail. Pour un collègue de travail !

Cette expression permit à Fabio, pendant une nouvelle période d'attente, d'exprimer son opinion sur les types qui ne s'arrêtaient devant rien, pas même les femmes de leurs collègues.

Anselmo profita du délai de décantation de la énième grappa pour se livrer à quelques constatations générales sur le sexe féminin. Puis il insista pour que l'on déguste, pour faire bonne mesure, son *stravecchia* vieilli en fût de poirier. Il apporta de nouveaux verres et servit.

Pendant qu'ils attendaient son réveil, Anselmo reprit le fil de la conversation.

— Toutes les mêmes, marmonna-t-il.

— Pas toutes, objecta Fabio, dans l'intention de tenir, au moins pour l'instant, Norina à l'écart de ce règlement de comptes général.

— Ah ! s'exclama Anselmo. Tu crois que la tienne est différente ? Et qui est-ce qui a reçu des visites masculines, à peine que tu étais à l'hôpital ?

La grappa avait rendu Fabio un peu lent. Il lui fallut un moment.

— Tu veux parler de Marlène ?

— *Scusa*, je n'aurais pas dû dire ça maintenant.

— Raconte.

— Il n'y a rien à raconter. Un homme est venu. C'est tout. C'était vraisemblablement innocent.

— Plusieurs fois.

— Suis pas toujours là. Au moins une fois.

— À quoi ressemblait-il ?

— Jeune, ton âge, cheveux courts. Pas mauvaise allure.

Fabio se leva et se dirigea vers la porte de l'appartement.

— Une minute.

La démarche un peu incertaine, il descendit l'escalier jusqu'à la boîte aux lettres de Marlène, y pêcha le numéro de *Dimanche Matin*, le fit sortir par la fente et le remonta dans l'appartement d'Anselmo.

— C'était lui ? demanda-t-il en désignant la photo de Lucas.

Anselmo dut se lever et aller chercher ses lunettes, qu'il avait déposées à côté du programme de télévision. Il étudia la photo et finit par dire :

— C'est lui. Aucun doute. Mauvaise photo. A meilleure allure en vrai.

Marlène arriva à cinq heures. Fabio l'avait attendue sur le divan, dans l'intention de se relever au premier bruit dans la cage d'escalier, et de la recevoir debout. Mais il se réveilla lorsque quelqu'un l'embrassa sur le front et demanda :

— Schnaps ?

— Hein ?

— Tu sens l'alcool.

L'avantage psychologique était à l'eau.

Fabio eut besoin d'un moment pour se rappeler les raisons de son inextinguible colère contre Marlène. Lorsqu'elles lui furent revenues, il se leva. Arrivé à mi-hauteur, il perdit l'équilibre et retomba sur le divan.

Marlène éclata de rire.

— Tu es soûl.

— J'ai toutes les raisons de l'être.

Fabio se hissa de nouveau sur ses jambes. Marlène voulut l'aider, mais il se débattit.

— Je croyais que tu n'étais pas autorisé à boire de l'alcool ?

— Qu'est-ce que Lucas venait faire ici ?

Marlène ne répondit pas. À sa mine, on aurait dit que quelque chose d'inéluctable était enfin arrivé.

— Qu'est-ce qu'il venait faire ? répéta Fabio d'une voix menaçante.

Marlène passa à la salle de bains.

— C'est ça, prends le temps de trouver une réponse.

Fabio avait un goût nauséabond dans la bouche. Il ouvrit le réfrigérateur. Pas d'eau minérale. Juste deux bouteilles de *Bifib* et un carton entamé de l'épais nectar de pêche de Marlène.

Il ouvrit en grand le robinet d'eau de l'évier et attendit que le jet ait refroidi. Il remplit un verre et y jeta l'eau dès qu'il y eut trempé les lèvres. Elle était toujours tiède. Il alluma une cigarette et attendit que Marlène sorte de la salle de bains avec sa réponse.

Elle en sortit sans réponse.

Fabio se campa devant elle et déclama :

— Qu'est-ce-que-Lucas-venait-faire-ici ?

— Pouvons-nous en parler quand tu seras dessoûlé ?

— Quand je serai dessoûlé, je ne serai plus là.

Marlène soupira et se fraya un chemin devant lui. Il voulut lui barrer le chemin, mais il était trop instable pour cela.

Marlène alluma une cigarette et s'installa devant son bureau. Son bras gauche soutenait le coude de son bras droit, avec lequel elle tenait la cigarette à hauteur de sa bouche.

— Bon, qu'est-ce que tu veux savoir ?

— Quand j'étais à l'hôpital, as-tu baisé ici avec Jäger ?

— Non. Question suivante.

— Non ?

— Non.

— Pourquoi a-t-il fait des allées et venues ici ?

— Il n'en a pas fait.

— Il en a fait. J'ai des témoins.

— Si tu veux vraiment le savoir : il est venu ici une fois, et une seule.

— Pour parler boulot ?

Il eut l'impression d'avoir déjà entendu cette question.

— Je n'allais pas bien. Lucas a été très gentil. Il s'est un peu occupé de moi.

— Sa spécialité.

— Pas comme ça.

— Alors comment ?

Elle écrasa sa cigarette, prit le sac de voyage qu'elle avait préparé pour le week-end et l'emporta dans la chambre à coucher.

Fabio la suivit. Elle commença à déballer ses affaires.

— Je sais ce qui s'est passé.

Marlène se taisait.

— Lucas m'a piqué mon papier.

Marlène jeta le linge sale dans la corbeille.

— Et tu l'as aidé à le faire.

Elle prit sa trousse de maquillage dans le sac de voyage, puis fourra celui-ci dans l'armoire.

— J'étais sur un gros coup. Lorsque Lucas a compris que je ne me souvenais plus de rien, il m'a piqué mes dossiers et effacé toutes les données qui leur étaient liées. À la rédaction et ici.

Marlène s'assit sur le tabouret, devant la table de maquillage, et le dévisagea.

— C'est toi qui l'as laissé entrer ici, c'est toi qui lui as dit : « Je t'en prie, voilà son bureau, sers-toi. »

Marlène se taisait toujours.

— Oh ! Je t'ai posé une question !

Il avait parlé un peu fort.

— Tu me fais peur, dit Marlène à voix basse.

— Tu crois que vous ne me faites pas peur, vous ?
Toujours trop fort.

Fabio avança d'un pas et tendit la main. Marlène
porta la sienne devant son visage, pour se protéger.

— Je ne frappe pas les femmes ! cria Fabio.

Il attrapa le tiroir de la table de maquillage, le sortit, y plongea la main et lui colla son assistant personnel sous le nez.

— Là !

C'était le mot le plus original qui lui soit venu à
l'esprit.

Marlène se mit à pleurer.

— Ne geins pas. Si quelqu'un a une raison de
geindre, c'est moi.

Mais Marlène geignait. Pendant un moment,
Fabio resta là, à la regarder, assise sur le tabouret,
secouée par les sanglots. Ou bien il la consolait, ou
bien il quittait la pièce.

Il quitta la pièce.

Fabio se réveilla parce qu'une lampe l'aveuglait. Il
était couché sur le canapé. Dehors, il faisait sombre.
Marlène avait allumé la lumière, elle était assise au
bord du canapé. Elle avait l'air de s'être reprise.
Lorsqu'il se fut habitué à la clarté, il remarqua
qu'elle avait les yeux rouges.

— Lucas a fait ça pour toi.

— Quoi ?

— Tu te cramponnais à une affaire qui t'aurait
causé du tort.

— C'est ce qu'il a dit ?

Marlène hocha la tête.

— Et c'est pour me protéger de moi-même qu'il

a barboté mes dossiers et effacé mes fichiers, mes agendas et mes bandes ?

Fabio se redressa.

— Il a dit que peu de gens avaient la chance d'effacer une erreur de leur biographie.

— Est-ce qu'il t'a dit aussi de quelle erreur il s'agissait ?

— Juste que cette histoire allait te causer un tort énorme.

Fabio se leva.

— À moi, et éventuellement à ton employeur, Lemieux ?

Marlène ne répondit pas.

— Il a mentionné Lemieux ?

— Ça n'était pas décisif. Je l'ai fait pour toi.

— Eh ben voyons ! Tout le monde se fait tant de souci pour moi. Si tu savais combien je suis touché !

Fabio avait encore une fois haussé le ton.

Les yeux de Marlène s'emplirent à nouveau de larmes. Fabio prit une cigarette et lui en proposa une. Il lui tendit du feu, puis alluma la sienne.

— Tu es aussi naïve que ça ?

Elle haussa les épaules.

— Tu ne crois tout de même pas sérieusement que tu protégeras tes patrons comme ça ? Lucas a piqué mon papier pour le sortir lui-même.

— Dans ce cas-là, pourquoi ne l'a-t-il pas fait depuis longtemps ?

— Il lui manque peut-être encore des données. Peut-être qu'il attend le bon moment, qu'est-ce que j'en sais ? Mais il le sortira, tu peux compter là-dessus. Aujourd'hui, déjà, il jouait le rédacteur en chef.

Fabio prit sur le bureau le *Dimanche Matin* un

peu défraîchi et lui plaça l'éditorial devant les yeux. Elle ne le regarda pas.

— Et pourquoi m'as-tu caché mon assistant personnel, puisque les dossiers avaient été effacés ?

— Tu l'aurais remarqué.

— Comment ?

— Pour les anciens fichiers de l'ordinateur, il y avait une explication : tu n'avais pas fait depuis longtemps de sauvegarde pour ton assistant personnel. Mais il n'y avait aucune explication au fait que tu sois resté si longtemps sans rien enregistrer sur ton ordinateur de poche.

Il fallut un moment à Fabio pour remettre ses idées en ordre.

— Lucas n'y a pas pensé ?

— Ça m'est venu une fois qu'il était déjà parti.

— Et pourquoi l'as-tu caché ? Pourquoi ne l'as-tu pas simplement fichu à la poubelle ?

— Je ne fiche pas à la poubelle un appareil qui coûte près de mille francs suisses.

Fabio fut pris d'une étrange sensation. Comme s'il était debout sur du caoutchouc-mousse. Il fut obligé de s'asseoir.

La salive s'accumula dans sa bouche, et sa respiration devint lourde. Il se leva, alla en titubant à la salle de bains, s'agenouilla devant la cuvette et vomit. Un lapin, un *zabaglione*, trois verres de barolo, six grappa et la confirmation de son soupçon : c'était plus que son estomac n'en pouvait supporter.

14

Fabio leva la tête. Une douleur fulgurante lui parcourut les tempes, les orbites, les épaules et la colonne vertébrale.

Il ouvrit les yeux et tenta de reprendre ses esprits. Dehors, le jour n'était pas encore totalement levé. Mais l'air qui entrait par la porte ouverte du balcon était déjà brûlant. Il était habillé, la tête posée de travers sur le bras du canapé.

Il se redressa très prudemment. Dans son crâne, un marteau frappait sur un nerf sensible. Son bras gauche était engourdi. Il toucha la moitié droite de son visage. Sa main ne sentait pas son visage, son visage ne sentait pas sa main.

Que s'était-il passé la veille ? Marlène avait admis qu'elle était la complice de Lucas.

Des vêtements jonchaient le sol, sa valise entrouverte était posée sur son bureau et il aperçut, par terre, son sac à dos noir bourré à craquer.

Cela lui revint alors : il avait vomi, puis ils avaient repris leur dispute, et au bout du compte, il avait dit vouloir partir sur-le-champ. Devoir ? Vouloir.

Un lent picotement remonta dans son bras, qui

retrouva sa sensibilité. Il se massa la nuque des deux mains, rejeta la tête en arrière, la tourna vers la droite, vers la gauche, baissa le menton jusqu'à ce qu'il sente les muscles de sa nuque qui s'étiraient.

Il inspira et expira cinquante fois de suite, tranquillement et régulièrement, et tenta de se concentrer sur ce seul exercice tandis que son esprit recommençait à radoter. Toujours les mêmes phrases, les mêmes bribes de pensée, les mêmes noms.

Il se leva, alla au réfrigérateur, ne trouva pas d'eau minérale, remplit un verre d'eau du robinet tiède et le but jusqu'à la dernière goutte.

La porte de la chambre à coucher était fermée, malgré la chaleur étouffante de la nuit. Fabio se leva et se dirigea vers elle. Il tendit la main vers la poignée, se ravisa et passa dans la salle de bains. Lorsqu'il s'observa dans le miroir, il eut une idée de l'allure qui serait la sienne à cinquante ans.

Il tourna le robinet et baigna son visage dans les paumes de ses mains.

Il ne se sentit pas mieux ensuite. Il voulait se débarrasser du mauvais goût qu'il avait dans la bouche, mais il ne trouva pas sa brosse à dents. Son rasoir aussi avait disparu. Il avait déjà préparé sa trousse de toilette.

Il pressa un peu du dentifrice de Marlène sur son index, mit celui-ci dans sa bouche, se frotta les dents tant bien que mal et rinça avec de l'eau.

Il se passa les doigts trempés dans les cheveux.

Ainsi rafraîchi, il se dirigea vers la porte de la chambre et descendit doucement la poignée.

La porte était fermée à clef.

Tout indiquait une dispute plus sérieuse qu'il n'en

avait gardé le souvenir et — en cette journée nouvelle — qu'il ne le jugeait convenable.

Fabio s'était installé sur le divan et se demandait comment il devrait se comporter lorsque Marlène sortirait de la chambre ? Sur la réserve ? Froid ? Indifférent ? Conciliant ? Sarcastique ?

Il s'était endormi là-dessus. Lorsqu'il fut réveillé par le « Tiens, encore là ? » de Marlène, il n'était plus temps de se poser la question.

Marlène passa sans un mot à la salle de bains. Lorsqu'elle en ressortit, elle ne lui accorda pas un regard.

Après avoir passé une jupe courte avec un haut en tissu vaporeux et être sortie de la chambre, elle s'arrêta tout de même un bref instant, le dévisagea, glaciale, et lança :

— *Ciao*.

— *Ciao*, fit aussi Fabio.

— Tu jetteras la clef dans la boîte aux lettres ?

Fabio hocha la tête, Marlène quitta l'appartement.

Pourquoi est-ce toujours en ces instants-là que les femmes sont les plus belles ? se demanda-t-il.

Il commença par appeler Norina. Il ne la trouva pas. Il lui laissa un message sur son portable : « Rien d'urgent, rappelle-moi tout de même à l'occasion. Mais sur le portable. Comme tu le sais, je n'habite plus chez Marlène. »

Puis il annula son rendez-vous au tai-chi. « Pour cause d'absence de cadre tranquille et harmonieux à mon espace intérieur », précisa-t-il.

Il trouva sa trousse de toilette dans son sac, entre

les vêtements, se rasa et se doucha, s'habilla et commença à faire ses bagages.

Vers dix heures, il appela Fredi et prit rendez-vous avec lui pour le déjeuner. Fredi proposa le *Bertini*. Comme s'il s'agissait du seul restaurant climatisé de la ville.

— Qu'y a-t-il de tellement urgent ? demanda Fredi.

Il avait posé la veste de son costume de lin noir à côté de lui, sur la banquette, et portait un col boutonné blanc à manches courtes et une cravate discrètement rayée de rouge et de vert.

— Tu peux me faire un plaisir ? demanda Fabio.

Le visage de Fredi devint fortement inexpressif, comme jadis, lorsqu'il était libero et cherchait un relais pour l'une de ses longues passes.

— J'ai besoin d'un endroit pour habiter. Provisoirement.

Fredi parut soulagé.

— Terminé, avec... comment s'appelait-elle ?

— Marlène.

— Tu ne manges rien ?

Fabio n'avait pas touché le menu, et le garçon se tenait à côté de la table, le bloc à la main.

— Juste une salade.

Fredi commanda des *antipasti*, des pâtes et un plat de viande, le programme complet.

— Pourquoi ne manges-tu rien ? voulut-il savoir.

— À cause d'hier. Trop de grappa.

— Dans ce cas, justement, il faut que tu manges.

— Tu as quelque chose pour moi ?

Fredi farfouilla dans sa veste, à côté de lui, en sortit un portable minuscule et se mit à téléphoner. On aurait dit qu'il soutenait sa lourde tête dans sa main, et qu'il parlait tout seul.

Lorsqu'on apporta les *antipasti*, il se mit à manger entre les phrases. À un moment, il leva brièvement les yeux et demanda :

— Tu as des meubles ?

— Un bureau avec caisson et chaise.

— Il lui faut quelque chose de meublé, dit Fredi au téléphone.

Lorsqu'il rangea de nouveau son portable dans sa veste, il avait fini sa petite assiette d'*antipasti*.

— Nous irons prendre la clef après le repas, annonça-t-il.

Deux heures plus tard, à bord d'un taxi de marchandises, Fabio emménageait dans la résidence Florida. Moyennant un pourboire rondelet, le chauffeur l'aida à porter le bureau au deuxième étage. Le caisson, la chaise, sa valise, son sac à bandoulière et quelques sacs en papier entraient dans l'ascenseur.

L'appartement de Fabio était le numéro 8. Il comprenait une pièce équipée d'un grand lit, d'une table de nuit, d'un fauteuil molletonné, d'une table basse et d'un placard intégré, une kitchenette, une salle de bains avec douche, lavabo et W.-C. Le tout sur une surface de peut-être vingt mètres carrés. Une trace ancienne de vin rouge rappelait qu'on avait dû renverser une bouteille sur la moquette. Un rideau décoré de palmes était fermé sur l'unique fenêtre. Il le tira, ouvrit la fenêtre et regarda en bas, dans la rue. La rue des Étoiles. En plein quartier chaud.

Il rangea ses affaires dans le placard. La plupart de ses vêtements devaient passer chez le teinturier. Puis il aménagea son lieu de travail. L'unique endroit où il pouvait placer son bureau était le devant de la fenêtre. Et encore, il lui faudrait dévisser les pieds de la table basse et les ranger sous le lit avec leur plateau.

Mis à part un homme installé à un guichet de verre, le hall d'accueil de Lemieux était totalement inanimé. L'homme fit signe à Fabio de venir vers lui.

— Fabio Rossi. J'ai un rendez-vous chez le docteur Mark.

L'homme se donna l'air important pour feuilleter son répertoire. Il venait manifestement de prendre son service de nuit, il était rasé de frais et sentait l'after-shave. Ses cheveux étaient teints, Fabio distinguait leur racine blanche. Sur un badge frappé du logo de Lemieux, on pouvait lire : « Joseph Klein, Security ».

M. Klein composa un numéro. Au bout d'un instant, il dit d'une voix respectueuse :

— Docteur, un certain Monsieur... (Il regarda Fabio.)

— Rossi, l'aida Fabio.

— Un certain M. Rossi. Il dit qu'il a un rendez-vous. (Il observa Fabio du coin de l'œil.) Pas de problème. Bonne soirée, docteur.

Il se leva de son siège, indiqua l'ascenseur et expliqua :

— Huitième étage. Lorsque vous sortez de l'ascenseur, à droite en descendant le couloir. Dernier bureau à gauche, le nom est sur la porte. Le docteur Mark va vous recevoir.

Fabio comprit, à l'air du gardien, que lui-même, à la place du docteur Mark, ne lui aurait pas accordé ce privilège.

Le huitième était un étage feutré. Pas de machines à café, de photocopieurs ou d'imprimantes en réseau, juste une moquette couleur anthracite. Pas de tableaux noirs, de calendriers de l'entreprise et de notes internes aux murs, juste d'anciennes acquisitions du fonds d'investissement artistique de l'entreprise.

Sur la dernière porte, on lisait : « Docteur Klaus Mark, directeur du développement des produits. »

Fabio frappa deux fois. Constatant que personne ne réagissait, il ouvrit la porte. Une antichambre vide.

Une voix cria : « Entrez ! » Elle venait d'une autre pièce, dont la porte était entrouverte. Fabio entra.

C'était un grand bureau en angle, dont deux murs étaient occupés par de grandes fenêtres. Sur le bureau bien rangé, on ne voyait qu'un écran plat et un clavier, et devant lui un fauteuil de direction molletonné. Au côté étroit du bureau se rattachait une table de conférences pour quatre personnes. Un groupe de sièges était installé devant l'une des fenêtres. Des fauteuils club anglais en cuir vieilli artificiellement.

Fabio s'assit.

Les yeux du docteur Mark étaient d'un bleu délavé, les cils et les sourcils du même jaune vague que ses cheveux fins et soigneusement peignés, qui se clairsemaient sur la nuque. La peau de son visage et de ses mains était cireuse et incolore. Fabio remarqua ses ongles ; leur lunule était minutieusement dégagée. Ils brillaient comme une vieille voiture amoureusement lustrée par son propriétaire. Ils étaient d'une propreté parfaite, et limés en pointes sans doute aussi tranchantes que des lames de rasoir. Fabio s'était imaginé le docteur Mark autrement.

— Une demi-heure, comme convenu. Je dois partir d'ici à six heures et demie au plus tard. Qu'aimeriez-vous savoir ?

Fabio sortit son enregistreur.

— Cela vous dérange ?

Le docteur Mark secoua la tête. Fabio appuya sur le bouton d'enregistrement.

— Je ne sais pas si l'on vous a dit que j'ai eu un accident dont je ne peux me rappeler les circonstances.

— Je n'en ai pas entendu parler.

— Dans ce contexte, j'ai perdu quelques documents et données. Entre autres des parties de notre entretien.

— Un accident au cours duquel vous avez perdu des documents ?

— Accident, agression, l'enquête est en cours.

— Je comprends. De quelles parties de notre entretien s'agit-il ?

Fabio répondit sans hésitation :

— Celles qui concernent les études du docteur Barth.

Le docteur Mark le regarda dans les yeux, sans sourciller.

— Barth ?

— Contrôleur des produits alimentaires à la Labag.

— Ce nom-là ne me dit rien. Sur quoi portent ces recherches ?

— Les prions dans l'alimentation.

— Ça, évidemment, c'est un sujet. Mais je ne me

rappelle pas en avoir discuté avec vous. Sous quel angle a-t-il travaillé ?

— Barth a mis au point un test permettant de déceler des prions en petites quantités.

Le docteur Mark éclata de rire.

— Ça, j'en aurais entendu parler. C'est ce que nous cherchons tous. Votre docteur Barth n'aurait plus de soucis à se faire.

— Mon docteur Barth est mort.

— Tiens donc, qu'est-il arrivé ?

— Il s'est suicidé.

— Vous voyez, j'avais raison. (Il avait retrouvé son sérieux.) Un homme capable, aujourd'hui, de déceler de petites quantités de prions dans l'alimentation n'a aucune raison de mettre fin à ses jours.

Une pile de papiers était posée sur la table basse. Le docteur Mark la tira vers lui.

— Pardonnez-moi cette question un peu indiscrète, monsieur Rossi : votre mémoire a-t-elle souffert d'une autre manière de ce... hum... de cet incident ?

Fabio ne répondit pas.

— Vous ne vous rappelez donc pas cette partie de notre entretien ?

— Cette partie-là n'a pas eu lieu, monsieur Rossi.

Il passa rapidement en revue la pile de documents et en tira un dépliant aux couleurs vives. On y lisait les mots *Functional Food*, en lettres composées avec différents aliments.

— Celui-là, vous ne le connaissez sans doute pas encore, il n'était pas imprimé. Un résumé très utile de notre conversation de l'époque. Vous, les journalistes, quand on vous parle de nourriture fonctionnelle, vous vous imaginez toujours des repas en forme de pilules ou de macaronis au fromage en bâtonnets. Il s'agit d'autre chose : d'étendre la liste des vingt-huit vitamines et minéraux, et celle des autres nutriments importants pour l'existence. Par exemple les acides gras Omega 3, que l'on trouve dans les poissons, ou encore ce que l'on appelle les oligo-saccharides, les hydrates de carbone complexe, qui renforcent la flore intestinale, etc. Le *functional food*, ce sont des aliments enrichis avec les substances nutritives d'autres aliments. Du lait avec des substances de lest, du jus d'orange avec du calcium, etc. Il n'y a pratiquement aucune limite à l'imagination.

Le docteur Mark lui tendit le dépliant.

— Prenez, tout est dedans.

Il passa en revue le reste des documents. On y trouvait des communiqués de presse, des exposés, des photos de produits, des copies de coupures de presse et des épreuves d'annonces publicitaires.

Fabio prit le tout. Sur un petit dossier, on avait fixé une carte de visite frappée des mots « Service de presse, Marlène Berger, attachée de presse ». Et, de la main de Marlène : « Salutations, M. »

Fabio acheta un morceau de pizza à un stand situé de biais face à la résidence meublée Florida. La pâte était molle, le fromage brûlé. Il en mangea la moitié et jeta le reste dans la poubelle, qui servait aussi de comptoir.

Dans son appartement flottait une odeur qu'il avait déjà remarquée le jour de son emménagement. Mais à l'époque, il n'avait pas pu lui donner un nom. À présent, il savait : c'était une odeur de sac d'aspirateur. Ou plus exactement ce que sentait l'air qui sortait d'un aspirateur quand on n'avait pas changé le sac depuis longtemps.

Fabio ouvrit la fenêtre et tira le rideau à motif de palmiers. Il était encore trop tôt pour dormir, mais il voulait se reposer un peu. Il se coucha tout habillé. Il se sentait las et confus.

Une voiture le réveilla. Ce n'était pas le ronronnement monotone de la circulation, sur lequel il s'était endormi, mais le bruit d'une voiture isolée. Quand il s'était réveillé, elle devait être juste sous sa fenêtre, à présent le bruit diminuait et il finit par se perdre dans un autre bruit de moteurs, qui augmenta et diminua à son tour. La circulation s'était clairsemée. Il devait être tard.

Fabio trouva l'interrupteur de la lampe de chevet et alluma. L'abat-jour avait dû, à un moment ou à un autre, entrer en contact avec l'ampoule brûlante : le plastique rouge s'était rétracté en un point, pour former une cicatrice brune.

Sa montre affichait une heure et quart. Il avait dormi plus de cinq heures. Sa chemise et son pantalon étaient trempés et froissés. Il se leva, se déshabilla et passa à la salle de bains. Le rideau de douche portait un motif de bambous. L'humidité l'avait taché de gris à l'ourlet. Au moins, il y avait de la pression au pommeau de la douche.

Fabio tint la main sous le jet jusqu'à ce que la température lui convienne. Alors seulement, il entra dans la cabine de douche. À peine savonné, il sentit la pression diminuer et la température baisser. Fabio tourna le mitigeur jusqu'à ce que l'eau redevienne chaude. Soudain, la pression remonta et l'eau se fit brûlante.

Fabio rinça le savon à l'eau froide, se sécha et maudit Fredi.

La seule chose à ne pas être imprégnée par l'odeur d'aspirateur était le réfrigérateur. Lui sentait bien le réfrigérateur. Fabio l'avait ouvert dans l'espoir que son prédécesseur y aurait oublié une bouteille d'eau minérale.

Il passa une tenue à peu près propre et sortit de la maison.

La rue des Étoiles s'étirait, tranquille, devant lui. De temps en temps, une voiture passait, un taxi, ou un client tardif pour les prostituées. Le stand à pizzas était fermé. Ici et là brillaient les enseignes lumineuses des restaurants de nuit et des bars. Le premier devant lequel il passa s'appelait *Caramba*.

Le restaurant était mal famé. Elvis chantait *Love me Tender*. Quelques clients étaient assis au bar, quelques filles leur tenaient compagnie. À une table, quatre hommes jouaient aux cartes, les trois autres assistaient à la partie.

Fabio s'assit au bar. Une vieille barmaid, les sourcils épilés en accent circonflexe au-dessus de leur arcade, le regarda d'un air las.

— Je peux avoir trois bouteilles d'eau minérale ? À emporter ?

— L'eau minérale, c'est dix-huit.

— À emporter ? Allez, j'habite là. Emménagé aujourd'hui et rien chez moi.

La barmaid disparut par une porte. Une jeune femme descendit de son tabouret de bar et se dirigea vers lui. Elle portait un short moulant doré et brillant, à peine plus grand qu'un slip.

— Comment tu t'appelles ? demanda-t-elle.

— Fabio.

— Jessica. Tu m'achètes un piccolo ?

— Peut-être une autre fois.

Jessica se rapprocha de lui et l'embrassa. Fabio recula.

— Pédé ? demanda-t-elle.

— Oui, répondit-il.

La barmaid revint avec deux bouteilles d'un litre d'eau minérale.

— C'est de moi, perso. Six francs. OK ?

Devant le Florida, il aperçut une jeune femme noire avec un vieil homme blanc. Elle était en train d'ouvrir la porte. Lorsque Fabio arriva, elle le toisa, méfiante. Il montra sa clef.

— J'habite ici.

Cela parut la tranquilliser. Ils entrèrent, et Fabio la suivit du regard. Sa coiffure était composée de centaines de petites nattes. Elle portait une minijupe large comme la main, et ses jambes commençaient là où débutait le ventre de son accompagnateur.

On n'entrait pas dans l'ascenseur à plus de deux. Lorsque la porte se ferma, la femme lui lança un clin d'œil.

L'indicateur lumineux s'éteignit, Fabio rappela la cabine. Elle était saturée d'un parfum exotique dont la trace ne l'abandonna que devant sa porte. Elle habitait l'appartement d'à côté.

— Je croyais que vous vouliez vous rappeler, pas oublier, dit le docteur Loiseau d'une voix lourde de reproches.

Fabio avait commis l'erreur de lui raconter sa séance de dégustation de grappa.

— Quand on picole, c'est pour perdre le rapport à la réalité. Pas pour le trouver.

La séparation de Fabio et Marlène ne lui plut pas non plus.

— Ce dont vous avez besoin, c'est de situations ordonnées, monsieur Rossi. Si vous vivez en célibataire dépravé, vous obtiendrez l'effet inverse. Réconciliez-vous avec votre amie. Travaillez. Devenez adulte.

Fabio fit piètre figure aux exercices de gymnastique cérébrale. Il dut retenir vingt caractéristiques d'un bâtiment et, lorsqu'il eut échoué, mettre dans le bon ordre une série de vingt-quatre images. Il eut l'impression que le docteur Loiseau lui avait choisi des exercices particulièrement difficiles.

Après avoir serré la main molle et moite du docteur Loiseau pour prendre congé, il demanda :

— Pouvez-vous imaginer qu'un scientifique de cinquante-deux ans se jette sous un train parce qu'on lui retire un dossier ?

— S'il est en phase suicidaire, même un prétexte futile suffit.

— Et sinon ?

— Ça ne suffit sans doute pas tout à fait.

Lorsque Fabio revint dans l'appartement, la porte était ouverte, et un chariot de ménage garé devant. Une femme d'un certain âge se trouvait dans sa chambre.

— Que faites-vous ici ? demanda Fabio.

— La chambre, répondit la femme.

Fabio se rappela alors que Fredi lui avait indiqué l'existence d'un service de nettoyage.

— Je peux aussi vous donner le linge ?

— Oui mais cher.

— Cher comment ?

— Privé est meilleur marché.

— Et qu'est-ce qui est le plus rapide ?
— Privé.

Lorsque la femme eut fait le lit et nettoyé la salle de bains, il lui donna son linge, et elle promit d'en rapporter la moitié pour le lendemain.

— Suis Mme Mičič, dit-elle en quittant l'appartement.

L'odeur d'aspirateur flottait toujours dans l'appartement, bien que Mme Mičič n'en eût pas utilisé. Fabio s'installa au bureau. « Travaillez », avait dit le docteur Loiseau.

Il plongea dans les documents que lui avait confiés le docteur Mark. Beaucoup de textes euphoriques sur les nouvelles possibilités d'améliorer la nature. Fabio ne pouvait pas croire qu'il se soit intéressé à ce sujet-là s'il ne cachait pas autre chose. Et jusqu'à plus ample informé, il supposait que cette autre chose avait un rapport avec les découvertes du docteur Barth.

Mais quel rapport pouvait-il bien y avoir entre les découvertes de Barth et le *functional food* ?

Au bout d'une heure, il trouva une première piste : quelques-uns de ces produits étaient enrichis non seulement avec des fibres, des vitamines, des substances minérales et du calcium, mais aussi avec des protéines. Et les prions, il l'avait appris, n'étaient que des protéines animales enroulées de travers.

On ne lisait rien dans les dossiers sur l'origine des protéines avec lesquelles on enrichissait les produits. Fabio alluma son ordinateur portable et lança une recherche sur Internet.

Il trouva rapidement des textes qui n'excluaient pas que la nourriture protéinée pour adeptes de la musculation aient contenu des graisses animales d'origine indéterminée, c'est-à-dire du matériau à risque, c'est-à-dire des prions.

Il composa la ligne directe du docteur Mark. Il n'espérait pas vraiment obtenir de sa part une information utilisable. Il voulait juste entendre sa réaction.

Le standard décrocha dès la seconde sonnerie.

— J'appelais la ligne directe du docteur Mark, dit Fabio.

— Le docteur Mark est à l'étranger pour toute la semaine.

— Il était encore là hier.

— Non, il a pris l'avion dimanche.

— Mais je lui ai parlé.

— Moi aussi. À plusieurs reprises. Par téléphone. À Chicago. Je peux vous passer quelqu'un d'autre ?

Il faillit répondre : « Oui, Mme Marlène Berger. » Mais il se ravisa :

— Non, merci.

Et il raccrocha. À qui avait-il parlé, sinon au docteur Mark ?

Il revint sur Internet. En entrant « +Lemieux +organisation » dans le moteur de recherche, il tomba rapidement sur l'organigramme du siège social. Les noms des dirigeants étaient accompagnés de photos. Même si ces messieurs se ressemblaient beaucoup, aucune confusion n'était possible dans le cas du « docteur Klaus Mark, Head Product Development ». Il avait une chevelure noire et épaisse, et des sourcils en broussaille.

Il ne découvrit personne qui ressemblât au docteur Mark qu'il connaissait.

Au moment précis où Fabio voulait sortir de la

maison, la sonnette retentit. Il appuya sur la touche de l'interphone et fit :

— Oui ?

On n'entendait que la circulation dans la rue des Étoiles.

— Allô ? dit-il, un peu plus fort.

On frappa à la porte. Fabio regarda par le judas. Il n'y vit que des nattes noires. Il ouvrit.

C'était la jeune fille de la nuit passée.

— *T'as du café ?* demanda-t-elle en français.

Elle portait un sarong noué au-dessus des seins, et une grande tasse dans la main.

— J'entre ? demanda-t-elle.

Fabio la laissa entrer. Elle lui tendit la main.

— Samantha.

— Fabio. Désolé, je n'ai rien chez moi. Je m'apprêtais justement à aller acheter l'indispensable.

— Aussi du café ?

— Je ne bois que de l'espresso.

— C'est bon aussi.

— Je n'ai pas de machine à espresso.

— Dans ce cas, comment fais-tu ton espresso ?

Elle avait une voix basse et parlait un français chantant et guttural.

— Justement, je ne peux pas en faire.

— Alors tu ne peux pas en boire.

— Tout à fait.

Elle le regarda pour vérifier si c'était du lard ou du cochon. Tout d'un coup, elle éclata de rire. Son rire monta d'une octave, puis redescendit. Fabio, debout à côté d'elle, souriait courtoisement.

— Je ne bois que de l'espresso, répéta-t-elle en déguisant sa voix. Mais je n'ai pas de machine à espresso.

Une fois encore, elle rit sur quelques octaves. Puis elle s'arrêta brutalement.

— Tu peux me rapporter du café ?

— Évidemment. De quelle sorte ?

— De celle qui n'a pas besoin de machine.

— Du café instantané.

Elle le regarda, l'air sérieux.

— C'est ça. Instantané. Tu as quelque chose pour écrire ?

Fabio alla au bureau, lui donna un stylo à bille et une feuille de papier.

— Ça suffit ?

Elle sourit.

— J'espère.

Samantha s'installa au bureau de Fabio et se mit à écrire. Elle avait des ongles très longs et brillants qui la gênaient pour guider son stylo. Lorsqu'elle eut fini, elle lui tendit une liste de courses en onze points.

— C'est juste si ça ne te dérange pas.

Ça ne le dérangeait pas.

— Quand tu reviendras, frappe à ma porte. Trois fois vite, trois fois lentement. (Elle mima le geste.) Je saurai que c'est toi.

Lorsque Fabio revint avec les courses, il frappa à sa porte. Trois coups rapides, trois coups lents.

— Mets-le simplement devant la porte, chéri ! l'entendit-il crier.

Il déposa les deux sacs en plastique devant la porte, avant de repartir faire des courses. Mais pour lui, cette fois.

Lorsqu'il revint, les sacs qu'il avait laissés devant l'appartement de Samantha avaient disparu.

15

La popularité dont jouissait le virage de Feldau auprès des suicidaires avait plusieurs explications. Sa facilité d'accès pouvait par exemple retenir leur attention. Ils y arrivaient commodément par les transports en commun, quinze minutes de marche séparaient la courbe de la gare la plus proche, et à peu près autant depuis la dernière station de bus. D'un côté comme de l'autre, un passage souterrain permettait de traverser la ligne et, de là, d'atteindre le virage en franchissant un petit bois.

Fabio était déjà venu ici lorsqu'il enquêtait pour son reportage sur les cheminots. Par une journée fraîche et humide, qui sentait le sol détrempé de la forêt et le bois fraîchement coupé que les bûcherons avaient empilé au bord du chemin forestier.

Il aurait bien aimé, cette fois-ci, retrouver un peu de la fraîcheur de l'époque. Il était près de cinq heures. Aucun obstacle n'avait empêché le soleil de brûler, ces dernières heures, le petit parcours de nature empoussiéré. L'herbe desséchée des talus s'était encore un peu plus recroquevillée.

À mi-parcours, le chemin montait doucement ;

une cinquantaine de mètres plus loin, il atteignit le niveau de la voie. Seuls le ballast et les rails en dépassaient.

La petite plate-forme était à l'ombre de quelques hêtres. Elle était entourée d'un sous-bois dense. Deux billots usés par les intempéries se dressaient sur sa marge, comme de vieux bahuts paysans.

Il s'approcha du bord du ballast.

Le virage de Feldau décrivait un grand arc. La courbe était si douce, son tracé tellement bien dessiné, que les rapides pouvaient la négocier à cent vingt-cinq kilomètres à l'heure. Les conducteurs n'avaient qu'un peu plus de deux cent cinquante mètres de visibilité avant que les rails ne disparaissent derrière la forêt.

Pouvait-on forcer quelqu'un à s'installer ici et à ne pas en bouger au cours des quelques secondes qui le sépareraient de l'instant où les six cents tonnes d'acier lui passeraient sur le corps ?

Le sous-bois offrait beaucoup de cachettes où quelqu'un pouvait se dissimuler après avoir jeté sa victime sur les rails. Ou depuis lesquelles il pouvait la tenir en respect sans que nul ne le voie.

Mais même si le conducteur de la locomotive n'avait plus le temps de freiner, il lui en restait suffisamment pour distinguer si l'on jetait quelqu'un sur les rails ou si la personne s'y attardait de son propre gré.

Mais voilà : comment pouvait-on, depuis le sous-bois, forcer quelqu'un à se jeter sous les roues du train ? Avec une arme ? En le menaçant de l'abattre s'il n'obéissait pas ? Pourquoi quelqu'un se donnerait-il la peine de mettre en scène un faux suicide s'il était aussi disposé à commettre un meurtre ?

Fabio entendit un bruit. Un bourdonnement, un chant dont le volume augmentait à une vitesse fulgurante. Puis un long sifflement, qui enfla à son tour. Et avec lui le tonnerre du train qui s'approchait. Fabio fit deux pas en arrière.

La locomotive passa devant lui comme le souffle d'une explosion. La pression de l'air lui fit perdre un moment l'équilibre. Dans un roulement de ferraille assourdissant, les wagons filèrent, filèrent, filèrent devant Fabio. Ils le laissèrent dans un nuage de vapeur grise, poussière et fer mêlés.

Il avait les larmes aux yeux.

Fabio avait rendez-vous à dix-huit heures avec Hans Gubler. Il habitait dans un quartier périphérique, à quelques stations de là, sur la ligne de bus qui menait au virage de Feldau, en direction de la ville.

La maison de Gubler se trouvait dans un quartier de cheminots construit dans les années 1940. Il était composé de quatre rangées de huit pavillons à deux étages. Chacun possédait un petit jardin à l'entrée, un grand à l'arrière. Autrefois, dans ces jardins, on cultivait des légumes. Aujourd'hui, la plupart des potagers étaient devenus des pelouses avec tonnelle, balancelle criarde et piscine en kit.

Les Gubler habitaient un pavillon en angle, l'un des rares dont le jardin abritait encore un potager. Fabio ouvrit le petit portail du jardinet, marcha jusqu'à la maison sur un chemin de gravier ourlé de roses, et sonna.

Une petite fenêtre était ouverte près de la porte d'entrée. C'était certainement celle de la cuisine. Fabio sentit que quelque chose cuisait au four. Il paria pour des tartes aux fruits.

Par la petite fenêtre, à la porte de la maison, il aperçut alors une femme. Elle se sécha les mains à son tablier et vint lui ouvrir.

— Bonsoir, monsieur Rossi, dit-elle en lui tendant la main.

Elle avait les cheveux courts et gris, un petit visage bruni par le soleil et des yeux bleus.

— Mon mari est au jardin, vous connaissez le chemin.

Fabio n'avait rien dit à Gubler de sa perte de mémoire.

Le sol du couloir était en linoléum ciré, les murs étaient peints en blanc, quelques photos d'art en noir et blanc, avec des motifs nord-africains, étaient accrochées à gauche et à droite, toutes au même niveau, on ne voyait rien d'autre, pas le moindre bibelot. Au bout du couloir, une porte menait à une petite terrasse couverte où poussait une vigne. Derrière, c'était le jardin.

Il n'y trouva pas trace de Hans Gubler. Il fallut que Fabio poursuive un peu son chemin sur le sentier étroit pour qu'il le découvre enfin, sur le ventre, couché entre les laitues.

— Monsieur Gubler ? fit prudemment Fabio pour ne pas l'effrayer.

Gubler leva les yeux.

— Quoi, déjà six heures ?

Il se redressa tant bien que mal, tapa sur son pantalon pour en faire tomber la terre et se dirigea vers Fabio. Un homme de taille moyenne, mince, les cheveux blancs. Lui aussi bronzé par son travail au jardin.

— Installez-vous donc à la table, j'arrive.

Il se dirigea vers un robinet fixé contre le mur de la maison et se lava les mains. L'eau coulait dans un arrosoir posé en dessous. Il se frotta les mains au pantalon et écouta le son de l'eau, qui se faisait de plus en plus aigu. Lorsque le récipient fut plein, il ferma le robinet et s'installa à table avec Fabio.

— Je suis en train d'installer un arrosage automatique. Ça consomme moins d'eau, mais ça use les nerfs... J'ai lu votre article.

— Alors ?

— Je suis à la retraite, maintenant, j'ai le droit d'être sincère : il ne m'a pas plu.

Fabio n'avait pas souhaité une réponse aussi précise. Il demanda malgré tout :

— Pourquoi ?

— Comment dire ?

Ça n'était pas une question rhétorique. Gubler réfléchissait effectivement à la manière dont il devait s'exprimer.

— C'était un de ces articles dans lequel l'auteur pose une thèse et n'accepte plus ensuite que les faits et les opinions qui la confirment. « La fureur du cheminot contre le suicidaire », ça sonnait trop bien pour pouvoir être réfuté par la réalité.

— C'était votre impression ?

— C'était comme ça. Parce que, évidemment, c'est une absurdité. Aucun d'entre nous n'est furieux contre les pauvres diables qui ne trouvent pas d'autre solution. Presque tous ceux qui l'ont vécu le savent. On ne peut pas s'imaginer ce que c'est que d'être assis sur le siège du conducteur et de foncer sur un être humain sans rien pouvoir faire. De le voir, de sentir le choc. Il faut être un sacré baratineur pour affirmer qu'on en veut à ces gens-là. C'est ce qu'ils se mettent dans le crâne, parce qu'ils croient que ça les aide. La vérité, c'est qu'on ne hait pas ces gens-là, on se sent lié à eux. On est une partie de leur destin.

Mme Gubler apporta un plateau avec deux verres, une boîte de sucre de raisin et une cruche d'eau glacée. Elle remplit les verres à ras bord sans poser de questions.

— Limonade au citron. Si elle est trop acide pour vous, vous pouvez remettre du sucre.

Quand elle fut partie, Gubler reprit :

— On n'est pas furieux, vous pouvez le croire. On est triste.

Fabio était passablement consterné. Il but une gorgée de limonade.

— Qu'est-ce qu'il y a là-dedans ? demanda-t-il pour dire quelque chose.

— Des citrons fraîchement pressés, de l'eau, de la glace et un peu de sucre de raisin. Vous vouliez me demander quelque chose sur Andreas Barth.

Il prononçait ce nom comme celui d'une vieille connaissance.

— On continue à se perdre en conjectures sur la raison pour laquelle il a mis fin à ses jours. Mais certains indices laissent penser que cela pourrait être lié à son travail.

Gubler hocha la tête et écouta.

— C'est une très vague supposition : il pourrait être tombé sur quelque chose qui l'aurait mis dans l'embarras.

— Quel genre de chose ?

Fabio haussa les épaules.

— Il était contrôleur dans l'alimentaire. Il a peut-être fait une découverte déplaisante pour quelqu'un d'autre.

— Et qu'est-ce que j'ai à voir là-dedans ?

— Se pourrait-il qu'Andreas Barth ne se soit pas trouvé volontairement sur les rails ? Que quelqu'un l'ait poussé ? Ou forcé d'une autre manière ?

— La police m'a déjà demandé ça à l'époque. C'est une de leurs questions de routine.

— Et qu'avez-vous répondu ?

— Que je ne pouvais pas le dire. C'est la réponse de routine. Mais entre nous : il se tenait là, simplement, et il attendait. Personne ne l'a poussé. Et personne ne l'a forcé non plus. J'ai vu ses yeux. Il le voulait.

Fabio hocha la tête, songeur.

— Ça ne cadre pas avec votre schéma, je me trompe ?

Fabio se sentit pris sur le fait.

— Pas tout à fait.

— Que dit donc sa femme sur cette théorie ?

— Elle non plus ne peut pas m'aider à avancer.

— Comment va-t-elle ?

— Elle prend des vacances.

— Heureux de le savoir. À l'époque, elle avait l'air au bord du gouffre. Bon, je ne veux pas vous mettre dehors. Vous avez d'autres questions ? Il faut que je termine l'arrosage, nous partons demain pour quelques jours. C'est comme ça avec nous, les cheminots à la retraite. On ne tient jamais longtemps en place quand le paysage est immobile.

En prenant congé, Fabio lui dit :

— Ce que vous avez dit tout à l'heure de mon histoire, la thèse que je voulais confirmer... Je crains que vous n'ayez pas tout à fait tort.

Hans Gubler lui tapa sur l'épaule.

— Prenez simplement garde qu'il ne vous arrive pas la même chose avec Andreas Barth.

Le vieux conducteur de locomotives avait-il raison ? Fabio tentait-il de nouveau de disposer les faits jusqu'à ce qu'ils correspondent à sa thèse ?

Le soir était tombé, la fenêtre ouverte. Le bruit et les gaz de la rue remontaient. Fabio était couché sur son lit. Il avait croisé les mains derrière la tête et tentait de mettre de l'ordre dans ses pensées.

Était-il possible que cela soit vrai ? S'était-il embourbé dans une histoire qui pouvait lui faire du tort ? Était-ce pour cette raison qu'on lui avait à moitié fendu le crâne ? Était-il possible que Lucas ait effacé les traces de son enquête ? Pour le protéger ? Par amitié ?

Non. Lucas n'était pas un ami. Un ami n'aurait pas profité de la situation.

Et Norina ? Savait-elle que Marlène et Lucas se connaissaient ? Que Marlène avait dit à Lucas que Fabio lui plaisait ? Que Lucas, s'il n'avait pas vraiment arrangé leur rencontre, l'avait tout de même encouragée ? Savait-elle quel rôle avait joué son sauveur et son consolateur ? Et surtout : avait-elle eu vent de la visite – des visites ? – de Lucas chez Marlène ?

Il alla au téléphone et composa le numéro de Norina.

— Oui ?

Une voix d'homme.

L'idée que Lucas décrocherait le téléphone de Norina était tellement éloignée de lui qu'il en resta muet. Puis il demanda :

— Norina est là ?

— Non.

Silence. Puis Fabio reprit :

— Où est mon papier, Lucas ?

— Quel papier ?

— Où est mon papier ?

— Je ne sais pas de quoi tu parles.

— Où est mon papier ? demanda Fabio pour la troisième fois, et il raccrocha.

Une voiture passa lentement dans la rue, vrombissant de musique techno poussée au maximum. Fabio prit les cigarettes sur la table de chevet et s'en alluma une.

— Où est mon papier, Lucas ? marmonna-t-il.

Il s'installa devant sa table, alluma l'ordinateur portable ouvrit son programme de mail et écrivit : *Où est mon papier, Lucas ?*

C'était le premier e-mail qu'il envoyait depuis que la rédaction avait bloqué son accès au serveur de la société, et qu'il s'était installé un accès privé à Internet.

La deuxième était adressée à norina@moviserv.com : *Objet : « Amour ». Texte : « Je t'aime. F. »*

Fabio n'avait encore jamais vu l'*Outcast* aussi désert. Ceux qui n'étaient pas en vacances étaient assis à la terrasse du Landegg, dans l'espoir que le lac apporterait un peu de fraîcheur. Seule une poignée de tables étaient occupées. La plupart des clients étaient des banlieusards qui voulaient avoir été vus une fois, eux aussi, dans le bar « in » du centre-ville.

Fabio ne supportait plus de rester dans l'appartement. Quand on n'est plus soi-même, on ne devrait pas passer sa vie dans des décors inconnus. Peut-être, dans cet environnement plus familier, rencontrerait-il le vieux Fabio. Et si tel n'était pas le cas, il aurait au moins tué quelques heures.

Néron attendait derrière le comptoir. Fabio le

connaissait pour l'avoir déjà rencontré au *Check-point* et au *Rosita*, deux anciens bars « in ». Il avait toujours douté que Néron soit son vrai nom. Ça lui allait trop bien. Il ressemblait au jeune Peter Ustinov interprétant le rôle de l'empereur romain, mais en plus répugnant.

— *Ciao*, dit Néron en lui lançant un regard interrogateur.

— Quelque chose contre la canicule.

Néron attrapa un grand verre sur l'étagère, s'arrêta devant la machine à glace, remplit le verre et le déposa devant Fabio.

— Un dans le col toutes les deux minutes. Et pour boire ?

— Quelque chose contre la dépression. Sans alcool.

Sa réponse incita Néron à montrer ses deux dents en or.

— Content de te revoir sur pied.

— Je ne le suis pas.

— On disait tout de même que tu étais dans le coma.

— Ne crois pas n'importe quelle connerie.

— C'est mon métier. Qu'est-ce que tu bois ? C'est ma tournée. Je paie toujours le premier drink après le coma.

Néron semblait heureux d'avoir trouvé un interlocuteur par une soirée aussi tranquille. Fabio n'en était pas malheureux non plus. Il commanda une bière sans alcool. Au zinc, ça faisait moins minable qu'une eau minérale.

Il papota une heure durant avec Néron, et commença à se sentir mieux.

— Plus avec Marlène ? demanda Néron, tout à trac.

Fabio secoua la tête.

— Sacré coup.

— Elle s'en remettra, dit Fabio, nonchalant.

— Elle y travaille, répondit Néron avec un sourire en coin, en indiquant du menton un groupe bruyant qui venait d'entrer.

L'une des femmes était Marlène. Elle portait la robe à l'attache magique et tenait le bras autour du cou d'un jeune homme dont la barbiche latino était taillée avec une précision d'horloger.

Elle aussi venait de l'apercevoir. Elle leva les épaules et les sourcils, resta une seconde dans cette attitude, puis les laissa retomber. Fabio répondit également d'un geste navré.

Marlène se tourna de nouveau vers son accompagnateur, Fabio vers son barman. Il commanda une autre bière.

— Sans alcool ?

— Peut-être un peu quand même, répondit Fabio.

Il revint avant minuit dans son appartement. Quelqu'un avait glissé une enveloppe sous la porte. Elle contenait les factures des courses de Samantha, la somme exacte et une petite carte avec une grosse bouche rouge en forme de baiser.

Le lendemain matin, il participa à une séance de musculation. Du début à la fin du cours, Jay ne quitta pas Fabio d'une semelle, augmenta les poids, raccourcit les intervalles et allongea les séries. À la fin, il le pesa et le mesura, le conduisit dans son bureau minuscule et entra les données dans le fichier informatique de Fabio.

— Demande-moi combien tu as fait de progrès.

— Combien ?

— Zéro.

Une étagère murale supportait une collection de boissons énergisantes et de mixtures protéinées. Fabio les désigna du doigt et suggéra :

— C'est peut-être parce que je ne prends pas de ces trucs.

— Tu devrais peut-être.

Fabio se tapa sur la tête.

— Pas bon pour ici là-haut.

Jay gonfla l'un de ses biceps surdimensionnés.

— Quand tu as ça ici, tu n'en as pas besoin là-haut.

— Tu le crois vraiment ?

— C'est vous qui croyez que nous le croyons sérieusement.

— Qui ça, « vous » ?

— Vous, les grosses têtes qu'on doit aller extraire sous quarante kilos d'haltères.

À onze heures, Fabio avait un rendez-vous au service du personnel. C'est Sarah Mathey qui le lui avait obtenu. « Pour régler les questions en suspens. »

L'entretien eut lieu dans le bureau du chef du personnel. Il s'appelait Koller et n'était guère apprécié, comme tous les chefs du personnel qui connaissent leur boulot. Il avait fait venir Nell, le comptable en charge du dossier. Fabio en avait gardé un souvenir désagréable après différents incidents, le plus souvent liés à des notes de frais.

Les questions en souffrance étaient toutes liées à l'argent. Koller n'en démordait pas : Fabio lui-même avait proposé de quitter son service avant la fin du préavis, il lui montra le passage de sa démission écrite : « *Dans le cas où mon successeur aurait été trouvé avant cette date, un délai plus court me conviendrait aussi.* »

À titre de compromis, il lui proposa de partager la différence.

Fabio lui suggéra de faire vérifier si, en cas d'accident, le préavis n'était pas ajourné jusqu'à la guérison. Ils convinrent finalement de lui verser la totalité de son salaire jusqu'au terme prévu à l'origine, à la fin août.

C'est lorsque ce point fut réglé que Nell intervint. Il avait réglé des frais en avance de régie, pour lesquels Fabio n'avait pas fourni de justificatifs. Fabio, furieux, accepta que ceux-ci soient retranchés du reste de son salaire.

Pour finir, Nell déposa quatre justificatifs sur la table. Un aller et retour pour Rimbühl, un déjeuner au wagon-restaurant, deux quittances de taxi, l'une de Rimbühl jusqu'au siège de la Polvolat et l'autre de la Polvolat à Rimbühl. Elles portaient toutes les quatre la date du 22 mai, et Fabio y avait griffonné ses initiales.

— Je ne parviens pas à les mettre en rapport avec l'un de vos articles, vous pouvez peut-être m'aider.

— Monsieur Nell, répondit Fabio d'une voix plus forte que celle employée d'ordinaire dans cette pièce. Je souffre d'une amnésie rétrograde qui débute le 8 mai et s'achève à peu près le 23 juin. Comment voulez-vous que je sache ce que j'allais faire le 22 mai à Rimbühl ?

Nell lança à Koller un regard implorant. Celui-ci vint aussitôt à son secours :

— Aucune raison de hausser le ton, monsieur Rossi. Le seul problème, c'est que personne à la rédaction ne peut expliquer ce que vous faisiez là-bas. Nous nous sommes dit que c'était peut-être un déplacement privé. Nous n'espérions pas que vous vous rappeliez cette journée, mais il aurait été possible que vous y ayez des parents, ou une autre relation quelconque.

— Je ne vous fais pas régler les frais de mes relations. Si vous avez un justificatif, c'est forcément qu'il s'agissait de mon travail.

— C'était juste une question. D'ailleurs ça n'est pas une fortune, 184,30 francs.

Il prit les justificatifs et les visa en portant l'un de ses coups de plume de m'as-tu-vu.

Avant de quitter l'immeuble, Fabio passa à la rédaction. Il trouva Sarah dans son bureau.

— Comment ça s'est passé ? demanda-t-elle.

— Il avait son chien de garde avec lui. Je ne sais pas lequel est le pire, des deux. Ils voulaient me retrancher des notes de frais du 22 mai. As-tu une idée de ce que je pouvais bien faire à Rimbühl, dans une entreprise baptisée Polvolat ?

Sarah secoua la tête.

— Peut-être le gros coup.

— À Rimbühl ? Tu pourrais jeter un coup d'œil ?

Sarah tapa le mot « Polvolat » sur son clavier. L'adresse et le numéro de téléphone apparurent sur son écran. Avec la précision : « Lait pulvérisé et poudres spéciales ».

— Tu as peut-être raison, dit Fabio. C'était peut-être bien le gros coup.

Sarah lui remit deux lettres. Deux communiqués de presse qui lui étaient destinés personnellement, sous enveloppe manuscrite.

— Est-ce que je dois te faire suivre ton courrier par la poste, à l'avenir ?

Elle écrivit sa nouvelle adresse dans son agenda. « Joli coin » fut son seul commentaire.

— Qu'est-ce qui se passe, au juste, avec les mails qui continuent à me parvenir ?

— Ils sont automatiquement transférés sur ton serveur privé.

— Mais je n'y reçois rien du tout.

Sarah vérifia.

— Si, tout est réexpédié sur fabio_22@yellonet. com.

— Je ne la connais pas, cette adresse.

Sarah feuilleta ses documents.

— C'est toi qui me l'as donnée.

— Quand ?

— Le 15 juin.

Fabio nota l'adresse électronique et prit congé.

Un panonceau était accroché à la porte de l'ascenseur : « Hors service, en révision. » Fabio descendit à pied. Au deuxième étage, quelqu'un vint à sa rencontre. Lucas. Il montait les marches, la tête baissée. Fabio s'arrêta sur le palier.

Lucas continua à marcher. Il vit les pieds de Fabio, s'immobilisa et rougit.

— *Ciao*, dit-il.

— *Ciao*, répondit Fabio.

Il se tenait trois marches au-dessus de lui et aurait

pu confortablement lui envoyer un shoot en pleine face. Pourquoi ne le faisait-il pas ? En pensée, il avait déjà écrabouillé Lucas de cent manières différentes. Maintenant qu'il se trouvait devant lui, il n'était même pas capable de mobiliser une part suffisante de cette haine pour lui cracher au visage. Lucas avait le même air que d'habitude. Il lui était familier. Le Lucas qu'il haïssait était un autre que celui qui levait à présent les yeux vers lui.

— Comment ça va ? demanda Lucas.
— Ça va. Et toi ?
— Lessivé.
— Et Norina ? s'entendit demander Fabio.
— Travaille beaucoup. Écoute, tu ne veux pas qu'on parle ?
— De quoi ?
— De tout.
— De tout, on en parle avec ses amis.

Lucas monta les trois marches qui le séparaient du palier. Il était à présent à hauteur de ses yeux. L'odeur de sa transpiration parvint au nez de Fabio. Il est gentil, ton ami, avait dit un jour Norina, mais il devrait se laver plus souvent. Désormais, c'est avec lui qu'elle partageait son lit.

Cette pensée rapprocha encore un peu plus de lui le Lucas qui se trouvait devant lui que le Lucas qu'il détestait.

— Où est mon papier, Lucas ?
— Quel papier ?
— Le papier que tu m'as piqué. Le papier dont tu as effacé les traces. Le papier pour lequel tu as fait en sorte d'accéder à mon ordinateur portable et à mon assistant personnel. Le papier pour lequel tu as

fait disparaître les documents du docteur Barth. Le papier sur l'affaire Lemieux !

Lucas chercha ses mots, finit par les trouver :

— Je ne sais pas de quoi tu parles.

Il mentait. Fabio le connaissait. Il ne faisait aucun doute qu'il mentait. Il mentait, il mentait, il mentait.

— Merci. C'est tout ce que je voulais savoir, dit Fabio en plantant Lucas sur le palier.

Son linge était posé sur son lit. Il était repassé de peu, il sentait bon, on l'avait soigneusement trié en chemises, pantalons, T-shirts, sous-vêtements et chaussettes. Mme Mičič, contrairement à ce qu'elle avait annoncé, avait déjà tout rapporté.

Fabio ouvrit le placard. Une odeur de renfermé le suffoqua. Il referma la porte et laissa ses affaires sur le lit.

Il démarra son ordinateur portable et vérifia son courrier électronique, dans le faible espoir que Norina aurait réagi à son message d'amour. Elle ne l'avait pas fait.

Il lui en écrivit un nouveau, avec le même contenu. *Objet : « Amour ». Texte : « Je t'aime. F. »*

Il trouva le morceau de papier où Sarah avait écrit son adresse e-mail, fabio_22@yellonet.com. S'il était client chez Yellonet, il avait forcément installé un accès à ce serveur. Mais il ne trouva aucune configuration de ce genre sur son disque dur. Elle avait vraisemblablement, elle aussi, été victime de l'opération de nettoyage menée par Lucas.

Il lui fallut vingt minutes pour réinstaller Yellonet. Il n'y avait que deux mots de passe envisageables : Tardelli ou Altobelli. C'était Tardelli.

Il cliqua sur le bouton « envoyer-recevoir » et le

système commença à charger les messages. Il y en avait vingt-deux.

On frappa. Fabio alla à la porte et regarda par le judas. De petites nattes noires. Il ouvrit.

— *T'es seul ?*

— *Très seul*, répondit Fabio en français, avant de laisser entrer Samantha.

Elle n'était pas maquillée et portait un sarong ; cette fois, il était croisé au-dessus de sa poitrine et noué derrière la nuque. Sans maquillage, elle paraissait encore plus jeune.

— Qu'est-ce que tu fais ? demanda-t-elle.

— Je travaille. Et toi ?

Ses yeux se remplirent de larmes.

— Je pleure.

— Pourquoi ?

— Mal du pays.

Deux larmes coulaient à présent sur ses deux joues et le long de son cou. On aurait dit que les deux fossettes au-dessus des clavicules avaient été faites pour les recueillir.

— D'où tu viens ?

Fabio avait posé la question pour faire diversion, mais c'est elle qui déclencha le torrent.

— Guadeloupe ! fit-elle en sanglotant, avant de le serrer dans ses bras et de cacher son visage contre sa poitrine.

Fabio la serra contre lui et caressa la peau veloutée de son dos. Il sentit sa chemise blanche qui s'humidifiait, et espéra que les femmes noires n'utilisaient pas de khôl.

— Tu as des mouchoirs ? demanda-t-elle après un long moment.

Fabio alla chercher des mouchoirs en papier dans

la salle de bains. Elle se sécha le visage et les yeux, se moucha et esquissa un sourire. Elle y parvint étonnamment bien.

— Tu as quelque chose à boire ?

— Eau minérale, Coca.

— Coca, s'il te plaît.

Fabio attrapa la bouteille dans le minuscule réfrigérateur, remplit deux verres et lui en tendit un. Elle en avala une gorgée.

— Tu as quelque chose à mettre dedans ?

— Glace ? Citron ?

Elle secoua la tête.

— Alcool.

— Non, désolé.

— Minute.

Elle sortit et revint avec une bouteille de liquide incolore.

— Guadeloupe, expliqua-t-elle avant de déboucher la bouteille.

Elle voulut le servir. Fabio plaça la main au-dessus de son Coca-Cola.

— Merci, je dois encore travailler.

— Moi aussi, allez !

Elle tenait la bouteille au-dessus de son verre. Fabio secoua la tête. Samantha renonça, versa une bonne rasade dans son propre verre, avala une gorgée et soupira.

— Le meilleur remède contre le mal du pays. C'est quoi, ton travail ?

— Écrire.

— Je comprends, bourré c'est pas possible.

— C'est quoi, le tien ?

— Danser.

— Bourré, ça ne va pas non plus.

— Un peu bourré, c'est mieux. C'est une danse avec déshabillage.

— Tiens donc.

Elle désigna le linge sur le lit.

— Tu pars en voyage ?

— Non. L'armoire pue.

— Tout pue, confirma Samantha. Je mets du parfum. Tu n'as pas de parfum ?

— De l'eau de toilette.

— Ça va aussi. Dans la salle de bains ?

Fabio hocha la tête. Samantha passa à la salle de bains, revint avec l'*Acqua di Parma* de Fabio et commença à asperger les étagères. Généreusement.

— Eh ! Attention, ça coûte cher, ce truc.

— Le parfum, il faut que ça soit cher, autrement ça ne sert à rien.

Samantha buvait ses cocktails contre le mal du pays et lui racontait la Guadeloupe.

— En Guadeloupe, affirma-t-elle, tu ne peux pas mourir de faim. Quand tu as faim, tu prends ce qui pousse sur l'île. Bananes, noix de coco, ananas, papayes. Tout le monde peut se servir. C'est ça, la Guadeloupe !

— Pourquoi tu es ici, alors ?

— *Parce que j'suis conne.*

Au bout du troisième drink, elle demanda :

— Ça te dérange pour ton travail, si je m'allonge un peu ici ? Je reste toute tranquille.

Sans attendre une réponse, Samantha écarta le linge, se coucha et ferma les yeux. Une minute plus tard, elle était endormie.

Fabio se tourna de nouveau vers l'écran.

La plupart des vingt-deux messages étaient des mails réacheminés par la rédaction. Des publicités envoyées par des sites de services auxquels il avait été abonné : moteurs de recherche spécialisés, journaux *on-line*, boutiques Internet. Des nouvelles de producteurs de logiciels chez qui il avait téléchargé des programmes. Des offres de crédit douteuses. Une lettre-chaîne avec une citation du dalaï-lama. Deux liens vers des sites pornographiques.

On trouvait en tout et pour tout deux messages privés dans le lot. Le premier venait d'un collègue de Rome qui l'invitait à visiter sa page personnelle. L'autre était la seule à ne pas avoir été réacheminée par la rédaction. Elle était directement adressée à fabio_22@yellonet.com.

Le plus intéressant, c'était son émetteur : fabio_22@yellonet.com.

Fabio s'était envoyé le message à lui-même, le 18 juin. Trois jours avant l'événement. L'objet indiqué était « backup », et le message avait un fichier attaché. Rien d'exceptionnel. Lorsqu'il était en reportage, il protégeait souvent son travail en s'envoyant un mail à lui-même. S'il arrivait quelque chose à son portable, il aurait toujours une copie sur son serveur.

La pièce jointe était intitulée « 1ère vers. » Fabio l'enregistra sur son disque dur, l'ouvrit et lut :

« *Choco-choc (Titre de travail. Alternative : Le testament du docteur Barth.)*

Le vendredi 27 avril était une journée humide et grise, idéale pour ce que le docteur Andreas Barth, 52 ans, avait l'intention de faire. Il rangea son bureau, s'installa dans sa Volvo rouge et partit en direction de la ville. Près de la station de bus de Feldau, il gara sa voiture, ferma les portes à clef et emprunta à pied le tunnel sous la voie ferrée, en direction du virage de Feldau. Là-bas, il s'installa sur les rails et attendit que le train express régional en provenance de Genève lui passe sur le corps.

Personne ne pouvait s'expliquer pourquoi. Jusqu'à ce que son épouse Jacqueline Barth, 49 ans, tombe, parmi les affaires qu'il avait laissées, sur une boîte d'archives. Dimanche Matin *a eu accès à son contenu explosif.*

Le docteur Barth était chimiste dans l'industrie alimentaire. Il dirigeait le service de contrôle alimentaire de la Labag, un laboratoire privé renommé qui travaille pour des entreprises et des organismes d'État. L'une des missions du docteur Barth était de mettre au point de nouvelles méthodes de laboratoire. Son projet le plus important : un procédé permettant de déceler dans les aliments de très faibles quantités de prions.

Les prions sont des protéines dont la structure, pour des motifs encore inconnus, a été transformée. On a démontré qu'ils étaient le déclencheur de l'ESB, la maladie de la vache folle, et très vraisemblablement aussi de sa forme humaine, la maladie de Creutzfeldt-Jakob, qui provoque une mort atroce six mois au plus tard après l'apparition des premiers symptômes.

Suivait une brève description de la maladie et de son tableau clinique.

Le docteur Barth travaillait parallèlement sur deux modèles différents. Peu avant Noël de l'an dernier, il présenta les résultats de l'un de ces modèles (il l'appelait LTX Brth). Il avait pu déceler dans la farce de saucisses à griller la présence de prions qu'il avait injectés pendant une expérience de laboratoire.

Il a répété l'expérience avec d'autres produits : viennoiseries, soupes instantanées, produits laitiers, choco-

lats, menus congelés. Chaque fois, il parvenait à déceler la présence de prions qu'il y avait injectés au stade de la fabrication.

Au mois de février survint un événement étrange : lors d'une expérience portant sur la technique de prélèvements d'échantillons, une barre de chocolat non préparée se révéla positive. Le docteur Barth douta du résultat. Il effectua plusieurs tests de référence. Toujours avec le même résultat : elles contenaient des prions. Il testa le même produit dans des emballages différents. Il testa d'autres séries de production du même produit. Résultat identique.

Il testa d'autres barres chocolatées de la même marque. Résultat identique.

Il testa d'autres produits chocolatiers du même fabricant. Résultat identique.

Le premier soupçon du docteur Barth se porta sur le lait. Jusqu'alors, le lait était considéré comme sûr. On n'était encore jamais parvenu à y faire apparaître la présence de prions. Mais pour la production de chocolats, on utilise du lait déshydraté. Lorsqu'on produit de la poudre de lait, on peut augmenter sa teneur en graisse en injectant des graisses laitières. Ou d'autres graisses.

Le docteur Barth découvrit des indices laissant penser que l'on avait utilisé, pour les barres de chocolat prion-positives, du lait en poudre qui — par erreur ou pour des raisons économiques — avait été engraissé avec du suif de bœuf.

Des documents qu'il a laissés — essentiellement des notes de laboratoire et des résultats de tests —, il ressort que le docteur Barth s'est mis en relation avec l'entreprise productrice.

Impossible de dire, à partir de ces documents, la raison qui l'a poussé à prendre sa décision tragique.

La première barre chocolatée prion-positive est une

barre de Chocoforme produite par Lemieux, le troisième producteur de chocolat du monde. Dans son domaine de spécialité, le chocolat industriel, Lemieux se situe même à la deuxième place. Une plaquette sur trois, une barre sur trois que nous consommons provient de la production de Lemieux. Et nous mangeons beaucoup de chocolat. En moyenne, les Européens en consomment près de sept kilos par personne et par an. Les Suisses frôlent même les douze kilos.

Quand avez-vous mangé pour la dernière fois du chocolat Lemieux ?

— Eh ? fit une voix derrière lui.

Fabio sursauta. Il avait oublié Samantha.

— Chéri ?

Il se retourna. Le sarong de la jeune femme avait glissé vers le haut. Il vit sa toison pubienne, crépue et soigneusement épilée.

— *On fait l'amour ?*

Fabio secoua la tête.

— Pourquoi pas ?

Fabio pensa à Norina et à Lucas, à Marlène et à la barbiche latino, et ne trouva pas de raison valable.

Depuis qu'il s'était réveillé à l'hôpital, il lui fallait un moment, chaque fois qu'il sortait du sommeil, pour savoir où il se trouvait. Il était toujours soulagé que ce ne soit pas dans son lit de malade.

Cette fois, il n'en était pas certain. Il flottait une odeur d'hôpital. Il ouvrit prudemment les yeux. Il était couché dans la pénombre. Il faisait très chaud. La fenêtre était ouverte. Dehors, c'était la nuit. Des lumières colorées se reflétaient sur le plafond de la chambre, où résonnait le bruit de la circulation. Il était nu et en nage. À côté de lui, enroulée sur elle-même, le pouce sur la bouche, était couchée la jeune fille noire. Fabio ne trouva aucun moyen mnémotechnique pour se rappeler son nom. Quelque chose en A. Anastasia, Amalia ? Amapola.

Elle sentait l'alcool. Ça n'était pas un relent de vin, de schnaps, de champagne ou de bière. Elle sentait l'alcool qu'utilisent les médecins et les hôpitaux. Le rhum dont elle avait agrémenté son Coca-Cola devait être à cent degrés. Du rhum de Guadeloupe. Le nom lui revint à cet instant-là : Samantha, Samantha de la Guadeloupe.

Elle ouvrit les yeux, dit « Merde » et fut aussitôt sur ses jambes.

— Quelle heure est-il ? demanda-t-elle en nouant le sarong autour d'elle.

Fabio alluma la lampe de chevet et regarda la pendule.

— Dix heures moins vingt.

— Merde, répéta-t-elle. Pourquoi ne m'as-tu pas prévenue ? Je commence à neuf heures.

— Moi aussi, je viens de me réveiller, protesta Fabio.

Samantha était déjà sortie de la chambre.

Mais qu'était-il passé par la tête de Fabio ? Il avait trouvé la clef du mystère qui l'obsédait depuis des semaines. Et la première chose qu'il trouvait à faire, c'était de coucher avec une strip-teaseuse.

Le gros coup existait. Il était plus gros qu'il n'aurait pu en rêver. Pourquoi n'avait-il pas utilisé les dernières heures de l'après-midi pour entreprendre quelque chose ?

Fabio passa sous la douche et fit couler sur son

corps le jet d'eau capricieux – brûlant, froid, faible, fort.

Samantha lui avait laissé une sensation physique agréable. Qu'aurait-il dû faire ? Passer des coups de téléphone ? Confronter les gens à sa découverte ? Reprendre l'enquête ?

Tant que les documents du docteur Barth ne réapparaissaient pas, son article n'avait pas plus de valeur que n'importe quelle autre affirmation sans preuves. Il lui faisait simplement courir plus de risques.

Lorsque Fabio se sécha le visage, il eut un bref instant l'impression que sa joue insensible avait senti le contact.

— Oui ? fit la voix endormie de Norina.

— Tu dormais déjà ?

— Oui. Nous avons tourné toute la nuit et la moitié de la journée.

— Désolé.

Ils se turent tous les deux.

— Pourquoi appelles-tu ? demanda Norina.

— Je pars en voyage demain.

— Pour longtemps ?

— On verra.

Silence.

— C'est pour ça que tu appelles ?

— Je prends le portable. S'il y avait quelque chose.

— Qu'est-ce que tu veux qu'il y ait ?

— Au cas où, c'est tout.

Norina bâilla.

— Eh bien, bonne nuit. Amuse-toi bien.

— Ce n'est pas un voyage d'agrément, protesta Fabio.

Norina avait déjà raccroché.

16

Fabio attrapa de justesse le dernier train pour Milan avec correspondance pour Naples. Les wagons-lits étaient tous réservés, et dans les compartiments normaux s'étalaient des touristes américains à sac à dos et chaussures de sport puantes. Il donna un gros pourboire au contrôleur des wagons-lits et obtint une couchette dans un compartiment vide pour deux personnes. C'est son père qui lui avait appris ce truc. Fabio avait toujours douté qu'il fonctionnât.

Dès que le train se mit en mouvement, il se déshabilla jusqu'aux sous-vêtements et se coucha dans le lit étroit.

Avant même qu'ils n'aient atteint le virage de Feldau, le chant monotone des roues sur les rails l'avait plongé dans le sommeil.

Chaque fois qu'il mettait le pied sur le quai de la gare de Milan, il avait l'impression d'entrer dans son appartement. Tout lui était familier. L'odeur des trains surchauffés par le trajet, la lumière grise du petit matin, l'écho des annonces dans les haut-parleurs. Même les gens, dans le grand hall de gare, lui donnaient l'impression d'être de vieilles connaissances.

Fabio aurait volontiers bu un *ristretto* à un bar. Mais il ne lui restait que dix minutes pour acheter quelques journaux et trouver une place dans le *pendolino* qui allait à Naples.

Il fallait quatre heures pour rejoindre Napoli Centrale. Fabio lut, somnola, mangea une broutille au wagon-restaurant, regarda par la fenêtre, prétendit ne pas comprendre l'anglais lorsqu'un couple de Denver voulut l'entraîner dans une conversation sur l'Europe, et décommanda par téléphone son rendez-vous chez le docteur Loiseau.

— Où êtes-vous ? cria celui-ci.

La liaison était mauvaise.

— En Italie.

— Que faites-vous ?

— Ce que vous m'avez conseillé : travailler.

— Je suis forcé de vous compter tout de même la moitié de la séance. Vous annulez trop tard.

— La Sécu rembourse les dédits ?

— Non.

— Alors mettez toute la séance sur ma facture.

Loiseau partit dans l'un de ses interminables fous rires. Fabio simula une coupure de la ligne.

À Naples, il avait quarante minutes d'attente. Il monta dans le train régional bringuebalant à destination de Salerno.

L'hôtel Santa Caterina se trouvait à vingt-cinq kilomètres de la gare. Fabio négocia avec un chauffeur de taxi, fit passer le forfait de cent soixante à cent vingt mille lires, et monta.

La route suivait la côte rocheuse du golfe de Salerno. Le chauffeur avait ouvert toutes les fenêtres. L'air était aussi brûlant que dans la rue des Étoiles. Mais il sentait ce que devait sentir l'air brûlant : les pins et la mer.

Deux kilomètres avant la ville d'Amalfi, la voiture tourna et emprunta un portail. L'enseigne portait les mots « Hotel Santa Caterina » et une rangée d'étoiles. Fabio en compta cinq.

Le Santa Caterina était situé sur la plus belle partie de la Costiera Amalfitana. Un bâtiment audacieux, collé à la falaise comme les monastères du mont Athos, niché entre des terrasses couvertes de pins, de palmiers, de citronniers, d'orangers, de lauriers-roses et de bougainvillées.

Fabio s'était attendu à trouver une gentille pension de famille, une villégiature adaptée au budget d'une veuve qui ne roulait pas sur l'or. Il avait eu l'intention de prendre une chambre. Une chambre pour une personne et pour une nuit, son expérience de reporter le lui avait appris, on en trouvait toujours une de libre. Ensuite, il aurait traîné dans l'hôtel en attendant l'apparition de Jacqueline Barth, qui – il l'avait vérifié avant son départ – habitait encore sur place. Il ne s'était pas attendu à tomber dans un hôtel de luxe. Il n'aurait rien ici à moins de trois cent mille lires.

Il était loin de la vérité. La chambre la moins chère lui en aurait coûté cinq cent mille. Fort heureusement, aucune n'était libre.

Le chef de la réception était très prévenant. Il

passa quelques appels et trouva pour Fabio une chambre à Amalfi. « Cent trente mille lires, *va bene ?* » avait-il demandé, la main sur le combiné.

Fabio réserva une table au restaurant pour la soirée et se rendit en taxi à Amalfi. Il donna vingt mille lires à l'homme de la réception. Un pourboire adapté au décor, jugea-t-il.

L'hôtel s'appelait La Bussola et se situait le long de la promenade du port. La chambre de Fabio était l'une des rares à ne pas avoir vue sur la mer. Mais en se penchant un peu par la fenêtre, il pouvait apercevoir la cathédrale d'Amalfi.

Il déballa son sac, se rasa, prit une douche et se changea. Il avait emporté un deuxième pantalon, un polo et une chemise blanche. Sa veste de coton beige avait l'air un peu fatiguée par le long voyage. Il n'était pas certain qu'il satisferait ainsi les exigences du Santa Caterina. Une cravate ne pourrait pas faire de mal.

Il avançait à grands pas. Seuls les touristes flânaient sans avoir d'objectif, et Fabio détestait être pris pour un touriste en Italie. Il traversa la place devant le port et se dirigea vers la place de la cathédrale comme si on l'attendait. Là-bas, il passa devant les boutiques, et entra dans la première qui semblait vendre des cravates.

Une sonnette retentit lorsqu'il ouvrit la porte. Une odeur de lavande embaumait le magasin. On avait disposé des vitrines le long des murs lambrissés. Elles contenaient des écharpes en soie, des cravates, des gants, des pochettes de veste et autres accessoires. Une vitrine était pleine de souvenirs un peu poussiéreux : ronds de serviette, boutons de manchettes, petites cuillers à moka et pendentifs, tous aux armes d'Amalfi. Sur deux étagères, à hauteur d'yeux, on avait aligné des panamas : une série pour les dames, une autre pour les messieurs.

Une vieille femme sortit de l'arrière-boutique, la démarche lente et voûtée. Ses lèvres étaient rouge foncé et ses yeux masqués par de lourds faux cils. Elle adressa à Fabio un sourire charmeur et le conseilla dans le choix de sa cravate avec tant de professionnalisme qu'il finit par en acheter deux. Elles étaient souples et à fins motifs ; on pouvait les attacher avec un petit nœud élégant, comme les aimait Fabio.

Il paya avec sa carte de crédit. Pendant que la vieille dame demandait l'autorisation, il examina l'éventaire. Une vitrine contenait des bijoux en corail. Des pendentifs ornés de petites branches de corail rouge, des boucles d'oreilles, des bagues, des figurines sculptées. Le clou était un collier de perles de corail rouge, toutes de la même taille. Il formait un cercle autour d'un personnage de jeune fille, qui mesurait à peine un pouce.

— La nymphe Amalfi, dit la vieille dame, revenue du téléphone avec la fiche de la carte de crédit. Le grand amour d'Hercule. Lorsqu'elle est morte, il l'a enterrée dans le plus bel endroit du monde, auquel il a donné son nom. Amalfi.

— Combien coûte-t-elle ?
Elle n'est pas à vendre.

— Et le collier ?

— Il est cher. Il date du temps où il existait encore des coraux ici. Cette couleur-là, dans cette qualité, vous ne la trouverez plus.

— Combien ?

— Un million deux cent mille.

C'étaient près de mille francs suisses. Mais il en lui en restait près de dix mille en banque. Et le solde de tout compte de la rédaction lui en rapporterait encore un peu. Il acheta le collier.

Il était sept heures et demie. Depuis quelque temps déjà, les collines masquaient le soleil. Mais à la couleur de l'eau, on devinait que devant Capri, il plongeait dans la mer et la teignait de rouge sang.

Fabio se tenait à la rambarde de la terrasse et regardait les lumières s'allumer peu à peu à Amalfi. Bien en dessous de lui, près de la piscine d'eau de mer et de la plage, le *bagnino* refermait les parasols. Derrière, le brouhaha assourdi des voix des clients qui tuaient avec quelques snacks et un drink le temps qui les séparaient du dîner.

Quand tout sera fini, songea Fabio, je viendrai ici avec Norina.

Il passa au bar et commanda un *analcolico*, qui lui paraissait convenir le mieux au cadre. Il s'installa dans l'un des fauteuils antiques, dans le hall de marbre aéré, et fuma.

Lorsque Jacqueline Barth arriva dans le hall, peu après, et se dirigea vers le bar, il manqua ne pas la reconnaître. Elle était bronzée et maquillée. Ses cheveux, qu'il se rappelait bruns et coiffés sévèrement, était blonds et lui tombaient sur les épaules. Elle portait une robe de lin vert pistache, sans manches, qui se fermait au cou, et des chaussures plates.

Il fallut qu'il se lève et qu'elle hoche la tête dans sa direction, d'un air peu réjoui, pour qu'il fût sûr que c'était bien elle.

— Je suppose qu'il ne s'agit pas d'un hasard.

Ce furent ses premiers mots lorsqu'elle tendit la main à Fabio. Elle avait rajeuni de quelques années depuis leur dernière rencontre.

— Je suis navré d'être obligé de vous importuner pendant vos vacances.

— Qu'est-ce qui vous y oblige ?

Le barman apporta à Mme Barth un verre de champagne. Fabio n'avait pas remarqué qu'elle en eût commandé un.

— Quelques nouvelles découvertes.

— Dont on ne pouvait pas parler par téléphone ?

— Sans cela, je n'aurais pas fait seize heures de voyage.

Elle but une gorgée. Sa main tremblait un peu.

— Vous voyez, vous me rendez nerveuse.

— Il n'y a aucune raison. Nous avons les mêmes intérêts.

— J'en doute. Vous voulez parler de mon mari, et moi je veux l'oublier.

— Je ne veux pas parler de votre mari. Je veux parler de ce qu'il vous a laissé. Et de ce que vous m'avez remis.

— Sa biographie. Vous ne voulez pas parler de mon mari, mais de sa vie.

— Je sais à présent ce que vous m'avez vraiment confié à l'époque, madame Barth.

Elle laissa son regard glisser et réfléchit. Puis elle finit son verre d'un trait et le déposa sur le comptoir de marbre du bar en demi-cercle.

— Si nous en parlions en dînant ?

Elle le conduisit jusqu'à une table ronde d'où l'on avait une vue grandiose sur la mer assombrie et les lumières de la côte. Elle offrait largement la place pour quatre personnes, mais on n'y avait disposé qu'un couvert. Dès qu'ils se furent installés, un serveur en apporta un deuxième.

— C'est pour cela que j'aime cet hôtel, dit Mme Barth. Dans n'importe quel autre établissement de cette catégorie, quand on a une femme seule, on lui donne une petite table de veuve. Quelque part derrière un pilier, ou près de la porte de la cuisine, ou bien exposée au milieu de la salle. Vous n'avez jamais remarqué ?

— Je n'ai pas beaucoup d'expérience avec les établissements de cette catégorie, avoua Fabio.

— On ne ferait pas ça à un homme seul. On vous donnerait une table convenable. Ce traitement-là, on le réserve aux femmes. Comme si les bons hôtels s'étaient conjurés pour montrer au monde combien les femmes seules sont solitaires et inutiles. Elles m'ont toujours fait de la peine. Et maintenant, je suis l'une d'elles.

Le garçon apporta la carte et un verre de champagne.

— Vous prenez quelque chose, vous aussi ? demanda-t-elle.

— Non, merci.

— Les journalistes sont comme les policiers ? Pas d'alcool pendant le service ?

— Non, non. (Fabio désigna sa tête.) Il vaudrait mieux éviter.

— Vous ne vous rappelez toujours rien ?

— Ça revient lentement.

— Bon, répondit-elle. (La réponse de Fabio ne lui plaisait pas.) Les *ravioli al limone* sont une spécialité du lieu. Et toutes sortes de poissons grillés.

Fabio commanda ce qu'elle lui avait conseillé sans jeter le moindre coup d'œil sur la carte.

— La même chose, dit-elle au serveur. (Puis, à Fabio :) Vous m'offrez une cigarette ?

Fabio lui tendit son paquet et lui donna du feu. Elle inspira une profonde bouffée.

— Je suis en train d'arrêter.

Fabio en alluma une aussi.

— Je suis en train de commencer.

Jacqueline Barth avala une gorgée de son verre.

— Allez, réglons cette affaire.

Fabio sortit son petit enregistreur de sa poche de poitrine.

— Vous voyez un inconvénient à ce que je le fasse tourner ?

— Oui.

La réponse le surprit. Sa question était purement formelle.

— Cela signifie que vous ne voulez pas que j'enregistre notre entretien ?

— Je ne vous donne pas d'interview. Il s'agit d'une conversation privée.

Fabio rangea l'appareil et posa son bloc à sténo sur la table.

— Il n'y a rien à écrire non plus.

Fabio désigna sa tête.

— Ma mémoire.

— Bon exercice.

Un garçon apporta deux bouteilles d'eau minérale et une, entamée, de vin.

— Vous vous y connaissez en vins ? demanda Mme Barth.

— Non, malheureusement.

— Moi non plus. Celui-ci est de la région, la Campanie. Cela fait trois jours que je suis sur cette bouteille. Je préfère celui-là, dit-elle en désignant sa flûte.

— Savez-vous à quoi travaillait votre mari au cours des mois qui ont précédé sa mort ?

— Nous n'avons jamais parlé de son travail. Je n'y ai jamais rien compris, et il n'avait pas la patience de me l'expliquer.

— À une méthode permettant de déceler la présence de prions dans l'alimentation. Les prions sont les protéines qui provoquent l'encéphalopathie spongiforme bovine et la maladie de Creutzfeld-Jakob.

— Même moi, je sais ce que sont les prions.

— Savez-vous aussi qu'il a effectivement trouvé une méthode, et qu'il a décelé la présence de prions dans différentes sortes de chocolat de Lemieux ?

Elle secoua la tête.

— C'est ce qui ressort des documents que vous m'aviez confiés à l'époque.

Sur la terrasse, un trio commença à jouer des mélodies napolitaines. À un niveau sonore agréable et qui permettait une conversation.

— Vous m'avez donné les documents sans connaître leur contenu ?

— Je connais le contenu des documents que je vous ai remis. Il doit s'agir d'autres dossiers.

— Madame Barth, je connais le contenu de ces papiers.

— Alors je comprends encore moins le sens de cet entretien.

Deux serveurs apportèrent des raviolis. Ils mangèrent un moment en silence.

C'est elle qui reprit le fil.

— Pourquoi ne publiez-vous pas simplement vos documents, en me laissant profiter de mes vacances ?

Fabio baissa les bras.

— Parce que je ne les ai plus. Voilà.

Elle hocha la tête comme si elle l'avait toujours su.

— Vous les avez perdus ?

Il haussa les épaules :

— Ils sont partis.

— Mais vous savez que vous les aviez ?

— Oui. J'ai écrit à leur sujet.

Un serveur débarrassa leurs assiettes.

— Que voulez-vous exactement de moi, monsieur Rossi ?

— Existe-t-il des copies ?

Elle secoua la tête.

— Même partielles ?

Nouveau geste négatif.

— Mais les documents existaient ?

— Non. Vous vous êtes fourvoyé.

— Vous vous rappelez Lucas Jäger ?

La question la décontenança un instant.

— Qui est-ce ?

— Un journaliste. Il a travaillé sur cette affaire avec moi.

Une intuition le poussa à ajouter :

— Il vous a rendu visite au mois de juin, alors que j'étais à l'hôpital.

Fabio vit qu'elle ne savait pas si elle devait le confirmer ou le contester. Elle ne répondit pas.

— Qu'est-ce qu'il lui arrive ?

— Je crois qu'il a les documents et que vous travaillez avec lui.

— Vous vous égarez, monsieur Rossi.

Les serveurs apportèrent deux soles grillées et demandèrent s'ils devaient lever les filets.

— Nous y arriverons tout seuls, n'est-ce pas ?

Jacqueline Barth observa Fabio. Il hocha la tête. Pendant qu'ils détachaient la chair blanche des arêtes, Fabio reprit :

— Je vais vous raconter ce qui, selon moi, s'est passé : vous m'avez remis les preuves écrites. J'ai enquêté, vérifié et tenté de bétonner cette histoire. Quelqu'un en a pris ombrage et m'a mis un coup sur le crâne. Cela m'a rendu amnésique. Lorsque Lucas a compris que je ne me rappelais plus cette affaire, il me l'a piquée. La tentation était grande, c'est un scoop fantastique, pour n'importe quel journaliste. Et il vous a convaincue, d'une manière ou d'une autre, de travailler avec lui en exclusivité. Voilà comment je vois les choses.

— Vous les voyez de travers.

— Alors dites-moi comment je dois les voir.

Fabio avait commencé à enfourner indistinctement dans sa bouche les morceaux de poisson.

— C'est exact, M. Jäger m'a rendu visite.

Fabio sentit une onde de chaleur le parcourir, comme si souvent ces derniers temps, lorsque se confirmait un soupçon contre Lucas.

— Mais il ne voulait pas que je fasse équipe avec lui. Ce qu'il voulait, c'est que je ne travaille pas avec vous.

— Ça revient au même. C'est lui qui a les documents.

— Il a dit que cette affaire vous avait mis en difficulté, et le ferait encore.

Fabio secoua la tête.

— Incroyable, marmonna-t-il.

— Qu'est-ce qui vous choque là-dedans ? Vous avez dit vous même que quelqu'un vous avait tapé dessus à cause de cela.

— Ce qui me choque, c'est qu'il utilise cela comme prétexte pour sortir le papier sous son nom.

Jacqueline Barth souleva le squelette de la sole sur l'assiette à déchets et se mit à manger la moitié inférieure du poisson.

— Pourquoi ne l'a-t-il pas fait depuis longtemps ?

— Il lui manque peut-être encore quelque chose.

— Vous ne pouvez pas vous imaginer une autre raison ?

— Par exemple ?

Elle but une gorgée de vin, secoua la tête et reposa son verre. Un garçon l'avait observée et se dirigea vers la table. Elle le regarda et hocha la tête. Il changea de direction et alla vers le bar.

— Par exemple qu'il ne veut pas du tout que cette histoire sorte.

— Pourquoi pas ? Il est journaliste.

— On le lui a peut-être demandé.

— Ça ne le retiendrait pas.

— On le lui a peut-être demandé avec beaucoup d'insistance.

Fabio posa son couteau et sa fourchette l'un à côté de l'autre, en parallèle, et s'essuya la bouche avec sa serviette.

— Vous pensez qu'on l'a menacé ?

— Par exemple.

Fabio comprit enfin :

— Vous croyez qu'on lui a donné de l'argent pour qu'il étouffe l'affaire ?

Il eut un sourire crispé. Il croyait désormais Lucas capable de toutes sortes de choses, mais ça ?

Il vit le garçon remplir un nouveau verre avec une bouteille de champagne qu'il venait d'ouvrir.

— Si c'est vraiment ce que vous pensez, alors oui, il faut que vous travailliez avec moi.

— Qu'est-ce qui vous fait dire ça ?

— Enfin, vous devriez tenir à ce que le public entende parler de cette affaire.

Elle haussa les épaules.

— Des milliers, des dizaines de personnes ont mangé des chocolats contaminés aux prions, et vous ne tenez pas à ce qu'on demande des comptes aux coupables ?

Elle aussi, à présent, avait fini son repas.

— Pour les rares personnes qui tomberont peut-être malades, toute aide viendra de toute façon trop tard. Et au nom de qui devrait-on en pousser des dizaines de milliers d'autres à craindre pour leur vie ? Les responsables feront en sorte que ce genre de chose n'arrive plus jamais.

Fabio secoua la tête.

— Je suis journaliste. Je ne peux pas penser comme ça.

— Moi, si.

— C'est pour cette raison que vous ne voulez pas m'aider ?

— Non, ça n'est pas pour ça.

Le garçon débarrassa la table.

— Alors pourquoi ?

— Parce que je ne sais rien des documents que vous cherchez. (Elle sourit.) Vous m'offrez une autre cigarette ?

Fabio lui tendit le paquet, et en prit une lui aussi.

— Si nous allions la fumer sur la terrasse ?
demanda-t-elle.

La mer était noire sous le ciel sans lune. Les
lumières d'Amalfi scintillaient au loin. Les fanaux
au-dessus des tables des terrasses jetaient leur
lumière jaune sur les visages des clients. Le trio
jouait doucement son répertoire napolitain. Un petit
vent s'était levé.

Fabio et Jacqueline Barth étaient assis à une petite
table près de la balustrade ; ils buvaient du café et
fumaient.

— C'est beau, dit Fabio pour relancer la conversation.

Elle se contenta de hocher la tête.

Le trio jouait *Un vecchio ritornello*. Au refrain,
Jacqueline Barth le fredonna elle aussi.

Entre deux morceaux, il posa enfin la question
qui le préoccupait depuis un certain temps.

— Je peux vous demander quelque chose d'indis-
cret ?

Elle secoua la tête.

— Au cours de notre conversation, à l'époque,
vous m'aviez dit que vous étiez forcée de quitter
votre maison et de reprendre votre métier de fleuriste. Or vous habitez toujours votre maison, vous
avez même une domestique à demeure, et vous prenez vos vacances dans un hôtel cinq étoiles.

Elle renversa la tête en arrière et fit monter une
colonne de fumée dans le ciel. La tension du début
s'était dissoute, le champagne avait adouci ses traits.
Alors seulement, il vit combien elle était belle.

— Il y avait plus d'argent en réserve que je ne
l'avais cru.

— Beaucoup plus, me semble-t-il.

Elle ne répondit pas.

— Comment l'expliquez-vous ?

— Il ne me parlait pas d'argent.

— Vous constatez simplement qu'il y a beaucoup plus d'argent que vous ne le supposiez, et vous ne vous demandez pas d'où il vient.

— Exactement.

— L'idée ne vous est jamais venue que votre mari pourrait avoir reçu cet argent afin qu'il garde son invention pour lui ?

— Non.

— Qu'il pourrait s'être suicidé parce qu'il était torturé par la honte ? Que vous payez tout ça, ici, avec l'argent qui lui a coûté la vie ?

— Quel âge avez-vous, monsieur Rossi ?

Sa voix ne trahissait aucune colère.

— Trente-trois ans.

— J'en aurai cinquante cette année. Quand une femme de cet âge a le choix entre redevenir fleuriste, se retrouver à nouer des gerbes dans des caves froides pour un salaire de misère, ou bien regarder la mer depuis la plus belle terrasse du monde, par une nuit d'été tiède, avec de jeunes hommes de belle allure, comme vous, croyez-vous qu'elle y réfléchisse à deux fois ? Mon mari m'a permis de mener cette vie après sa mort. S'il a vendu son âme pour cela, je serais la dernière à devoir m'en indigner.

La cigarette entre ses doigts ne tremblait pas.

— Si les choses se sont passées comme vous le dites – je dis bien : si –, je lui tire ma révérence, et je lui garde une place d'honneur dans mon cœur jusqu'à la fin de mes jours.

Elle fit signe au garçon et demanda l'addition. Il la lui apporta et lui tendit un stylo à bille.

— Non, ne mettez pas ça sur mon compte, mon accompagnateur s'en charge.

Fabio alla pêcher sa carte de crédit dans son portefeuille et la déposa sur la petite assiette.

— Je suppose tout de même que vous ne voulez pas profiter de cet argent d'origine douteuse.

— Effectivement, je préfère, répondit Fabio.

Le garçon rapporta la facturette. Deux cent soixante mille lires : c'est le prix que devait déjà payer Fabio pour sa pureté journalistique.

Jacqueline Barth se leva.

— Excusez-moi, mais ici, je suis fatiguée de bonne heure.

Il se serrèrent la main.

Elle sourit.

— Dans d'autres circonstances, je vous aurais peut-être encore invité à boire un drink sur ma terrasse.

— Dans d'autres circonstances, j'aurais peut-être accepté.

Sur le plafond de sa petite chambre, à l'hôtel La Bussola, défilaient les lumières des voitures et des motos. Fabio était couché sur le dos, il n'avait que le drap sur lui. Une chanson qu'avait jouée le trio ne voulait plus lui sortir de la tête : « *Anche tu diventerai com'un vecchio ritornello che nessuno canta più.* »

Pour Norina aussi, il était devenu un vieux refrain que personne ne chante plus.

17

Fabio quitta Salerno peu avant onze heures, à bord de l'*Intercity*. À Rome, il prit le *Pendolino*, à Milan le *Cisalpino*. Vers vingt-trois heures, le train fonçait sur le virage de Feldau. Peu après, il arrivait à la gare centrale.

Les correspondances fonctionnaient bien, il lui avait fallu moins de douze heures pour faire le voyage du retour. Chaque kilomètre renforçait sa certitude : la supposition de Jacqueline Barth était la bonne. Lucas s'était laissé acheter.

Cela ferait tout juste un mois, le lendemain, qu'on l'avait transporté à l'hôpital. Même s'il avait fallu attendre une semaine avant que Lucas ne comprenne que Fabio ne se rappelait plus rien de cette histoire, il en aurait encore eu quatre pour la publier. Dès son retour, Fabio appellerait Sarah et se débrouillerait pour savoir si le papier sortirait le dimanche suivant. Dans le cas contraire, il mettrait Norina au courant.

Norina, il en était persuadé, ne le pardonnerait jamais à Lucas. Elle était inflexible sur les questions morales. L'une de leurs plus grandes disputes avait éclaté un jour où Fabio s'était abstenu de publier le nom d'un cadre d'une société de syndic impliqué dans une histoire d'argent sale, parce qu'il s'agissait du fils aîné d'un ami de son père. « Ça commence comme ça », avait-elle alors ressassé. « Exactement comme ça. »

Pour mettre au pied du mur Lucas et la rédaction en chef, il attendrait d'avoir d'autres cartes en main. Il voulait s'entretenir avec Bianca Monti, la laborantine de la Labag. Et rendre une visite à la Polvolat.

Lorsque Fabio quitta le *Cisalpino* climatisé et descendit sur le quai, il fut happé par l'air vicié de la gare, surchauffé par la fournaise d'une longue journée. Il fit à pied les dix minutes de trajet qui le séparaient de la rue des Étoiles. Lorsqu'il ouvrit la porte de l'appartement, son polo lui collait au corps.

Fabio ouvrit la fenêtre pour remplacer l'air renfermé de la chambre par celui de la rue, chargé de gaz d'échappement. Il prit sa douche et se coucha. Au bout de cinq minutes, il comprit qu'il n'était pas question de dormir. Il s'habilla, descendit et flâna sans but dans le quartier. Dans sa propre ville, cela ne le dérangeait pas d'être pris pour un touriste.

Il ne savait pas pourquoi il avait atterri au *Peaches*. Peut-être parce qu'il était climatisé.

Il s'installa au bar.

— Salut, Fabio, gin tonic ? demanda une serveuse au décolleté profond.

Il commanda une bière sans alcool.

Le restaurant était plongé dans la pénombre. Seuls quelques objets destinés à capter le regard étaient mis en valeur par de petits spots à halogène : l'étagère à bouteilles, le logo fluorescent « Peaches » au fond de la petite scène, et quelques nus artistiques sur les murs.

Partout dans la salle brillaient de faibles lampes, régulièrement masquées par le mouvement des silhouettes installées aux tables. Les feux de proue de jonques chinoises par mer agitée.

Le timing de Fabio était parfait ; à peine avait-il avalé la première gorgée que retentissait une sonnerie de fanfare, puis cette annonce grandiloquente : « Mesdames et Messieurs, Samantha de la Guadeloupe ! »

Elle monta sur scène dans une robe de cocktail aux reflets argentés, sans adapter son pas au rythme traînant du reggae. Elle balaya la salle d'un regard méprisant. D'un seul coup, elle souleva sa robe jusqu'au milieu des cuisses, passa les deux mains dessous, descendit sa culotte aux genoux et l'y laissa tendue. Elle se releva, regarda de nouveau à la ronde et ferma les genoux. La culotte tomba par terre. Samantha la souleva au bout de son escarpin à talon haut, la laissa pendre un moment avant de l'envoyer dans le coin de la scène. Alors seulement, elle se mit à danser, lentement, l'air ennuyé.

— Alors on revient faire un tour ? fit une voix derrière lui.

C'était Fredi. Il prit un bol de cacahuètes sur le bar, s'en versa un petit tas dans la main droite et l'engouffra dans sa bouche.

— Je venais souvent ici ?

— De temps en temps. La meilleure boutique du genre, si tu veux mon avis. Tu as déjà vu quelque chose de semblable ? (Il désigna la scène avec une poignée de cacahuètes salées.) La classe mondiale. D'abord la culotte. Il faut l'avoir, cette idée-là.

La serveuse déposa un drink à côté du coude de Fredi. Il ne le regarda pas.

Samantha dansait comme si elle était seule au monde.

— Tu es un habitué, constata Fabio.

— Les murs nous appartiennent.

Fabio ne dit rien.

— Ça te pose un problème ? La résidence Florida nous appartient aussi.

— Même secteur.

— Ce secteur-là s'appelle l'immobilier. Nous avons aussi des immeubles loués par des banques, des avocats et des bureaux.

— Ce secteur-là s'appelle l'immobilier, et votre production, c'est le fric.

Fredi déversa entre ses mâchoires un nouveau chargement de cacahuètes. Quand il eut avalé, il dit :

— Apparemment, le coup semble t'avoir de nouveau métamorphosé. Tu es redevenu le petit-bourgeois d'autrefois.

Samantha dansait comme si elle avait oublié qu'elle ne portait pas de culotte sous sa robe. Le public était parfaitement silencieux, comme s'il voulait éviter qu'elle s'en souvînt.

— Et la tête ? Tu as découvert de nouvelles îles de mémoire ?

— Non, rien depuis.

— Que dit le médecin ?

— Attendre et boire du thé.

— Ça ressemble plutôt à de la bière.

— Sans alcool.

Samantha avait réussi à perdre les bretelles de sa robe. Pour éviter que ses seins n'en émergent à chaque pas, elle la soulevait de plus en plus haut. La salle priait pour qu'elle ait oublié le détail de la culotte.

— Maintenant, il faut regarder, ordonna Fredi.

Comme s'ils avaient fait autre chose depuis le début.

La musique s'arrêta. De tout son numéro, Samantha n'avait jamais soulevé sa robe assez haut plus de quelques fractions de secondes. Elle se dirigea lentement vers le petit escalier qui descendait vers la salle. Alors, elle se rappela sa culotte. Elle remonta et la retrouva tout au fond de la scène. Le dos au public, les jambes légèrement écartées, elle se pencha lentement. Plus bas, plus bas, encore plus bas, jusqu'à ce qu'elle parvienne à la pêcher au bout d'un de ses longs doigts. Puis elle se redressa et sortit de la scène au ralenti, sans se retourner, sous les applaudissements reconnaissants du public.

Fabio et Fredi applaudirent aussi. Fredi attrapa son cocktail sur le comptoir, tapa sur l'épaule de Fabio, lança « Donne de tes nouvelles » et disparut dans la pénombre de la boîte.

Peu après, Samantha se tenait à côté de Fabio.

— Ça t'a plu ?

— Classe mondiale. Qu'est-ce que tu bois ?

— Rien qui soit dans tes moyens.

— Fais une exception.

— Nous n'avons pas le droit de faire une exception. Nous sommes forcées de boire du champagne. (Elle lui déposa un baiser sur la joue.) Salut !

Il la retint :

— Dans ce cas, buvons un verre de champagne.

— Une bouteille.

— Tu ne vas tout de même pas boire une bouteille entière ?

Elle le regarda en souriant.

— Tu ne fréquentes pas trop ce genre de boîtes, je me trompe ?

Il fit signe à la serveuse.

— Ne fais pas ça. Ça ne s'arrêtera pas à une bouteille. Ça va te coûter un billet de mille.

Elle ébouriffa sa chevelure et sortit. Il ne fut pas le seul à la suivre du regard.

Fabio commanda une autre bière sans alcool et regarda la suite du programme. Aucune des danseuses n'arrivait à la cheville de Samantha.

Il se demandait justement s'il devait encore commander autre chose ou réclamer l'addition lorsqu'il vit Samantha quitter la boîte. En compagnie d'un monsieur d'un certain âge qui lui arrivait à l'épaule.

La voix de Bianca Monti paraissait endormie lorsqu'il l'appela, peu après dix heures. Le vendredi, c'était sa soirée disco, expliqua-t-elle. Elle paraissait heureuse de l'entendre, et avait le temps de le rencontrer. Ils se donnèrent rendez-vous au *Boulevard*, un café du centre-ville.

Puis il appela Sarah à son bureau. Le samedi n'était pas une bonne journée pour joindre la secrétaire de rédaction d'un journal dominical. Son numéro était occupé en permanence.

Lorsqu'elle décrocha enfin, elle n'avait pas un ton particulièrement aimable.

— Juste une question à laquelle tu peux répondre par oui ou par non.

— Si elle est courte.

— Publiez-vous demain un scoop sur un scandale dans l'alimentation ?

— Tu ne veux quand même pas que je révèle nos scoops à une personne extérieure au journal le samedi à dix heures et demie !

— Allez, Sarah. Oui ou non ?

— Non.

— Merci. *Ciao*.

— *Ciao*.

Fabio serra le poing et le brandit comme s'il venait de transformer un penalty décisif pour l'issue du match. Cela ne faisait plus aucun doute, désormais : Lucas étouffait l'affaire.

Il appela Norina. À sa grande surprise, elle décrocha.

— C'est moi, Fabio.

— Oui ?

— Nous pouvons nous voir ? C'est important.

— Je croyais que tu étais en Italie.

— Revenu hier.

— C'était comment ?

(La question n'avait pas l'air de l'intéresser beaucoup.)

— C'est ce que je voulais te raconter.

— J'écoute.

— De vive voix.

— S'il te plaît, Fabio. Laisse-moi en paix.

— Il s'agit de Lucas.

— Lui aussi, laisse-le en paix.

— Lorsque j'étais à l'hôpital, il m'a volé un reportage. Un très gros coup.

— Je raccroche, Fabio.

— Et il s'est fait payer pour ne pas le publier.

— Laisse tomber, Fabio.

— Tu entends ? Il s'est laissé acheter ! cria-t-il.

Elle avait mis un terme à leur conversation.

Le café *Boulevard* était plein jusqu'à la dernière table. Fabio prit son tour en attendant que quelque chose se libère.

Tout d'un coup, il découvrit Bianca. Elle était assise à une table du milieu, et lui faisait signe. Il se fraya un chemin entre les tables et s'assit à côté d'elle. Avec son bermuda blanc et son corsage d'été bleu clair un rien désuet, elle ressemblait à une fille de bonne famille. S'il n'y avait pas eu la rangée d'anneaux en or dans le sourcil droit.

— Ça fait un bout de temps que je t'ai vu, mais il fallait que je défende la table, expliqua-t-elle, tout excitée. Je suis arrivée trop tôt.

Ils passèrent les dix minutes suivantes à tenter de capter l'attention du garçon chargé de leur secteur. Lorsqu'ils eurent commandé – glace et espresso, comme à Pesaro –, Bianca demanda :

— C'est à titre privé ou en tant que journaliste ?

— En tant que journaliste.

Bianca tenta de ne pas montrer qu'elle espérait une autre réponse.

— Dans ce cas, je ne peux que parler de la pluie et du beau temps. Une nouvelle clause de notre contrat.

— Tu as un nouveau contrat qui t'interdit de parler avec des journalistes ?

— Tu crois qu'il va enfin pleuvoir ?

— Ça n'en a pas l'air. Il y a eu d'autres modifications à votre contrat ?

— Cela fait quatre semaines qu'il n'est pas tombé une goutte.

Le serveur apporta la glace et les cafés.

— Je peux encaisser tout de suite ? demanda-t-il. Fabio paya.

— J'étais à Amalfi.

— C'est aussi beau que ce qu'on dit ?

— Oui. J'y ai rencontré la veuve du docteur Barth.

— Comment va-t-elle ?

— Elle a l'air de s'en sortir.

— À Amalfi.

Ils mangèrent en silence leur glace qui fondait à vue d'œil.

— Tu m'as dit que Barth travaillait à un procédé de détection des prions dans les aliments. Se pourrait-il qu'il y soit parvenu ?

— Bon. Nous ne nous sommes pas parlé. D'accord ?

— D'accord.

— Je jurerai que je ne t'ai jamais vu.

— Ça ne sera pas nécessaire.

— Un temps, j'ai pensé qu'il avait trouvé quelque chose. Il paraissait euphorique et travaillait des nuits entières. Mais ensuite, du jour au lendemain, il a arrêté. Il était très déprimé. Alors je me suis dit : il était sans doute sur une fausse piste.

— C'était quand ?

— Les dernières semaines avant sa mort.

— Et dans la période qui a précédé, il travaillait toujours tout seul ?

— Je l'ai parfois aidé. Rarement. C'étaient des heures supplémentaires non payées.

— Alors tu devrais tout de même savoir deux ou trois choses.

Bianca secoua la tête :

— Je suis chimiste laborantine. Là, il s'agissait

d'immunologie et d'anticorps. Je n'y connais strictement rien. Le docteur Barth s'entourait de mystère. Il m'a seulement dit qu'il travaillait à la mise au
point d'anticorps qui réagissent aux prions.

Quelques tables plus loin, deux personnes se levèrent et deux autres s'assirent. C'était Marlène et la
barbiche latino. Elle dirigea un bref instant son
regard vers lui, et le détourna dès qu'elle l'eut
reconnu.

Fabio se tourna vers Bianca :

— Il doit bien exister des notes sur ces expériences.

— S'il s'était trompé, il les a peut-être mises à la
poubelle.

— Ce serait normal ?

— Normal, non, mais humain. Tu veux savoir ce
que je crois ?

Fabio hocha la tête.

— Le docteur Barth savait qu'on allait lui retirer
prochainement le département recherche et développement. Sa seule chance, c'était de décrocher le gros
lot avant que ça ne se produise. Quand ça a capoté,
il s'est résigné.

— Ça paraît plausible, commenta Fabio.

— Mais tu n'y crois pas.

— J'ai une autre théorie.

— Je brûle de la connaître.

— Je crains que tu ne grilles encore un certain
temps.

Fabio nota du coin de l'œil que l'accompagnateur
de Marlène se levait et entrait dans la salle. Elle resta
seule à table. Il sentit qu'elle regardait vers lui.

— Je ne peux te dire qu'une seule chose, reprit

Fabio : je ne suis pas totalement certain qu'il n'ait pas tout de même trouvé la solution.

— Mais pourquoi se serait-il suicidé, dans ce cas ? Sa fortune était faite.

— Je te l'ai dit : pour l'instant, je n'en sais pas plus. Peut-être la prochaine fois que nous aurons l'occasion de ne pas nous parler.

Au même instant, son portable commença à jouer le *Boléro* de Ravel. Il fit comme s'il n'entendait pas.

— Tu ne réponds pas ? demanda Bianca.

Il alla chercher l'appareil dans sa poche.

— Oui ?

— Tu donnes dans le piercing, maintenant ? demanda la voix de Marlène.

Il éteignit son appareil et marmonna :

— Une erreur.

Le dimanche, pour la première fois depuis l'événement, Fabio alla nager. Pas dans le lac, comme un vacancier en quête de fraîcheur : à la piscine, comme un pro.

Il portait des pinces de nez, des bouche-oreilles, des lunettes de natation, et nageait sagement ses lignes d'eau. Au bout de dix longueurs, il commença déjà à sentir qu'il n'avait pas dormi depuis longtemps.

Il se doucha, passa un drap de bain autour de ses hanches et s'installa sur un banc, au bord du bassin. La piscine se peuplait lentement. Dans le petit bassin, un groupe d'enfants barbotait. Quelques personnes âgées faisaient des longueurs, l'air sérieux et concentré. Quelqu'un sautait de temps en temps depuis le plongeoir de trois mètres.

Fabio aimait l'odeur de chlore et l'écho des voix dans la piscine claire et blanche. Cela lui rappelait son enfance. Le temps où l'on passait ses après-midi dans l'eau. Celui où l'on faisait semblant de dormir sur une serviette éponge, et où les filles, tout près de là, faisaient semblant de ne pas être observées.

Il se promit de revenir régulièrement.

L'après-midi, il se retrouva devant l'écran et chercha sur Internet des anticorps qui réagissaient aux prions. Sans succès. Mais il tomba sur le terme « immuno-essai ». Une méthode qui combinait les principes de l'immunologie et celles de la chimie. Les techniques variaient, mais elles avaient toutes un point commun : leur composant central était un anticorps.

Dans la nature, les anticorps étaient produits par des cellules de plasma pour contrer des particules ou des substances étrangères. Ils réagissaient exclusivement aux antigènes contre lesquels ils étaient produits.

Dans les laboratoires, on produisait des anticorps en injectant des antigènes à des animaux de laboratoire, puis en isolant et en purifiant les anticorps qu'ils constituaient.

On pouvait ainsi, par exemple, prouver la présence ou l'absence du virus du sida. Ou celle de minuscules résidus de pesticides dans l'eau potable. Ou celle des bactéries dangereuses dans les produits alimentaires. Ou encore celle d'un type bien précis de protéines.

On pouvait penser qu'avec cette technique, on pourrait aussi, un jour, prouver la présence de prions dans du chocolat.

Plus Fabio se penchait sur ce problème, plus il lui paraissait complexe. Était-il concevable que le docteur Barth — malgré tout le respect que l'on devait à ses connaissances scientifiques — eût travaillé dans un isolement complet ? Quel que fût le secret qu'il entretenait sur ses recherches, il avait forcément échangé des expériences avec des collègues.

S'il ne l'avait pas fait avec ceux de sa propre entreprise, c'était certainement avec d'autres. La science était désormais scindée en un tel nombre de disciplines spécifiques : les communautés qui s'attachaient à chacune d'entre elles étaient forcément réduites et faciles à délimiter. Par Internet, il ne devait pas être bien compliqué non plus d'entrer en contact avec leurs représentants.

Comment n'y avait-il pas pensé plus tôt ? Quelque part dans le monde, il existait forcément des scientifiques qui savaient sur quoi travaillait le docteur Barth. Peut-être même où en étaient ses travaux.

Les adresses électroniques ou postales de ces gens-là se trouvaient certainement dans les documents de Barth.

Il ne pouvait pas compter sur l'aide de Jacqueline Barth. Mais peut-être sur celle de Bianca Monti.

Il composa son numéro. Personne ne répondit.

Il avait à peine raccroché qu'on frappa à la porte. C'était Samantha, accompagnée de deux femmes. L'une de son âge, l'autre plus âgée et plus ronde. Toutes deux avaient la peau aussi brune qu'elle.

— Tu as déjà mangé des crêpes de plantain ?

— Encore jamais, avoua Fabio.

Une demi-heure plus tard, une odeur de nourriture flottait dans l'appartement de Fabio. Lea, la jeune mince, et Soraya, la femme mûre et plantureuse, se déplaçaient en dansant au rythme des biguines diffusées par le *ghettoblaster* que l'une des trois avait apporté de son appartement. Elles avaient poché deux grandes bananes à cuire, les avaient écrasées, y avaient mélangé du beurre et de la levure. Elles étaient à présent occupées à les modeler en petits gâteaux, tout en bavardant en créole.

Assis sur son lit pour ne pas encombrer le chemin, Fabio plongeait de temps en temps symboliquement les lèvres dans le verre de rhum que les trois femmes l'avaient forcé à accepter.

— *Damoiseau*, lui avaient-elles précisé, *rhum agricole blanc*, le meilleur.

Dans la kitchenette, on entendit des grésillements et des sifflements ; l'odeur de l'huile de coco brûlante envahit la pièce. Samantha arriva, tenant les premières crêpes dorées entre le pouce et l'index, et lui en fit mordre un morceau. Il roula des yeux en signe de reconnaissance. Le goût était un peu farineux et graisseux.

Soraya s'assit à la table de Fabio, Lea dans le fauteuil, Samantha à côté de lui, sur le lit. Elles montèrent encore un peu le volume de la musique et mangèrent les petits gâteaux à la banane — elles en avaient fait quarante, et il n'en resta aucun.

— Tu es un ami de Fredi ? lui demanda Soraya, la bouche pleine.

— Nous étions ensemble au lycée.

— Qu'est-ce que tu paies pour l'appartement ?

Fabio fut incapable de répondre.

— Nous n'en avons pas parlé. Il me fallait quelque chose d'urgence, et il m'a donné ça.

Les trois femmes échangèrent des regards.

— Nous, nous payons deux mille cinq cents.

— Par mois ?

— Nous ne passons jamais plus d'un mois ici.

— Deux mille cinq cents !

— Draps et ménage compris.

— Quel exploiteur ! laissa échapper Fabio.

— C'est ton ami.

— Pourquoi n'habitez-vous pas ailleurs ?

Le fou rire s'empara des trois femmes.

— L'appartement est inclus dans le contrat du *Peaches.*

Le rhum était fort. Bien que Fabio y ait à peine touché, il sentait déjà l'effet des Caraïbes. Il dansait comme s'il avait été élevé au son de la biguine.

À un moment, il vit Soraya décrocher le téléphone, prononcer quelques mots, raccrocher et recommencer à danser.

— C'était qui ? demanda Fabio.

— Une femme, répondit-elle avec un haussement d'épaules.

— Qu'est-ce qu'elle voulait ?

— Toi.

— Qu'est-ce que tu as dit ?

— Que tu étais occupé.

— Elle a dit un nom ?

— Oui.

— Lequel ?

— Je ne l'ai pas compris.

— Norina ?

Soraya réfléchit.
— Non, plus court.
— Marlène ?
— Non, pas si court.

18

La gare de Rimbühl avait été modernisée dans les années 1980. Il aurait été plus intelligent de la raser, se dit Fabio. Et toute la bourgade avec elle.

Rimbühl n'était ni un village, ni une petite ville, ni une banlieue. C'était un amas disgracieux d'immeubles d'habitation et de bâtiments industriels, dépourvu de centre et de périphérie. On trouvait quelque part une église, quelque part un magasin, quelque part une caserne de pompiers, quelque part un quartier d'habitation, quelque part un panneau : « Polvolat, 3 km ».

Les voitures étaient forcées d'emprunter la rue centrale, il n'y avait aucun contournement possible. En un seul endroit, où personne n'avait à traverser, on avait aménagé une passerelle pour les piétons. « Rimbühl salue la ville de Rust, dans le Montafon ! » lisait-on sur la paroi extérieure de la barrière. Comme si c'était son seul usage.

Au-dessus des collines, à l'ouest, une gigantesque colonne de nuages s'était accumulée. Si elle apportait de la pluie, elle la faisait payer d'avance par une canicule encore plus accablante que celle des journées précédentes.

Aucun taxi n'attendait à la gare. Mais par les factures dont la comptabilité lui avait réclamé la justification, il savait qu'il y en avait forcément au moins un à Rimbühl. Le chef de gare l'envoya à l'atelier Feld. « Il fait aussi le taxi », expliqua-t-il.

— Je ne vous ai pas déjà conduit une fois chez Polvolat ? demanda le chauffeur quand ils partirent dans sa Mercedes à l'odeur aigre.

— C'est la première fois que je mets les pieds ici, répondit Fabio.

Ils passèrent en silence le reste du bref trajet.

Le terrain de la Polvolat était clôturé. La porte d'entrée était ouverte, mais une barrière bloquait les véhicules jusqu'à ce que leur conducteur se soit présenté auprès du portier.

Par prudence, Fabio s'était présenté sous le nouveau nom de sa mère : Fabio Baldi, journaliste pigiste, travaillant à un article sur le lait pour *Les Belles Pages*, l'un des magazines familiaux les plus anodins du pays. Il n'avait pas l'intention de garder ce pseudonyme. Il avait juste voulu éviter qu'on lui fasse des difficultés dès son premier appel téléphonique, si jamais l'on avait gardé de lui un mauvais souvenir.

Cela ne semblait pas être le cas. Le portier était informé de sa venue et lui annonça que Mme Frei l'attendait à l'entrée principale du bâtiment administratif.

Il traversa la grande place goudronnée. Près des cuves, les camions-citernes à lait étaient alignés comme des vaches devant la trayeuse. D'autres attendaient sur une deuxième ligne le moment où viendrait leur tour. On remplissait les camions sur des rampes de chargement. Ils portaient les logos de grandes marques alimentaires.

Mme Susi Frei s'avéra être l'assistante de la direction de l'entreprise. Elle était un peu plus jeune que Fabio et se disait « folle de joie de rencontrer quelqu'un des *Belles Pages* ». Elle paraissait ne l'avoir encore jamais vu.

Elle le conduisit dans une salle de réception et l'aida à passer une blouse blanche de laboratoire frappée au logo de l'entreprise. Elle en mit une elle aussi.

— Il nous reste encore le petit chapeau rigolo, plaisanta-t-elle.

Elle lui remit une coiffe jetable en celluloïd avec rebord élastique et en passa une aussi, roula des yeux et soupira :

— L'hygiène.

Elle lui tendit une petite brochure où l'on décrivait les étapes de la tournée. Un texte bref commentait chaque station. En dessous, on avait laissé de la place pour prendre des notes.

Mme Frei le conduisit dans des salles où régnait une agréable fraîcheur et où l'on trouvait beaucoup de chrome, de céramique et d'acier inoxydable. Partout, la même odeur les accompagnait. Comme du lait aigre ou du fromage frais.

Fabio prenait des notes.

Dans l'une des salles de l'usine, trois hommes étaient en train de nettoyer une machine. Comme tous ceux qui travaillaient là, ils portaient des combinaisons blanches et des casquettes. Mais au-dessus, ils avaient aussi de grands tabliers de plastique jaune pâle. Ils aspergeaient avec des nettoyeurs à vapeur le monstre à demi démonté et ouvert.

— L'un de nos séchoirs roulants à atomisation ! (Mme Frei criait pour recouvrir le sifflement et le chant du jet de vapeur.) On le prépare pour un nouveau produit.

Fabio lut dans sa brochure les explications sur le « séchoir roulant à atomisation » :

Le séchoir roulant à atomisation est un croisement entre un séchoir à tapis roulant et une tour d'atomisation. Il permet de faire sécher des aliments qui ne se prêtaient guère, autrefois, à la déshydratation. Il offre par exemple la possibilité de rajouter des graisses sur des substances porteuses, comme les éléments du lait, des protéines végétales, de l'amidon, etc. On peut ainsi produire des poudres contenant jusqu'à 80 % de matière grasse.

Un homme en blouse blanche entra dans la salle. Il parla avec l'un des ouvriers. Il semblait lui donner des instructions. Un cadre supérieur, manifestement. Il tenait sur le coude une planche où il avait coincé quelques formulaires. Une rangée de stylos à bille était plantée dans sa poche de poitrine.

Il observa Fabio et s'adressa de nouveau à l'ouvrier. Tous deux regardaient à présent dans sa direction. L'homme aux stylos quitta la salle.

Dans le couloir, on pouvait de nouveau discuter sans hurler.

— Qu'est-ce que cela signifie, qu'on peut ajouter des graisses ? demanda Fabio.

— Vous prenez du lait écrémé frais, ou une autre substance porteuse, et vous ajoutez la quantité souhaitée de graisses végétales ou animales.

M. Lehmann, notre ingénieur de fabrication, pourra ensuite vous expliquer précisément comment cela se passe. Le monsieur qui nous a précédés.

— Qu'est-ce qu'on produit dans la machine, à part de la poudre de lait engraissée ?

— Tout : de la poudre de fromage, de la poudre de chocolat, de la nourriture pour bébés, de la poudre pour la farine des veaux, etc.

Fabio le savait par les recherches qu'il avait menées, on ajoutait parfois des graisses animales, y compris des graisses extraites du suif de bœuf, dans le lait qu'on donnait aux veaux.

Deux hommes en blanc apparurent au bout du couloir.

— Et quand vous dites, reprit Fabio, que la machine est préparée pour un nouveau produit, cela signifie que pendant deux jours, par exemple, elle a préparé, disons... du lait pour les veaux, et que d'ici quelques jours, on y confectionnera, par exemple, de la nourriture pour bébés ?

Elle hocha la tête.

Les neurochirurgiens tenaient des séminaires pour savoir s'ils devaient jeter dans des conteneurs spéciaux les instruments opératoires usagés, parce que les prions résistent aux méthodes de stérilisation courantes. Ici, on nettoyait les ustensiles à la vapeur...

— Ou encore, disons, de la poudre de chocolat ?

Les deux hommes se trouvaient à présent devant eux. Ils n'avaient manifestement aucune intention de les laisser passer. Avec leurs costumes et leurs chapeaux blancs, ils ressemblaient à ces surveillants d'asiles de fous qu'on voit dans les vieux films.

— Terminé, maintenant, dit le plus grand, un

homme au visage rond, rougeâtre et rasé jusqu'au creux des pores.

Mme Frei était ahurie :

— Qu'est-ce qui se passe, Sami ?

— Ce monsieur nous accompagne. N'est-ce pas, monsieur Rossi ?

— Monsieur Baldi, corrigea Mme Frei.

— Oui, oui, monsieur Baldi.

Il attrapa Fabio par le bras.

— Eh ! cria Fabio en tentant de se libérer.

Mais la main serra plus fort. Le deuxième homme lui attrapa le haut de l'autre bras.

Passant devant la jeune femme ébahie, ils le reconduisirent ainsi dans l'autre sens, par le couloir, l'escalier, la sortie, la place goudronnée et la barrière.

L'homme que Mme Frei appelait Sami dégageait une haine presque tangible. Fabio était certain qu'au moindre geste de résistance, il l'assommerait.

Le portier comprit la situation et ouvrit la barrière sans qu'on lui ait rien demandé. Ils s'arrêtèrent sur la route de campagne.

— Tu peux lâcher, Toni, dit Sami à son collègue.

Il prononça ces mots d'une voix douce et aimable, comme un homme qui sait parfaitement distinguer les gens bien de la racaille. Il arracha la coiffe en celluloïd de la tête de Fabio et l'aida brutalement à enlever sa blouse de laboratoire. Puis, de chacun de ses poings rouges, il attrapa un morceau de la chemise blanche de Fabio.

— On ne te voit plus dans le coin. Dans un rayon de dix kilomètres. C'est clair ?

Fabio n'avait pas d'autre choix que de hocher la tête.

— Des types comme toi, lâcha Sami, faudrait les écrabouiller.

Pendant un terrible moment, Fabio fut certain qu'il allait le faire. Mais Sami laissa retomber ses mains, cracha au visage de Fabio et sortit. Suivi par Toni, la personne convenable.

Fabio chercha un mouchoir, n'en trouva pas, arracha une motte d'herbe au talus et s'essuya le visage.

Une fois seulement dans sa vie, lorsqu'il était à l'école, quelqu'un lui avait craché à la face. À l'époque, il n'avait pas pu s'empêcher de fondre en larmes.

Cette fois-là non plus.

— Vous avez déjà eu un cas comme le mien ?

Le docteur Loiseau semblait avoir abandonné l'espoir de survivre à la canicule. Il n'avait pas changé de chemise après son dernier client et était resté assis lorsque Fabio l'avait salué. Il ne paraissait pas non plus avoir une grande envie de faire faire sa gymnastique cérébrale à Fabio. Il l'avait questionné sur son excursion à Amalfi, et ils s'étaient ainsi mis à bavarder.

— Tous les cas sont différents.

— Je veux dire : le cas d'un patient qui a connu une profonde transformation avant l'accident, et que l'amnésie renvoie avant sa mutation.

— Tout le monde change.

— Mais pas à ce point-là. Autrefois, j'ai écrit des papiers pour dénoncer des gens comme Fredi Keller. Et voilà que je partage sa table dans les restaurants pour nouveaux riches. Je vis avec une femme qui milite contre l'exploitation sexuelle. Et je me retrouve habitué d'une boîte de strip-tease. Je m'amuse des communiqués de presse mensongers qui atterrissent sur mon bureau. Et je me mets en ménage avec l'une des pétasses qui les rédigent. Je suis devenu un contraire absolu de moi-même.

Le docteur Loiseau réfléchissait les yeux fermés. Il fit peut-être aussi une petite sieste de quelques secondes. Sans ouvrir les yeux, il se mit à parler :

— En chacun de nous sommeille notre propre contraire. Et presque chacun de nous arrive, à un moment de sa vie, au point où il vérifie s'il ne s'agit pas, par hasard, de sa véritable personnalité. Cela dit, que votre excursion dans votre alter ego soit justement frappée d'amnésie, ça n'est pas de chance. Non, je n'ai jamais eu de cas de ce genre.

— Je n'arrive pas à comprendre ce qui s'est passé, vous comprenez ? Cette envie de vivre dans la peau de l'autre moi doit tout de même s'annoncer d'une manière ou d'une autre.

Le docteur Loiseau ouvrit les yeux et alla piocher un bouquet de Kleenex daans une boîte, comme un magicien aurait fait sortir de sa manche un mouchoir en soie. Il s'en servit pour essuyer son grand visage et jeta la boule en direction de la corbeille à papier. Il la rata.

— Ce besoin était présent au stade latent ; ensuite, quelque chose l'a provoqué. Peut-être la rencontre avec le vieux copain d'école. Peut-être la manière dont votre compagne y a réagi. Peut-être les deux.

Fabio réfléchit. Puis il demanda :

— Les sentiments sont-ils uniquement liés à la mémoire ?

— La recherche distingue entre la mémoire explicite et implicite, la mémoire consciente et inconsciente à long terme, si vous voulez. Supposez qu'à l'âge de trois ans, quelqu'un soit mordu par un chien. Il ne s'en souvient pas, mais l'événement est stocké dans sa mémoire implicite. Trente ans après, il a toujours peur des chiens. La contradiction entre la mémoire qui ne peut pas lui dire pourquoi il a peur des chiens et la mémoire qui lui fait prendre ses jambes à son cou quand le caniche nain du voisin croise son chemin porte le nom de « dissociation ».

Le docteur Loiseau s'essuya le visage avec la main.

— On considère que ces deux mémoires sont animées par des structures cérébrales différentes. J'incline à croire que les sentiments sont stockés dans l'implicite.

— Et chez moi, les deux sont hors d'usage ?

— J'ai du mal à me l'imaginer. Chez la plupart des patients ayant subi une lésion de la mémoire explicite, l'implicite est encore intact. Surtout dans un cas léger comme le vôtre.

— Pourquoi, alors, est-ce que je ne ressens pas ce besoin de vivre pleinement mon deuxième moi ? S'il existait déjà avant mon amnésie ?... Vous avez un morceau de papier sur la joue. Non, plus haut, oui, là.

Le docteur Loiseau l'attrapa du bout des doigts et le jeta.

— Merci.

— Si le monde de sentiments dans lequel je me trouve est celui d'autrefois, je peux vous dire qu'il est absolument impossible que j'aie eu une liaison parallèle avec une femme, quelle qu'elle soit. J'aime Norina.

Le docteur Loiseau renvoya la tête en arrière et

posa précautionneusement les extrémités de ses gros doigts les unes sur les autres.

— Il est possible que vos sentiments pour Norina datent de la période qui a suivi votre amnésie.

— Je ne comprends pas.

— Voilà ce que je veux dire : il arrive souvent que l'amour pour le partenaire se renforce lorsque celui-ci se trouve engagé dans une nouvelle relation.

Le docteur Loiseau cueillit de nouveau une botte de petits mouchoirs dans sa boîte.

— Cela expliquerait aussi vos sentiments irrationnels à l'égard de votre ami Jäger.

— J'ai quelques autres motifs pour avoir envie de le tuer. Et de bons, vous pouvez me croire.

La veille, un autre motif s'était ajouté aux bonnes raisons de haïr Lucas. Tandis que Fabio parcourait, bouleversé et humilié, les trois kilomètres de route de campagne brûlante qui séparaient la Polvolat et la gare, un étrange phénomène s'était emparé de lui à plusieurs reprises : chaque fois que remontaient en lui les sensations qu'avait déclenchées la rencontre avec la violence de Sami, c'est Lucas qui lui revenait à l'esprit.

Pendant tout le trajet du retour, dans un train régional brûlant aux fenêtres bloquées et à l'air irrespirable, des scènes de violence le hantèrent. Il les associait toutes à Lucas.

Même lorsqu'il fut revenu dans l'appartement, alors qu'il consignait sur son ordinateur portable les résultats de sa visite à la Polvolat et ce qu'il y avait vécu, tant que les événements étaient encore tout frais dans sa mémoire, les images de Sami se mêlaient à celles de Lucas.

Il passa une nuit agitée. Il ne cessa de sursauter

sur son lit, trempé de sueur, réveillé par le bruit des danseuses qui revenaient avec leur accompagnateur. Elles le sortaient de cauchemars où il subissait les sévices d'un Lucas en blouse blanche.

Lorsque le jour se leva et que les premières voitures troublèrent le silence du matin, Fabio était arrivé à la conviction que sa dernière expérience violente était forcément liée à Lucas.

Et celle-ci, c'était prouvé, s'était déroulée le 21 juin. À proximité du terminus de Wiesenhalde. Et de la coopérative jardinière de la Forêt paisible.

Juste après son rendez-vous chez le docteur Loiseau, il prit le dix-neuf. Le bus était presque vide. Malgré tout, Fabio passa tout le trajet près de la fenêtre, en tentant d'attraper un peu du vent que le mouvement laissait filtrer par un mince fenestron.

La montée vers le cimetière, en passant devant la Forêt paisible, lui fut encore plus pénible que la dernière fois. On avait fauché le pré où poussaient les arbres fruitiers. La cloche de vapeur au-dessus de la ville paraissait encore plus jaune.

Il arriva à la barrière de lattes portant le panonceau « Coopérative jardinière de la Forêt paisible, entrée réservée aux membres et aux invités » et entra sur le terrain. Un couple était assis sous l'auvent de la maisonnette aux volets jaunes, celle où trois hommes jouaient aux cartes lors de son dernier passage. Fabio reconnut en la personne du mari l'un des trois joueurs. Il lui fit signe, s'installa à la porte du jardin et attendit. Le couple échangea un regard. L'homme se leva, descendit précautionneusement le chemin de dalles et s'arrêta devant Fabio.

— Vous vous souvenez de moi ? demanda Fabio.

— Vous êtes l'ami de Lucas.

— Vous avez un moment ?

L'homme regarda, par-dessus son épaule, sa femme qui l'observait attentivement.

— Nous allions passer à table, mais si ça ne dure pas longtemps...

Il ouvrit la porte du jardin et le guida vers la maison.

— C'est un amis de Lucas, dit-il à sa femme.

— Fabio Rossi, enchanté.

Il lui tendit la main. Elle ne se présenta pas.

— Asseyez-vous donc un moment, l'invita l'homme.

— Je voudrais vous poser une question qui va certainement vous paraître étrange, commença Fabio. J'ai eu un accident. La blessure à la tête que j'ai subie a provoqué une perte de mémoire. Je tente à présent de déterminer ce que j'ai fait pendant la période dont je ne me souviens plus.

— Je connais ça, dit la femme. Ces derniers temps, moi aussi, j'ai des trous de mémoire. Vous voulez une bière ?

Fabio refusa.

— Dans ce contexte, je voulais vous demander si, par hasard, vous vous rappelleriez m'avoir vu ici le 21 juin.

— Ouh là là, fit la femme, c'est pire que les mots fléchés !

— C'était quel jour de la semaine ? demanda l'homme.

— Un jeudi.

Fabio lut sur le visage du mari le soulagement que lui causait le fait de ne pas avoir dû faire travailler sa mémoire.

— Le jeudi, nous aidons toujours notre fille à la boutique. Le jeudi, nous ne sommes jamais ici.

Fabio les remercia et refusa une invitation à déjeuner. Il y avait de la salade de saucisse. À la porte du jardin, l'homme lui donna un tuyau :

— Allez donc demander à Mme Blatter, elle est ici tous les jours.

Il lui expliqua où se trouvait le jardin de Mme Blatter. Celui qui jouxtait le Gourrama.

Mme Blatter devait avoir à peu près soixante-dix ans. Elle était sportive et bronzée, et coiffait ses cheveux gris à la garçonne. «Comment ça va ?» demanda-t-elle en lui tendant le bras au lieu de la main terreuse. Elle était en train de sarcler les mauvaises herbes à l'ombre d'un poirier.

Fabio lui raconta son histoire et posa sa question.

— Je vous ai vu ici la semaine dernière, ou celle d'avant.

— Celle d'avant, c'est exact. J'ai passé un bref instant ici. Et avant ?

— Ça remonte loin. Mais même avec la meilleure volonté du monde, je ne peux pas dire si c'était le 21 juin. Pourquoi ne demandez-vous pas à Lucas ? Il était là.

— Vous ne parlez pas de l'été dernier ?

— Non, non, celui-là. Ah, je comprends... Vous n'êtes sans doute plus autant ami avec Lucas ?

— Qu'est-ce qui vous fait dire ça ?

— Je le vois à présent avec la jeune fille qui vous accompagnait dans le temps. J'espère que je ne trahis pas un secret.

— Non. Nous sommes restés longtemps ?

— Quand je suis partie, en tout cas, vous y étiez encore.

— C'était quand ?

— Un jeudi, vous dites ? Le jeudi, je pars tôt. J'ai ma thérapie.

— Qu'entendez-vous par « tôt » ?

— Vers trois heures, par là.

— Et nous étions encore ici ?

— Certainement. (Elle sourit.) Je vous ai entendus. Vous étiez dans la maison, et quand je suis partie, vous vous disputiez. D'une voix assez forte.

— Vous avez entendu à quel propos ?

— Non. Mais ensuite, je me suis fait ma petite idée. Quand deux hommes jeunes se disputent et que quelques semaines plus tard, le premier arrive avec la petite amie de l'autre, il n'est pas nécessaire de s'appeler Miss Marple pour en tirer les conclusions qui s'imposent.

Lorsqu'il fut devant la porte du jardin, elle cria dans son dos :

— Si vous passez au Gourrama, donnez au moins un peu d'eau aux tomates. Le vieux M. Jäger est malade, et personne d'autre n'a l'air de s'en soucier !

Le jardin paraissait effectivement dévasté et desséché. Un tuyau d'arrosage courait entre les pieds de tomates fanés. Fabio ouvrit un peu le robinet et regarda le ruisseau s'infiltrer dans la terre sèche.

Il n'était pas nécessaire qu'il vérifie la date. Il était certain qu'il s'agissait du 21 juin. Il s'était trouvé ici avec Lucas. À trois heures, ils s'étaient disputés. Peu après quatre heures, une patrouille de police l'avait recueilli, une blessure à la tête, et à demi incons-

cient. Là non plus, il n'était pas nécessaire de s'appeler Miss Marple pour en tirer les conclusions qui
s'imposaient !

Sur l'un des pilotis de bois qui soutenaient la maisonnette, la clef de la porte d'entrée était accrochée à
un clou rouillé. Le vieil oncle de Lucas ne s'était
même pas donné la peine d'enfoncer le clou à
l'arrière du bois, tant il y avait peu à voler à l'intérieur.

Il régnait dans la pièce une chaleur insoutenable.
Les lits des couchettes n'avaient pas été faits, on
voyait les matelas nus sous les couettes à carreaux.

Dans une petite bassine, on avait rangé un verre,
une assiette, une fourchette et un couteau. Un bougeoir se dressait sur la table de bois, à côté d'un petit
tas d'allumettes traversé par une colonne de fourmis.
De vieux journaux s'empilaient sur le banc qui faisait l'angle.

C'est forcément ici que cela s'était passé.

Mais quoi ?

Une dispute. Mais certainement pas à propos de
Norina. À l'époque, il était déjà avec Marlène.

Alors à propos du gros coup ?

Qu'est-ce qui les avait amenés ici par un jeudi
après-midi ? Voulaient-ils travailler en paix ? Cela
leur était déjà arrivé. Mais une seule fois. Norina ne
travaillait pas et avait besoin de l'appartement. Et
celui de Lucas était trop bruyant.

Ils s'étaient donc retirés ici pour travailler. Et ils
s'étaient disputés, quelle qu'en fût la raison.

C'est au cours de cette dispute que Lucas lui avait
mis un coup sur la tête.

Et ensuite ?

Comment était-il arrivé au terminus de Wiesenhalde ? Était-il parti en courant ? Lucas l'avait-il laissé sur place, inconscient ? Fabio serait ensuite revenu à lui et aurait erré dans le quartier ?

Quelle que soit la manière dont les choses s'étaient déroulées dans le détail, tout laissait penser que c'était forcément Lucas qui l'avait assommé et lui avait volé son enquête.

Fabio referma la maisonnette et raccrocha la clef sur le clou.

Dès qu'il eut rejoint le point situé derrière le virage, là où son portable retrouvait un signal, il appela un taxi pour le conduire au terminus de Wiesenhalde. Il était pressé d'arriver à la rédaction.

Il y avait une nouvelle réceptionniste à l'accueil. Elle ne le laissa pas monter.

— Qui venez-vous voir ? voulut-elle savoir, et lorsqu'il lui répondit « Lucas Jäger », elle annonça : M. Jäger n'est pas dans nos murs.

— Quand revient-il ?

— Il n'a rien dit.

— Où est-il parti ?

— Je ne peux donner aucun renseignement sur ce point.

— Dans ce cas, passez-moi Sarah Mathey.

— Elle est en conférence, je ne peux pas la déranger.

Il ne resta d'autre solution à Fabio que de demander à la nouvelle hôtesse de lui passer son successeur, Berlauer.

Il eut l'impression de le troubler dans l'exercice d'une mission extraordinairement importante. Mais Fabio parvint tout de même à lui faire dire où se trouvait Lucas : à l'Europa.

L'hôtel Europa était un bâtiment ancien, situé à côté de la gare. Sa situation, deux restaurants, un bistrot, un bar et un grand lobby en faisaient un point de rencontre apprécié des voyageurs en transit.

Fabio commença par passer au bar. Un pianiste – le même depuis des années – jouait son répertoire – le même depuis des années. Quelques hommes d'affaires étaient assis aux petites tables, penchés sur des papiers et des agendas. Lucas n'était pas parmi eux.

Fabio traversa le bistrot et passa au restaurant français. Là encore, il ne le vit nulle part.

Un groupe de touristes était arrivé au lobby. Ils se pressaient devant la réception, deux grooms barraient le chemin avec des chariots à bagages. C'est là qu'il l'aperçut, à demi caché par un vestiaire mobile chargé de sacs de vêtements. Il était assis dans un fauteuil et parlait avec un homme blond qui tournait le dos à Fabio.

Il se dirigea vers la table. L'homme se tourna sur le côté et fit signe à un serveur.

Fabio quitta le lobby sans qu'ils l'aient vu.

L'homme assis avec Lucas était le faux docteur Mark.

19

Lorsque Fabio sortit de l'hôtel, il entendit au loin le grondement du tonnerre. La lumière vive du soleil éclairait le carrefour, devant la gare. Mais au-dessus des collines, sur les faubourgs, le ciel était noir.

Fabio avait enfoui les poings dans les poches de son pantalon et se dirigeait vers la vieille ville. Il aurait aussi bien pu aller dans la direction opposée. Il n'avait aucun but. Il voulait juste se déplacer, évacuer l'onde de choc.

Une fois de plus, il avait plus de mal à vivre avec la certitude qu'avec le soupçon.

Lucas était donc le complice de l'homme qui s'était fait passer pour le docteur Mark afin de détourner Fabio de sa piste. Lucas avait des rendez-vous clandestins avec les gens qui voulaient empêcher le public de connaître la découverte du docteur Barth.

Lucas, qui avait effacé ses fichiers.

Lucas, qui lui avait volé les preuves laissées par Barth.

Lucas, qui empêchait la veuve de Barth de lui parler.

Lucas, qui l'avait assommé au Gourrama.

Lucas, qui ne publiait pas le papier.

Lucas, qui lui avait fait rencontrer Marlène.

Lucas, qui lui avait pris Norina.

Son bon ami Lucas.

Le ciel au-dessus de la ville s'assombrit très rapidement, comme un verre d'eau dans lequel serait tombée une goutte d'encre de Chine. On ne voyait plus qu'un petit lambeau de ciel bleu. Quelques rayons de soleil perçaient par le trou dans les nuages et plongeaient ce décor dans une lumière irréelle.

La rue parut brusquement avoir été vidée d'un coup de balai. Le silence régnait, on aurait dit que le monde retenait son souffle.

Les pas de Fabio sur le pavé résonnaient sur les façades des vieilles maisons.

Le premier mouvement fut une jeune femme qui sortit rapidement d'une boutique et décrocha les vêtements suspendus sur leurs cintres, devant la vitrine.

Elle en apporta une première brassée dans la boutique.

Un coup de vent s'engouffra dans la rue et fit danser les petits fanions estivaux sur leurs étriers. De lourdes gouttes s'écrasèrent dans la poussière du pavé surchauffé. Un éclair se déchargea au-dessus des toits en pente abrupte.

Fabio fit en courant les quelques pas qui le séparaient du porte-vêtements et aida à mettre à l'abri les frusques qui y étaient encore suspendues. Puis il se retrouva près de la vendeuse qui riait et haletait, à l'embrasure de la porte de la boutique, et regarda le déluge s'abattre sur la vieille ville. Des torrents bruns dévalèrent dans les caniveaux et inondèrent les bouches d'égout.

La vendeuse se taisait à présent. Elle avait croisé les bras devant sa poitrine. Peut-être parce qu'elle avait remarqué que l'eau avait rendu sa robe transparente.

La pluie tombait comme un dernier rideau.

Fabio passa le bras sur les épaules de la jeune fille. Elle leva les yeux vers lui, étonnée.

— Je peux ? C'est tellement solennel.

Elle hocha la tête. Au bout d'un moment, elle passa son bras autour de ses hanches. Ils restèrent ainsi à attendre que ce cataclysme se transforme en une pluie d'été normale.

Lorsque Fabio se dirigea vers la station de tram, passant devant des caves inondées, dans le hurlement des sirènes de pompiers, il s'aperçut qu'il n'avait même pas demandé son nom à la vendeuse.

Le *Marabout* était un café ténébreux, qui faisait le coin de la rue. À l'extérieur, près de l'entrée, se trouvait un garage à vélos, où l'on voyait une publicité pour une marque de cigarettes qui n'existait plus depuis longtemps. Une silhouette de marabout découpée dans une feuille de plastique bleu était collée sur la vitrine.

Le mobilier était constitué de petites tables aux plateaux de plastique élimés, rouge tacheté de noir. Çà et là, on avait recollé avec un ruban adhésif d'une couleur presque identique les dossiers et les coussins en skaï des chaises et des bancs. Trois philodendrons poussiéreux laissaient pendre leurs vrilles fatiguées depuis une niche, un coin et une saillie de la pièce.

Le *Marabout* était vide, mis à part deux vieilles femmes. On entendait le murmure de leur conversation et le feulement de la machine à café, derrière le comptoir, où une serveuse chauffait à la vapeur l'eau pour le thé.

Elle apporta à Fabio un thé à la menthe. Elle l'avait versé dans un récipient de verre à monture de métal, dont la poignée accumulait apparemment toute la chaleur du breuvage.

Il pêcha le petit cordon dans le verre et commença à agiter le sac de thé.

L'orage avait apporté le changement de climat espéré. Depuis la veille, il faisait frais et il pleuvait. Les imperméables et les parapluies avaient changé le visage de la ville, une odeur de vêtements mouillés flottait dans le tram, les gens commençaient à oublier les affres de la canicule et souhaitaient déjà le retour du soleil.

Fabio ne se laissa pas contaminer par ce réveil de la morosité. Il ne s'était pas senti aussi bien depuis longtemps. La veille, il avait réussi à joindre Norina, elle avait cédé à sa demande insistante et accepté de le rencontrer.

C'est elle qui avait proposé le café *Marabout*. La production avait dû modifier le planning à cause du changement de temps ; ils tournaient dans un appartement, non loin de là.

Lorsqu'il aperçut la silhouette floue de Norina à travers la vitre verte de l'entrée, son cœur se mit à battre comme au premier rendez-vous. Elle secoua les gouttes du parapluie, ouvrit la porte, déposa son pépin dans le porte-parapluies en cuivre et se dirigea vers la table de Fabio. Il se leva.

Norina portait une veste de nylon droite qu'il ne lui connaissait pas. Il ne savait pas s'il s'agissait d'un imperméable ou d'une veste que l'on garde à l'intérieur. Sans cela, il l'aurait aidée à l'enlever, et leurs salutations auraient été un peu moins crispées. Ils se donnèrent ainsi la main comme deux inconnus qui se rencontrent suite à une petite annonce.

Norina s'installa, se dégagea les manches et laissa la veste coincée entre son dos et le dossier de sa chaise. Elle semblait ne pas avoir beaucoup dormi : elle avait sous les yeux ces ombres noires qui avaient toujours plu à Fabio. Elles donnaient une note de lasciveté innocente à ses traits de petite fille.

— Tu fumes, maintenant ? demanda-t-elle en désignant le cendrier.

— Quand je suis revenu à moi, j'étais fumeur.

Il souriait.

Elle avait perdu du poids. Son visage s'était encore un peu aminci. Ses yeux verts paraissaient fatigués. Elle avait de nouveau transformé sa coupe courte. À présent, les franges sur le front lui tombaient juste au-dessus des sourcils épilés. Ça lui allait bien.

Elle aussi commanda du thé.

— Bon, alors, dit-elle lorsque le verre de thé se trouva devant elle, raconte-moi ton histoire.

Fabio raconta, aussi sobrement que possible, l'histoire du docteur Barth, et le rôle que Lucas y jouait. Il n'omit rien et ne rajouta rien. Il le présenta comme le résumé professionnel d'événements qui, fortuitement, le concernaient aussi à titre personnel. Il conclut son récit par la rencontre secrète au lobby de l'Europa.

— Je pensais que tu devais le savoir, dit-il en s'appuyant sur le dossier du siège.

Pendant tout le monologue de Fabio, Norina avait déchiré en fragments minuscules le rond de papier posé sous le verre ; puis, de la tranche de sa fine main, elle les avait regroupés en une multitude de figures différentes. Une habitude qui, jadis, avait parfois tapé sur les nerfs de Fabio. À présent, elle l'enchantait.

Il lui tendit son propre rond de papier. Elle le prit sans commentaire et se mit à le déchirer consciencieusement.

— Tu sais ce qui m'a toujours plu chez Lucas ? Il n'a jamais dit un mot de travers à ton propos. Jamais. Au contraire : il t'a toujours défendu quand quelqu'un parlait de toi en d'autres termes. Moi, par exemple. C'est arrivé souvent. Il y a eu des jours où je ne parlais que de ça, tu peux te l'imaginer. Mais Lucas a toujours demandé de la compréhension pour toi, il cherchait des explications et des excuses. Tu ne t'imagines pas quel ami parfait tu as en Lucas. C'était insupportable.

Fabio ne put se retenir :

— Tu sembles pourtant l'avoir très bien supporté.

Norina garda son sérieux.

— Seulement une fois qu'il a couché avec moi. Ensuite, ça n'était plus un parfait ami.

Fabio éclata de rire.

— Tu ne vas pas me dire que tu l'as séduit pour que je perde un ami parfait.

Elle le regarda comme si elle avait déjà envisagé cette possibilité.

— Inconsciemment, peut-être.

Elle regroupa en demi-cercle les petits morceaux de papier.

— Même si ce que tu me racontes était exact...

— Ça l'est, glissa Fabio.

— ... même dans ce cas, si c'était lui, il ne m'en aurait pas dit un mot.

— Et Lucas accepterait que tu partages la vie d'un homme qui transgresse tous tes principes ?

— Ne te fais pas de souci pour moi.

— Je m'en fais.

— C'est un peu tard.

Norina paracheva le demi-cercle avec l'un de ses ongles laqués de rouge.

La serveuse jeta une pièce dans le juke-box et composa quelques combinaisons.

Fabio désigna sa tête.

— Là-dedans, rien de tout cela ne s'est passé, et je donnerais tout pour que ça ne se soit pas produit dans la réalité.

Norina effaça le demi-cercle et essaya une droite.

Fabio plongea la main dans sa poche et en tira le collier de corail. Il le déposa sur la table, parallèlement à la ligne de bouts de papier. Norina leva les yeux.

— Des coraux. D'Amalfi.

Elle l'admira sans le regarder.

— Beau.

— Ça n'existe plus, ce rouge.

— Comme de la laque de Chine.

— Passe-le.

Norina secoua la tête.

Fabio sourit :

— Sans engagement.

Elle souleva le collier de la table, prit la main de Fabio, laissa le collier glisser dedans et lui referma le poing aussi fort que possible. Elle le regarda dans les yeux et secoua la tête.

— À cause de Lucas ?

— Je ne suis plus avec Lucas.

— Tiens donc. Et depuis quand ?

— Depuis hier. Depuis cette nuit. Depuis ce matin. Peu importe, nous nous sommes séparés.

Fabio parvint à ne pas afficher un large sourire, à ne pas lui sauter au cou, il évita toute autre réaction déplacée. Il se concentra sur le poids du corail froid dans sa main et ne dit rien.

— C'est pour cela que j'ai accepté de te rencontrer. Je voulais que ce soit moi qui te le dise. Et aussi que tu saches que ça n'a rien à voir avec toi.

— Qu'est-ce que tu veux dire ?

— La raison pour laquelle je ne suis plus avec toi, ça n'est pas Lucas. La raison, c'est toi.

Le lendemain, Lucas Jäger était mort.

Il avait plu toute la nuit et toute la matinée, cela semblait ne pas devoir cesser. Fabio avait passé l'après-midi à entraîner d'abord ses muscles, puis sa mémoire. Pour le déjeuner, il avait retrouvé Fredi – au *Bertini*, évidemment. Il avait besoin de parler à quelqu'un de la séparation entre Norina et Lucas. Fredi, avec sa vision pragmatique, lui paraissait être l'interlocuteur adéquat. Ils en étaient au *zabaglione* – Fabio en prit un aussi : Jay, son entraîneur, l'avait pesé et jugé trop léger – quand la conversation porta sur les affaires de Fredi.

— Les danseuses du *Peaches* sont forcées de vivre à la résidence Florida. Pour deux mille cinq cents balles par mois.

— Possible. C'est notre administration qui gère les détails.

— Deux mille cinq cents. Linge et ménage compris.

— Ne te fais pas de souci, ricana Fredi, pour toi c'est gratuit.

— Mais c'est de l'usure.

— Tu parles, elles rattrapent ça en deux ou trois bonnes soirées.

— Au *Peaches* ?

— Au *Peaches* et après. En dessous de cinq cents, elles ne montent pas. Pas ces filles-là. Plus le cachet, plus le pourcentage sur le champagne. Tu veux qu'on leur fasse le tarif auberge de jeunesse ?

La sonnerie du portable de Fabio retentit. C'était Sarah Mathey.

— Fabio, dit-elle d'une voix étrange, Lucas est mort.

— Quoi ?

— Lucas est mort.

— Comment ?

— Nous avons reçu l'appel il y a une heure. Ils l'ont repêché dans l'eau de la centrale.

— Norina le sait ?

— Elle est au commissariat. J'y vais tout de suite. On peut te joindre, si on a besoin de toi ?

— Évidemment. Est-ce que je dois venir, moi aussi ?

— Non. Juste si j'ai besoin de toi. Tu m'entends ? Ne viens pas sans que je t'aie appelé.

Elle raccrocha.

Fabio posa son portable sur la table.

— Tu ne manges pas ça ?

Fredi désignait le *zabaglione* de Fabio. Il secoua la tête. Fredi tira la coupe vers lui et y plongea sa cuiller.

— Qu'est-ce qui se passe ? demanda-t-il entre deux bouchées.

— Lucas est mort.

— Le Lucas qui t'avait piqué ta femme ?

Fabio hocha la tête.

— Eh bien, tu vois, dit Fredi en continuant à manger.

Pendant deux heures, Fabio resta assis dans son appartement et attendit l'appel de Sarah. Puis il composa le numéro de son portable. Il tomba sur la boîte vocale. « Appelle-moi dès que tu peux », demanda-t-il.

Il tenta de joindre quelqu'un à la rédaction. Tout le monde était pris. Et Sarah Mathey, dit la standardiste, ne viendrait certainement plus aujourd'hui.

Fabio attendit. Au-dessus de la fenêtre, une auréole humide s'était propagée sur le papier peint. Sans doute une fuite liée au fonctionnement des volets roulants. L'air de l'appartement s'était amélioré depuis que la pluie avait commencé à tomber. Fabio avait ouvert la fenêtre et refermé le rideau aux palmiers. Dehors, la chaussée trempée de la rue des Étoiles bruissait au passage des voitures.

Le portable se mit à jouer le *Boléro* de Ravel. Fabio coupa sans décrocher. Il chercha le mode d'emploi et parvint, après plusieurs tentatives, à effacer le lien entre le *Boléro* et le numéro d'appel de Marlène.

Peu après, c'est la sonnerie normale qui retentissait. « Numéro inconnu », lut-il sur l'écran. Il décrocha.

— Tu es au courant pour Lucas ?

C'était la voix de Marlène.

— Oui.

— Tu sais quelque chose de précis ?

Fabio haussa le ton :

— Pourquoi moi ? Pourquoi justement moi ? Tu le fréquentais plus que moi. Tu sais quelque chose, toi ?

— Excuse-moi. Je ne voulais pas te taper sur les nerfs.

Il y avait quelque chose de sarcastique dans sa voix.

— Si j'apprends quelque chose, je te tiens au courant, dit-il, conciliant. Excuse-moi.

Il tenta de s'imaginer Lucas. Dans le râteau de la centrale électrique, au milieu d'un enchevêtrement de déchets charriés par ce fleuve brun et profond. Le visage boursouflé, sur une civière de l'Institut médico-légal. Les mains jointes dans un cercueil.

Pourquoi avait-il fait cela ? Par chagrin d'amour ? Par mauvaise conscience ? Les deux ? Par désespoir ? Ou par vengeance ?

Fabio penchait sans se l'avouer pour la dernière explication. Lucas avait voulu leur jouer un mauvais tour. S'il ne pouvait pas avoir Norina, il leur aurait au moins mis une grosse pierre sur le chemin. Désormais, le cadavre de Lucas Jäger leur pèserait sur la conscience à tous les deux.

Car Norina pouvait raconter à n'importe qui qu'elle ne s'était pas séparée de Lucas à cause de Fabio. À n'importe qui, sauf à Lucas. Et sauf à Fabio.

Il recomposa le numéro de Sarah. Cette fois, elle décrocha immédiatement.

— J'allais t'appeler. Norina est chez ses parents. Elle ne veut pas te voir.

— Comment se porte-t-elle ?

— À chier. Elle se fait des reproches. Elle l'avait quitté avant-hier.

— Il y a une lettre d'adieu ?

— On n'en a pas trouvé pour l'instant. On ne sait pas encore grand-chose. Sauf qu'il a plongé dans le fleuve la nuit dernière entre onze heures et quatre heures du matin, en dessous du pont du Seetal.

— Comment peut-on être aussi sûr de l'endroit ?

— S'il avait sauté plus haut, il serait resté accroché sur le pont du Seetal. Il y a une espèce de barrage là-bas.

— On a joint ses parents ?

— Ils arrivaient tout juste de l'Institut médico-légal quand nous sommes sortis du commissariat. Ils sont comme pétrifiés.

— Qu'est-ce que je peux faire ?

— Le mieux serait que tu te tiennes totalement à l'écart.

Fabio s'allongea sur son lit et regarda l'auréole s'étendre peu à peu au-dessus de la fenêtre. La pluie tambourinait en permanence sur le zinc de la corniche. Les voitures produisaient un bruit de crachin monotone, en passant dans les flaques. Il sentit la mélancolie s'emparer de lui.

Quelqu'un frappa à la porte.

— Oui ! cria Fabio sans se lever.

Samantha entra. Elle avait les mains glissées dans les manches de son peignoir jaune et frissonnait.

— *Je m'ennuie*, constata-t-elle.

Fabio resta couché. Il devait faire triste figure, car elle demanda :

— Quelqu'un est mort ?

Elle n'avait pas posé la question sérieusement. Lorsque Fabio hocha la tête, elle tressaillit.

— De la famille ?

Fabio secoua la tête.

Samantha s'installa au bord du lit.

— Un ami ?

Fabio réfléchit.

— Il l'était autrefois. Avant de devenir l'ami de ma compagne.

— Il était malade ?

— Il s'est suicidé.

— Pourquoi ?

— Elle voulait le quitter.

— Alors c'est une vacherie.

Elle se leva et sortit de l'appartement. Puis elle revint et s'activa dans la kitchenette. Un peu plus tard, elle lui apporta un verre plein d'un liquide brunâtre et fumant.

— À boire lentement.

— Qu'est-ce que c'est ?

— Du punch.

— Avec ton rhum ?

Elle hocha la tête.

— Nous le buvons brûlant lorsque nous sommes tristes.

— Et froid ?

— Quand nous voulons être drôles.

Fabio se redressa et avala prudemment une gorgée. La boisson sentait l'alcool brûlant, avec un fond de sucre et de citron.

Samantha s'assit de nouveau sur le rebord du lit.

— Une fois, en Guadeloupe, j'ai plaqué un type. Il est arrivé le soir devant chez moi, il voulait entrer. Il criait : « Laisse-moi entrer ou je me suicide. » Je ne pouvais pas le laisser entrer, je n'étais pas seule. Il a crié la moitié de la nuit. « Laisse-moi entrer ou je me tue. » « Laisse-moi entrer ou je me tue. » Jusqu'à ce que j'en aie plein le dos et que je lui crie : « Laisse-moi dormir et suicide-toi ! »... Bois ton grog.

Fabio avala une gorgée.

— Et après ? demanda-t-il comme un petit garçon auquel on raconte une histoire avant de se coucher.

Samantha haussa les épaules.

— Après, il m'a laissé dormir et il s'est suicidé.

Fabio ne put s'empêcher de rire.

— Tu vois : il ne faut pas porter le deuil de gens qui se suicident parce que quelqu'un les a quittés. Ça ne se fait pas. Toi, tu ne t'es pas suicidé quand elle t'a quitté.

— C'est moi qui l'ai quittée.

— Mais tu me disais que c'était ton ami avant de devenir le sien.

— Exact.

— Tu l'avais quittée, et ensuite tu en as voulu à son nouvel ami ?

— Ça paraît bizarre, non ?

Elle tourna l'index sur sa tempe.

— Dans ce cas, pourquoi l'as-tu quittée ?

— J'ai oublié.

Samantha éclata de rire.

— Bois. Il faut boire chaud, sans ça on devient trop drôles.

Fabio but.

— Est-il vrai que vous payez les deux mille cinq cents francs de loyer en deux ou trois bonnes soirées ?

— C'est Fredi qui dit ça ?

Fabio hocha la tête.

— C'est vrai ?

— Les autres filles, oui.

— Et toi ?

— En une soirée.

Elle resta très sérieuse pendant un moment. Puis elle éclata de rire.

— Ton visage ! Tu devrais voir ton visage !

Fabio vida son verre. La pesanteur dans ses membres commençait à devenir plus agréable.

Samantha rapporta le verre dans la kitchenette et le rinça.

Il se leva et prit quelque chose sur la table.

— Ferme les yeux, ordonna-t-il lorsqu'elle revint.

Elle ferma les yeux. Il lui passa le collier de corail autour du cou et ouvrit la porte de l'armoire, celle où se trouvait le miroir.

— Maintenant.

Elle ouvrit les yeux et passa précautionneusement le bout du doigt sur les coraux. Ils avaient le même reflet mat que sa peau presque noire.

— Pour moi ?

Fabio hocha la tête.

— Des coraux ?

— De la Méditerranée.

— Chez nous aussi, il y a des coraux. Mais pas dans ce rouge-là.

— Ils appartenaient à une nymphe.

— C'est quoi, une nymphe ?

— Une jolie fille avec des ailes. Elle était l'amante d'Hercule. Lorsqu'elle est morte, il l'a enterrée dans le plus bel endroit du monde, auquel il a donné son nom. Amalfi. Tu as déjà entendu parler d'Amalfi ?

Samantha secoua la tête.

— D'Amalfi, non, mais d'Hercule, oui.

Elle prit la tête de Fabio entre ses mains et lui donna un long baiser.

— Trop de muscles.

— Moi ?

— Hercule.

— Vous sentez-vous aussi comme un nouveau-né ? demanda le docteur Loiseau en se dirigeant vers Fabio avec sa démarche de rameur.

Il portait une sorte de tenue de safari criblée de poches, avec une ceinture et des épaulettes cousues dans la veste. Fabio se demanda qui fabriquait des vêtements aux dimensions aussi gigantesques.

Il raconta ce qui s'était passé. Le docteur Loiseau écoutait par routine. À la fin, il commenta :

— L'homme que vous auriez adoré tuer vous a donc coupé l'herbe sous le pied.

— On peut voir les choses ainsi.

— Et vous, comment les voyez-vous ?

Fabio réfléchit.

— Comme une erreur de style.

— Vous donnez des notes de style aux suicides ?

Loiseau paraissait agacé.

— C'est la gifle ultime. Le dernier coup bas dans la lutte pour l'amour d'un être humain. Un manque d'égards inouï.

— Le suicide est la fin de tout égard. Y compris vis-à-vis de soi-même, d'ailleurs.

— Je n'en suis pas si sûr. Je crois que de temps en temps, ils sont tellement obsédés par l'idée de jouer un sale tour aux autres qu'ils oublient totalement qu'ils y passeront aussi à la même occasion.

— Vous me rappelez vos conducteurs de locomotives.

— Je les comprends mieux maintenant.

— Et si nous commencions nos exercices ?

Fabio hocha la tête.

Il arriva à joindre Sarah au bureau. On ne savait rien de nouveau, si ce n'est la cause de la mort et l'heure du décès. Noyade. Aux alentours de deux

heures du matin. Quatre heures après avoir appelé
Norina au téléphone pour la dernière fois.

— Qu'est-ce qu'il voulait ?

— Parler, parler, parler. Comme tous les amants
éconduits.

— Tu as parlé à Norina ?

— Oui. Brièvement. Au téléphone.

— Comment va-t-elle ?

— Elle a rendez-vous avec les parents de Lucas
aujourd'hui. Cela lui fait horreur.

— Et moi ? Je reste hors du coup ?

— Tu y restes.

— Sarah, si tu trouves dans ses dossiers des documents concernant un certain docteur Barth, tu me
préviens ?

— Pourquoi ?

— Ils sont à moi.

À la fin de la matinée, Fabio reçut un appel du
lieutenant Tanner. Il lui demanda s'il avait le temps
de passer à son bureau. Ils prirent rendez-vous pour
l'après-midi.

Fabio se rappelait que Tanner était un géant, et
que tout en lui était grand. Mais il avait oublié son
tic, ce clignement de l'œil involontaire et jovial.

— Mais vous avez bien meilleure mine qu'à
notre dernière rencontre, constata-t-il. (Il paraissait
sincèrement soulagé.) Comme je vous l'ai déjà indiqué au téléphone, les choses sont apparues sous un
nouveau jour.

Il ouvrit un classeur et chercha une feuille.

— Vous connaissiez Lucas Jäger, si je ne m'abuse.

— Vous vous occupez de son affaire ?

— Indirectement. Lorsque nous trouvons des

papiers d'identité sur un cadavre, nous transmettons des données à la centrale, et ils les injectent dans l'ordinateur. Là-bas, le nom de Lucas est apparu à propos d'une fausse alerte. Tous les appels à la centrale d'alarme font l'objet d'une fiche de routine et sont stockés pendant un certain temps.

— Vous n'êtes pas autorisé à raconter cela à un journaliste.

Tanner dévisagea Fabio, l'air effrayé.

— Vous avez vraisemblablement raison. Oubliez cet aspect, je vous prie. Il y a une autre chose intéressante. Et qui a frappé un autre collègue. Il s'agit du jeudi 21 juin ; la date vous dit certainement quelque chose. Vers quinze heures zéro huit, on a appelé une ambulance à la coopérative jardinière de la Forêt paisible. C'est une colonie de jardins ouvriers, au-dessus du terminus de trams de Wiesenhalde. L'auteur de l'appel était Lucas Jäger. Mais ensuite, il est venu à la rencontre de l'ambulance et a expliqué qu'il s'agissait d'une erreur. On a relevé son identité et on lui a envoyé une facture. Qu'il a payée immédiatement.

Fabio devait avoir blêmi, car Tanner demanda :

— Aimeriez-vous un café ? J'ai de l'espresso nature, de l'espresso crème, du cappuccino, du café crème, du café nature, du café au lait. Ou alors un verre d'eau ? Vous aimeriez un verre d'eau ?

Fabio lui fit le plaisir de lui commander un espresso nature. Tanner trouva des jetons dans le tiroir de son bureau et revint avec deux gobelets en plastique. Le café avait un bon goût étonnant.

— Nous savons aujourd'hui qu'un parent de M. Jäger possède un terrain à la Forêt paisible. Le « Gourrama ». Vous connaissez ?

— J'y suis déjà allé.

— Je sais que vous ne vous le rappelez pas, mais serait-il possible, en théorie, que vous vous y soyez aussi trouvé le 21 juin ?

Lorsque Tanner était parti chercher les cafés, Fabio avait déjà décidé de lui dire la vérité. Au moins en partie.

— J'y étais. Je le sais.

— Par Lucas Jäger ?

— Non, par une voisine.

— Vous auriez dû me mettre au courant.

— Je voulais d'abord parler à Lucas Jäger.

— Et alors ?

— Je n'en ai pas eu le temps.

Le lieutenant Tanner hocha sa grande tête.

— Quels étaient vos rapports avec Lucas Jäger ?

— Nous étions collègues. Et amis.

— Vous l'étiez encore le 21 juin ?

— Je le suppose, si j'étais là-haut avec lui.

— Mais plus tard, vous avez eu des divergences d'opinion ?

— Uniquement au moment où je suis sorti de l'hôpital et où j'ai constaté qu'il s'était mis en ménage avec ma compagne.

— Votre ancienne compagne.

— Oui.

— Cela aurait-il déjà pu être le motif d'une possible divergence d'opinions au... (il jeta un coup d'œil au classeur)... au Gourrama ?

Fabio leva les yeux, l'air désemparé.

— Il m'est sans doute difficile de l'exclure.

Tanner jeta son gobelet en plastique dans la corbeille à papier.

— Je vais vous dire tout simplement ce qui me passe par la tête : vous vous rendez au Gourrama, peut-être pour vous expliquer, peut-être pour travailler, peut-être juste comme ça. Vous vous disputez, peut-être à cause de votre compagne, peut-être pour autre chose. Vous en venez aux mains, vous vous battez. Vous tombez, par accident, ou bien il vous frappe le crâne avec quelque chose. Vous perdez connaissance, et il appelle une ambulance. Chacun de vous a un portable, je suppose.

— Il n'y a pas de ligne là-bas. Il faut marcher un peu en direction du cimetière.

— Vous voyez, ça, c'est une indication précieuse. Là, ça a un sens : il se rend à l'endroit où l'on a la ligne ; entre-temps, vous vous réveillez et vous fichez le camp. Lorsqu'il revient, vous avez disparu. Il renvoie l'ambulance. Vous errez autour du terminus de Wiesenhalde, nous connaissons le reste de l'histoire.

Ils restèrent tous les deux silencieux un instant. Jusqu'à ce que Fabio commente :

— Ça pourrait s'être passé comme ça.

— N'est-ce pas ? Mais voilà : pourquoi n'a-t-il rien dit ? Vous avez une explication à cela ?

— Il a peut-être laissé passer le bon moment. Et ensuite, il a constaté que je ne me le rappelais plus. Alors il a gardé ça pour lui.

Tanner secoua la tête, l'air désapprobateur.

— Pas très beau de sa part.

— Pas très, confirma Fabio.

— Avec un chagrin d'amour et une affaire comme celle-là sur la conscience, on peut être tenté, par une nuit comme celle d'hier, de sauter d'un pont.

Fabio lui donna raison.

20

Ils attendaient en petits groupes embarrassés, sous une forêt de parapluies, devant la chapelle numéro deux. Les plus proches parents s'étaient rassemblés sous l'auvent. Le père de Lucas, un homme grand et maigre dont les cheveux brillaient d'une teinte bleuâtre, se trouvait parmi eux, l'air étonné, comme s'il s'était trompé d'assemblée. La mère de Lucas, une femme rondouillarde et pleine de joie de vivre, le tenait par la main et le regardait de temps en temps, l'air inquiet. Elle était entourée de femmes et d'hommes de sa génération, sans doute ses frères et sœurs – les tantes et les oncles de Lucas. Fabio reconnut le frère aîné et la sœur cadette du défunt. Un autre homme, âgé, marchant avec des béquilles, lui parut lui aussi familier. Certainement le grand-oncle propriétaire du Gourrama.

Dans le no man's land qui séparait les parents des autres invités aux funérailles, on apercevait Norina et sa mère. Pendant un moment, Fabio crut qu'elle le regardait et qu'elle hochait la tête dans sa direction.

Toute la rédaction était là. Rufer s'était fait

accompagner par sa femme. Il portait un costume sombre et avait laissé repousser sa moustache. Sarah Mathey avait un chapeau à large rebord, Fabio faillit ne pas la reconnaître. Reto Berlauer avait noué une cravate sous son coupe-vent, et portait une gibecière en cuir, comme s'il était en reportage.

La maison d'édition était représentée par Koller, le chef du personnel. Certains journalistes d'autres titres du groupe étaient venus. Mais quelques concurrents avaient eux aussi fait le déplacement.

Il découvrit Marlène au milieu d'un groupe assez nombreux de journalistes. Elle était vêtue de noir, mais chez elle, ça ne ressemblait pas à une tenue de deuil. Elle regarda un bref instant dans sa direction avec un lent hochement de tête qu'il ne put interpréter. Cela ressemblait plutôt à un geste de reproche.

Puis elle replongea dans la conversation qu'ils menaient à voix basse, l'air grave. « Le contact avec les journalistes, c'est mon métier », lui avait-elle expliqué un jour.

Les invités s'approchèrent timidement de l'entrée, secouèrent leurs parapluies et défilèrent devant les parents pour leur présenter leurs condoléances.

Lorsque Fabio voulut tendre la main à la mère de Lucas, elle le prit dans ses bras et le serra fort. Il la tint lui aussi et compta les secondes avant qu'elle ne le relâche.

— C'est Fabio, rappela-t-elle à son mari lorsque Fabio lui tendit la main.

Le père de Lucas ne se rappelait pas.

— Le meilleur ami de Lucas, compléta-t-elle.

La chapelle numéro deux ne contenait pas de

symboles religieux. Une composition florale, des deux côtés du pupitre, et une bougie terne, sans flamme : c'est tout ce que l'on avait admis pour exprimer la solennité du moment. Fabio se demanda si l'administration du cimetière avait élaboré des numéros de code désignant les différents degrés d'équipement religieux des lieux, et s'il y avait déjà eu des confusions.

Il faisait froid dans la chapelle. La faible lumière de cette journée pluvieuse perçait à travers des vitraux constructivistes. Le seul objet qui dégageât un peu de chaleur était la petite lampe de lecture sur le pupitre.

La cérémonie commença par un solo de violoncelle. Fabio se rappelait qu'un jour, Lucas s'était dit athée. Il n'avait jamais mentionné un goût quelconque pour la musique de violoncelle atonale.

Après l'intermède musical, le frère de Lucas s'installa nerveusement au pupitre et lut une nécrologie. Puis on entendit de nouveau le violoncelle.

La sœur de Lucas lut quelque chose en quoi Fabio, tout à la fin, reconnut un poème de Gottfried Benn. Elle demanda à l'assistance de consacrer la minute de silence qui suivrait à la mémoire de Lucas. Fabio dit un Notre Père et un Ave Maria, et remercia le bon Dieu d'être né catholique.

Un autre morceau de violoncelle annonça la fin de la minute de silence. Au beau milieu, quelqu'un éclata en sanglots bruyants.

Fabio, assis trois rangées derrière le père de Lucas, avait eu constamment sa silhouette devant les yeux ; même assis, il dépassait tous les autres. Au début, il avait encore regardé de temps en temps autour de lui, étonné. Puis la silhouette s'était totalement immobilisée.

À présent, elle était secouée de larmes convulsives et incontrôlables.

Fabio eut le temps de voir des bras de femmes se poser, des deux côtés, autour des épaules qui tressaillaient. Puis ses yeux s'emplirent brusquement de larmes.

Il tenta d'abord de les contenir. Mais le premier sanglot jaillit bientôt de sa poitrine. Fabio pleurait sans frein, comme un enfant désespéré. Il ne savait pas si c'était par tristesse pour Lucas, à cause de cette cérémonie maladroite, ou parce que lui-même se sentait mortel.

Il ne vit pas l'assistance se lever et quitter la pièce en lui lançant des coups d'œil curieux. Il perçut simplement l'instant où quelqu'un, à côté de lui, posait son bras sur ses épaules et lui passait des mouchoirs en papier.

Lorsqu'il se fut un peu repris, il constata que c'était Sarah qui s'occupait de lui.

Il se moucha.

— Et merde.

Sarah hocha la tête.

— Où sont-ils tous ?

— Devant la tombe.

— Et toi ?

— Ravie d'avoir un prétexte pour y couper.

— Je ne sais pas ce qui m'est arrivé.

— Si l'on n'a plus le droit de pleurer aux enterrements...

— Si jamais la question devait se présenter, Sarah, et que tu sois dans le coup : je veux un prêtre, des enfants de chœur, de l'encens et un peu de latin.

— Allons, sortons d'ici.

Un dernier parapluie était planté dans le pot, à l'entrée de la chapelle. Sarah le déplia. On y lisait les mots « Temps de merde ».

— Pas très adéquat, je sais. Je n'en ai pas trouvé d'autre. Ils ont réservé une table au *Sonnenfels*. Tu veux y aller avec moi ?

— Un repas d'enterrement ? Je crois que je ne tiendrai pas le coup. Ça aura l'air idiot que je ne m'y montre pas ?

Sarah sourit :

— Avec les sanglots que tu as émis tout à l'heure, personne ne pourra t'en vouloir.

Protégés par le parapluie inadéquat, ils se dirigèrent vers la voiture de Sarah.

— Ça n'est pas très respectueux, mais je te pose tout de même la question : avez-vous déjà fait l'inventaire de ses affaires ?

— Juste superficiellement.

— Rien sur un certain docteur Barth ?

— Le grand coup ?

— Exactement.

— À quoi ça ressemble ?

— À un cours de sciences. Des notes, des statistiques, des comptes rendus.

— Si nous trouvons quelque chose, je te tiens au courant. Mais je ne pourrai pas le faire sortir, tu en es bien conscient ?

— Oui.

Elle était déjà derrière son volant lorsqu'il demanda :

— Je dois toujours rester à l'écart ?

— Oui. Laisse-lui du temps.

Il n'eut pas à laisser beaucoup plus de temps à Norina.

Assis devant son ordinateur, il vérifia sa boîte aux lettres électronique. Il n'avait qu'un seul message. Bianca Monti en était l'auteur. Il l'avait eue au téléphone à la fin de la semaine, et l'avait convaincue d'aller ouvrir la boîte électronique du docteur Barth, pour vérifier si elle pouvait trouver des adresses e-mail de ses collègues. Elle lui avait répondu :

Cher Fabio,

J'ai regardé et je n'ai rien trouvé. On dirait qu'il avait effacé tous ses fichiers. Hier, dans Dimanche Matin, *j'ai lu la nécro d'un de tes collègues. Tu le connaissais bien ?*

Un de ces jours, donne de tes nouvelles pour autre chose que le boulot.

Bianca

Il allait lui répondre quelques mots lorsqu'une sonnerie retentit. Dans un premier temps, il ne comprit pas le nom que la voix de femme criait dans l'interphone bourdonnant.

— Qui ?

— Norina !

Il appuya sur la clenche électrique, ouvrit la fenêtre en grand et lissa le dessus-de-lit. La sonnette tinta une fois de plus. Il ouvrit la porte. Personne. Il appuya sur le bouton de l'interphone.

— Oui ?

— Quel étage ?

— Ah, oui. Deuxième, appartement huit.

Il vida le cendrier et rangea les vêtements posés sur le fauteuil.

La porte de l'ascenseur grinça. Il jeta un coup

d'œil au miroir de la salle de bains, se passa les doigts dans les cheveux et ouvrit.

Il n'y avait pas de lumière dans le couloir. Fabio vit seulement la mince silhouette se découper dans la clarté de l'ascenseur, qui redescendait déjà. Il appuya sur l'interrupteur, mais rien ne se passa.

— J'ai déjà essayé. Apparemment, il est fichu, fit la voix de Norina.

Elle avança vers lui, passa dans la lumière qui s'échappait dans le couloir depuis l'appartement de Fabio, et lui tendit la main. Elle portait toujours le costume gris de l'enterrement.

Lorsqu'elle passa devant lui pour entrer, il sentit une odeur de cigarettes et de frites. Il lui prit son parapluie dégoulinant, chercha un endroit approprié et se décida pour l'évier.

Les yeux de Norina brillaient, et son haleine sentait le vin.

— Il faut que je te parle de Lucas.

— Tu veux boire quelque chose ?

— Qu'est-ce que tu as ?

— Eau, Coca, jus de fruits, bière sans alcool. Vin rouge.

Elle hocha la tête.

— Je reste au rouge.

Le barolo était le vin préféré de Norina. Fabio l'avait acheté précisément pour cette occasion improbable. Il apporta la bouteille et un verre pris dans la kitchenette.

— Et toi ?

Fabio désigna sa tête et dit bravement :

— Je ne devrais pas.

— Tu m'as bien parlé de ce reportage que Lucas

t'aurait volé. (Elle but distraitement une gorgée.) Je lui avais posé la question.

— Et alors ?

— Il ne voulait pas en parler. Les seuls mots qu'il a dit à ce propos étaient : Fabio se trompe.

— Sur quel point ? Sur l'existence de cette histoire ? Sur le fait qu'il avait piqué mes documents ? Et qu'il étouffait l'affaire ?

— Je le lui avais aussi demandé. Il n'avait pas voulu me le dire. Il ne le pouvait pas.

— Les faits plaident en faveur de ma version. Surtout maintenant. À l'heure actuelle, la police considère que... Mais oublions ça.

— Dis-le.

— Le jour où j'ai été admis à l'hôpital, on nous avait vus au Gourrama, Lucas et moi. Une heure avant que l'on m'ait recueilli, hébété, au terminus de Wiesenhalde, Lucas a appelé une ambulance, puis l'a renvoyée.

Norina dévisagea Fabio, elle paraissait ne pas comprendre.

— On est forcé de considérer, expliqua-t-il, que Lucas a été la cause de ma blessure.

— Tu veux dire que c'est lui qui t'a assommé ?

— Ça n'est pas moi qui le pense, c'est ce que soupçonne la police.

— Tu dérailles. Lucas était à moitié mort d'inquiétude pour toi.

— Ça n'était peut-être pas intentionnel. Il m'a peut-être poussé, et je suis mal tombé.

— Mais il aurait certainement dit quelque chose. Il ne t'aurait tout de même pas rendu visite à l'hôpital sans dire quelque chose.

— Il en avait peut-être l'intention. Mais ensuite,

quand il a vu que je ne me souvenais plus de rien, il l'a gardé pour lui.

Norina secoua la tête.

— Lucas n'aurait jamais fait une chose pareille.

— Parfois, on se retrouve coincé. N'oublie pas que la tentation était grande. Cette histoire est un scoop en or. Des prions dans le chocolat !

Norina vida son verre. Fabio la resservit.

— Même si c'était vrai, réfléchissait-elle, il aurait publié cette histoire aussi vite que possible. Pourquoi se serait-il fait payer pour ne pas la sortir ?

— Tout dépend de la somme. Je pourrais imaginer que Lemieux a une caisse noire bien remplie pour ce genre de cas.

Elle secoua résolument la tête.

— Lucas était beaucoup trop honnête.

— L'utilisation malhonnête de ce que l'on a acquis malhonnêtement a au moins le mérite de la cohérence.

Norina porta le verre à ses lèvres, mais elle ne but pas.

— Crois-tu que quelqu'un l'ait tué ?

L'idée n'était pas totalement étrangère à Fabio. Mais il secoua la tête.

— Pour quelle raison l'aurait-on fait ?

— Justement parce qu'il ne s'était *pas* laissé acheter.

— Je suppose que la médecine légale peut vérifier si quelqu'un a sauté ou si on l'a aidé.

— Elle le pourrait peut-être. Mais elle ne cherche pas. La police a un motif de suicide. (Ses yeux s'emplirent de larmes.) Moi.

Norina se mit à pleurer.

— Tu as des mouchoirs en papier ?

Fabio courut à son placard et n'en trouva pas,

chercha dans la salle de bains et n'en trouva pas. Il revint finalement avec un rouleau de papier toilette. Il s'accroupit devant le fauteuil et découpa des feuilles de papier, trois couches chaque fois.

— Il faut que tu racontes cette histoire à la police, laissa-t-elle échapper.

— Il me faut des preuves.

— S'il en avait, elles sont dans ses affaires.

— Et où sont-elles ?

— Chez moi. Il était... Il était en train de s'installer chez moi lorsque j'ai compris que ça ne fonctionnerait pas.

Cet aveu l'empêcha de prononcer le moindre mot supplémentaire. Fabio continua à l'approvisionner en papier. Lorsqu'il avait une main de libre, il lui caressait les cheveux pour la consoler.

Il resta ainsi accroupi devant elle jusqu'à ce qu'elle ait cessé de pleurer. Il roula le tas de papier en boule, le jeta à la poubelle et passa à la salle de bains Lorsqu'il revint, Norina était sur le lit.

— Juste pour un moment, dit-elle.

Assis sur la chaise de son bureau, Fabio regardait Norina dormir. Il avait fermé la fenêtre et craignait, à chaque bruit venu de la rue, qu'elle ne se réveille.

Près de deux heures plus tard, il se leva doucement, lui ôta ses chaussures et la couvrit. Il éteignit toutes les lumières, sauf la lampe du bureau.

Un peu plus tard, il passa à la salle de bains, se brossa les dents, laissa la lumière allumée et la porte ouverte, et éteignit la lampe de bureau. Il ôta ses chaussures et s'étendit précautionneusement à côté de Norina.

Il écoutait son souffle tranquille, et osait à peine inspirer. Il resta là, couché, en espérant que le jour ne se lèverait jamais.

À en juger par la circulation clairsemée, il était déjà tard lorsqu'il entendit que le souffle de Norina s'était transformé. Elle devait être réveillée, et cherchait certainement à retrouver ses esprits. Elle se leva sans faire de bruit. Fabio fit semblant de dormir. Il l'entendit passer à la salle de bains. Lorsqu'elle ressortit, il vit, à la lumière qui filtrait par la porte ouverte, qu'elle avait ôté son tailleur. Elle ne portait plus que sa culotte et un corsage à bretelles. Elle se glissa de nouveau dans le lit.

Fabio se réveilla et sentit le sein de Norina dans sa main gauche. Il n'osa pas bouger.

Millimètre par millimètre, il déplaça sa main du sein gauche au sein droit. Il sentit leur pointe devenir dure.

Alors seulement, il ouvrit les yeux. Lorsqu'ils se furent habitués à la faible lumière, il vit qu'elle le regardait. Il se pencha sur son visage et l'embrassa.

Elle répondit par un baiser désespéré.

— Ça n'est pas bien, ce que nous faisons, gémit-elle à un moment.

— Non, ça n'est pas bien, fit-il le souffle court.

Fabio était couché sur le dos, Norina était collée contre son flanc. Le soir tombait. Il entendait le bruit des moineaux et le roulement de tambour de la pluie sur la tôle de la fenêtre.

— Sais-tu qu'hier, c'était la première fois que je te voyais pleurer ? chuchota Norina.

Il la serra un peu plus contre lui.

Peu avant sept heures, Fabio se leva et prépara du thé. Lorsqu'il voulut le lui apporter au lit, Norina s'était levée.

— Nous tournons à neuf heures, et il faut que je passe me changer à la maison, expliqua-t-elle.

— Je fais un bout de chemin avec toi, j'ai une séance de tai-chi.

— Tu fais du tai-chi ?

— À titre thérapeutique. Pour retrouver mon équilibre.

Sous la douche, il lui sembla avoir entendu sonner. Lorsqu'il sortit de la salle de bains, Norina eut un sourire étrange.

— Une jeune femme noire est passée. Elle venait te dire au revoir, elle passe le mois prochain à Munich.

— C'est une danseuse venue de Guadeloupe.

— Quel genre de danseuse ?

— Le genre que tu supposes.

— Elle est superbe.

— Quand on aime ce genre-là.

— Et elle portait ton collier de corail.

Lorsque leurs chemins se séparèrent, Fabio demanda :

— Et maintenant ?

Norina haussa les épaules, désemparée.

— Si tu veux, je t'aide à inspecter les affaires de Lucas. Je sais ce que nous cherchons.

Norina hésita.

— Je t'appelle.

Ils ne savaient pas s'ils devaient s'embrasser ou non, et firent quelque chose d'intermédiaire.

Au tai-chi, cette fois-ci, Fabio réussit tout, presque sans vaciller : la mouette déploie les ailes ; attraper l'oiseau par la queue ; jouer du luth ; enlacer le tigre et revenir à la montagne ; mains de nuage à gauche ; mains de nuage à droite ; et la princesse de jade devant son métier à tisser.

Seul le fouet assis et la poussée vers les sept étoiles le firent encore tanguer un peu.

À la fin du cours, François Tisserand le prit à part.

— Monsieur Rossi, dit-il, solennel, je crois que vous êtes en bonne voie de retrouver votre centre.

Fabio hocha la tête.

— N'est-ce pas ?

Plus tard, sous la douche brûlante, il pensa à Norina et savoura la sensation agréable en son centre.

Il avait cessé de pleuvoir. Une déchirure dans la chape de nuage laissait le soleil de juillet briller sur la ville trempée. Fabio passa devant le cabinet du docteur Loiseau et alla chercher son vélo dans la cave. Quelques centaines de mètres plus loin, il avait retrouvé au guidon ses impressions d'autrefois. Il se faufilait dans les embouteillages comme s'il n'avait jamais eu de problèmes d'équilibre.

La résidence Florida n'avait pas de local à vélos. Il déposa sa bicyclette dans le petit hall d'entrée, à côté de l'ascenseur, et prit l'escalier. Il comptait se coucher un petit quart d'heure dans le lit défait, et respirer l'odeur de Norina.

Mme Mičič était passée dans l'appartement, et avait changé les draps du lit. Elle avait déposé dessus le linge repassé, et un petit morceau de papier indiquant seulement : « 34,00 ».

Fabio maudit le sens de l'ordre des Serbes et s'installa à l'ordinateur. Il avait relevé les noms des spécialistes de l'immuno-essai qu'il avait rencontrés le plus souvent, et tentait à présent de découvrir leurs adresses électroniques. Pour la plupart d'entre eux, il y arriva du premier coup. Il leur écrivit à tous un message identique.

Objet : legs du docteur Andreas Barth
Monsieur,
Nous avons trouvé votre nom en reconstituant les travaux de recherche du docteur Barth. Le docteur Barth est décédé au mois d'avril de cette année. Au cours des derniers mois de sa vie, il avait mené des recherches intensives sur un projet de technique d'immuno-essai. Vous êtes l'un des spécialistes les plus en pointe dans ce domaine. Si vous aviez été, pour cette raison, contacté par le docteur Barth, nous vous serions reconnaissant de bien vouloir envoyer un bref message au soussigné.
Avec nos salutations les plus distinguées,
Fabio Rossi

Fabio réprima – cela faisait combien de fois, déjà, aujourd'hui ? – une irrépressible envie d'appeler Norina. Il descendit et alla se brûler le palais chez le marchand de pizzas, en face. Le temps semblait toujours indécis. Des nuages poivre et sel se couraient après sur un ciel d'un bleu timide. Pris d'allégresse, Fabio se laissa entraîner dans une discussion de spécialistes avec le vendeur kurde sur la consistance des fonds de pizza.

Lorsqu'il rentra, un quart d'heure plus tard, dans

le hall du Florida, son vélo n'avait plus la même allure. Il alluma la lumière. Le pneu avant était crevé. Le pneu arrière aussi. Il examina les dégâts de plus près.

Quelqu'un avait ouvert chaque pneu sur le côté avec un couteau et avait glissé un objet allongé dans la fente. Il l'en sortit. C'étaient deux barres de chocolat. Des Chocoforme.

Le cœur de Fabio battait la chamade. Il était revenu dans son appartement, il tentait de se raisonner.

Une plaisanterie de gamin. Du vandalisme. De l'humour local. Une confusion. Chocoforme était l'une des barres chocolatées les plus vendues. Si quelqu'un trouvait amusant de planter deux barres chocolatées dans les roues d'un vélo, il était très probable qu'il choisisse Chocoforme. Un hasard. Quelqu'un s'était permis une mauvaise blague.

Quelqu'un qui disposait des clefs de l'immeuble ?

Ça n'était pas nécessaire. À cette heure-là, toutes les filles étaient chez elles. Pour entrer, il suffisait d'appuyer sur n'importe quel bouton et de crier « Courrier ! » dans l'interphone.

Fabio se tranquillisa peu à peu. Objectivement, rien n'était si grave que cela. Ce qui le consternait relevait de l'émotif : l'agressivité — il fallait un couteau très bien affûté et un geste très brutal pour déchirer le flanc de deux pneus tout-terrain, en caoutchouc armé et pratiquement neufs ; la perversité — deux barres chocolatées coincées dans les pneus béants d'un vélo ; et la transgression de sa sphère personnelle. On avait ostensiblement profané quelque chose qui appartenait à son univers privé.

Il alluma une cigarette et alla à la fenêtre. À l'extérieur, c'était la circulation normale de l'après-midi. Quelques passants marchaient devant l'immeuble. De l'autre côté de la rue se trouvait un homme en manteau clair, qui levait les yeux vers lui.

Fabio s'éloigna de la fenêtre. Que devait-il faire ?

Appeler la police ? Pour raconter quoi ? Que quelqu'un lui avait enfoncé deux Chocoforme dans les pneus ? Qu'il s'agissait d'une tentative d'intimidation organisée par une multinationale de l'alimentation ?

Il sut tout d'un coup ce qu'il devait faire : en garder des traces. Il alla chercher son petit appareil photo dans le bloc à tiroirs de son bureau, y chargea un film et descendit l'escalier sans faire de bruit.

Entre le premier étage et le rez-de-chaussée, la lumière s'éteignit dans la cage d'escalier. Fabio remonta les quelques marches qui le séparaient du palier. Il n'avait aucune envie d'arriver dans la pénombre au niveau de la rue. Il appuya sur l'interrupteur. Au même instant, il entendit la porte de l'immeuble se refermer.

Prudemment, le doigt sur le déclencheur de son appareil, il descendit l'escalier.

Le hall était vide. Le vélo n'était plus là.

Lorsque Fabio revint dans l'appartement, son portable sonna. Le lieutenant Tanner.

— Comment allez-vous ? demanda-t-il avec son empathie habituelle.

— On vient de me piquer mon vélo.

— Vous êtes assuré ?

— Je crois bien.

— Alors portez plainte. Il faudrait vraiment que vous manquiez de chance pour qu'on le retrouve.

Fabio abandonna son projet de mettre la police au courant.

— Monsieur Rossi, je suis forcé de vous déranger encore une fois. Nous avons relevé quelques traces dans la cabane de l'oncle de M. Jäger, et nous aurions besoin que vous nous fournissiez un peu de matériau de référence.

— Qu'entendez-vous par là ?

— Des empreintes de doigts, des prélèvements de sang et de cheveux. Simplement pour boucler les dossiers. Nous y avons trouvé un manche de pelle avec un peu de sang et des cheveux. Des cheveux roux, d'ailleurs.

— Quand dois-je passer ?

— Dites-moi quand ça vous conviendra, et j'essaierai d'obtenir un rendez-vous au laboratoire.

Fabio lui proposa de venir d'ici une heure. Tanner le rappela et lui annonça qu'on l'attendait une heure et demie plus tard.

Il était heureux de sortir de l'appartement. Et d'avoir un bon prétexte pour appeler Norina.

C'est son répondeur qui décrocha. Fabio laissa un message : « J'ai dû aller au laboratoire de la police pour un prélèvement d'échantillons de sang et de cheveux. L'arme du crime a été retrouvée au Gourrama. Rappelle-moi dès que tu peux. »

Norina le rappela avant qu'il n'ait quitté le laboratoire.

— Je suis encore à la police. Laisse ton portable branché, je rappelle dans... (Il lança un regard interrogateur à la laborantine.)

— Dix minutes, dit-elle.

— ... dans dix minutes.

Lorsqu'il rappela, elle décrocha immédiatement.

— C'était quoi, l'arme du crime ? demanda-t-elle d'abord.

— Un manche de pelle. À peu près certain. On a retrouvé des cheveux collés dessus. (Pause.) Roux.

À l'autre bout du fil, il y eut un long moment de silence. Puis Norina dit :

— Je ne peux pas y croire.

— Moi non plus. Par honnêteté, il faut attendre les résultats du laboratoire. Mais je te l'ai dit, ce sont des cheveux roux.

Elle resta longtemps sans rien dire. Puis :

— Tu m'avais bien proposé de m'aider à inspecter ses affaires ? Quand aurais-tu le temps ?

— Le plus tôt sera le mieux.

— Ce soir ? Vers sept heures ?

— J'apporte quelque chose à manger.

Grazia Neri était toujours remontée contre Fabio. Mais au moins, elle s'abstint de lui sourire. « *È un peccato !* » avait été son seul commentaire désapprobateur à propos de Lucas. Elle voulait parler du péché mortel que constituait le suicide.

Fabio se fit servir par la vendeuse une livre de raviolis à la ricotta frais, du beurre salé, de la sauge, un morceau de parmesan, du jambon de Parme et deux bouteilles de barolo. Il choisit lui-même le melon. Sur l'éventaire, devant la boutique, il en huma cinq avant d'en élire un.

Pendant que la vendeuse emballait ses achats, Grazia l'interrogea sur l'enterrement.

— Il y avait beaucoup de monde ?

— Pas mal.

— Une belle cérémonie ?

— Ça allait.

— Catholique ou protestante ?

— Ni l'un, ni l'autre.

— Juive ?

— Ça n'était pas une cérémonie religieuse.

— Qu'est-ce que c'est que ça ? demanda Grazia, effarée.

— Ça n'est pas simple, Grazia.

— Je veux bien le croire.

Lorsque Fabio se retrouva de l'autre côté de la rue, devant la porte de l'immeuble de Norina, Grazia secouait toujours la tête.

Ou bien elle avait recommencé à la secouer.

Norina l'attendait devant la porte entrouverte de l'appartement. Elle était livide. Les cernes autour de ses yeux s'étaient encore assombris d'un ton. Elle l'invita à entrer, un sourire grave aux lèvres.

Fabio essaya de ne pas regarder autour de lui. Mais il sentait la transformation. Le miroir au-dessus de la commode avait été remplacé par une affiche de cinéma. Un portemanteau chromé se dressait à côté de la porte. On avait arraché la moquette, avant de poncer à neuf et de vitrifier le parquet.

Il déposa ses courses dans la cuisine. Apparemment, on n'y avait rien changé. Hormis un presse-oranges à côté de la machine à espresso.

La porte donnant sur le petit balcon de la cuisine était ouverte. Trois jardinières de chanvre s'y serraient. Les plantations de Lucas. C'était un fumeur du dimanche. Et il ne s'agissait pas de se prouver qu'il n'était pas un petit-bourgeois, contrairement à ce que lui soutenait Fabio.

Il déballa ses achats et commença à découper le melon. Norina se chargea de trier les déchets. Le papier avec le papier, le plastique à la poubelle, les pépins de melon au compost. Elle portait une jupe étroite qui lui descendait aux genoux, des chaussures plates et un pull-over en laine, large et fin, sous lequel un sein se dessinait de temps en temps, lorsqu'elle se déplaçait. Le tout dans des tonalités qui voulaient, autant que possible, ne rien avoir à faire avec le noir.

Fabio découpa les bords de gras autour du jambon, roula les tranches et les déposa sur les deux assiettes avec les tranches de melon. Puis il voulut ouvrir le vin.

— Uniquement si tu en bois, fit Norina. J'ai eu ma dose hier.

Fabio reposa la bouteille sur la table de la cuisine. Il coupa le beurre en morceaux, le jeta dans une petite poêle qu'il posa sur une plaque de cuisson. Il lava la sauge et l'effeuilla dans le beurre qui fondait lentement.

Ils étaient assis à la table de la cuisine et mangeaient l'entrée. Ni elle, ni lui ne voulait prononcer un mot déplacé. Le parfum du beurre à la sauge se répandit dans la pièce.

Après le repas, Norina le conduisit dans la chambre qui avait, jadis, été celle de Fabio. On y trouvait à présent un bureau, une chaise et un fauteuil qu'il avait déjà vu dans l'appartement de Lucas. On avait disposé autour quelques cartons, certains vides, certains pleins, d'autres à moitiés vidés ou déjà à demi remplis. Posés contre un mur, les étagères et les montants d'une bibliothèque démontée.

Ils déposèrent au milieu de la chambre un carton de livres vide et commencèrent à le remplir avec tout ce qui traînait autour d'eux. Lorsque plus rien ne traîna plus, ils déballèrent le contenu du carton.

Chaque feuille, chaque note, chaque coupure de presse, chaque justificatif, chaque manuscrit, tout ce que l'on peut collecter en une brève vie de journaliste fut, sans doute pour la dernière fois, jugé suffisamment important par deux êtres humains pour être pris en main, observé, jugé et mis de côté.

Bien après minuit, ils étaient encore assis par terre et faisaient le tri dans le legs de Lucas Jäger. À chaque heure qui passait, c'était comme si la présence du mort dans la pièce augmentait, et avec elle l'effarement de Fabio, qui constatait l'importance qu'il avait eue dans la vie de Lucas. Il tomba sur des dossiers entiers contenant des copies d'articles de Fabio Rossi ; il trouva des notes manuscrites de Fabio Rossi sur des couvercles de bière et des notes de restaurant ; des Post-it portant des sentences idiotes que Fabio avait collés sur l'écran de Lucas ; des notes de Fabio Rossi en marge de manuscrits de Lucas Jäger ; des photos de Fabio Rossi avec Lucas Jäger, des photos de Fabio Rossi avec Norina Kessler.

Aucune trace des carnets du docteur Barth.

Lorsqu'ils éteignirent la lumière dans la chambre et refermèrent la porte, Norina dit :

— Maintenant, je pourrais supporter un verre de vin.

Fabio déboucha la bouteille et remplit deux verres à ras bord. Ils s'installèrent à la table de la cuisine et levèrent leur verre.

— À Lucas, dit Norina.

— À Lucas.

Ils burent en silence.

Au bout d'un long moment, Fabio finit par dire :

— Je ne savais pas que j'étais aussi important pour lui.

Norina hocha la tête.

— Fabio a dit, Fabio pense que. Fabio a toujours fait comme ça. Fabio ceci, Fabio cela.

— Ça te tapait certainement sur le système.

— Quand nous nous disputions, c'était le plus souvent à ton sujet. Ta métamorphose l'avait ahuri. Pour lui, c'est un monde qui s'effondrait. Et malgré tout, il n'a pas dit un mot de travers à ton propos.

Norina prit une gorgée. Elle avait repris un peu de couleurs.

— Sais-tu que nous nous sommes disputés parce que je refusais d'aller te rendre visite à l'hôpital ? Il me faisait la leçon lorsque je ne prenais pas tes appels, lorsque je ne réagissais pas à tes messages. Je crois qu'il aurait préféré m'installer lui-même dans ton lit.

— Étrange.

— Il a dit un jour que tu avais bénéficié du miracle de la deuxième chance. Et qu'il n'avait pas le droit de l'anéantir.

— Le miracle de la deuxième chance. Et c'est un athée qui disait cela ! (Il remplit les verres.) *For the road.*

— Tu es venu à vélo ?

Fabio se demanda s'il devait lui raconter la vérité, mais il se contenta de dire :

— On me l'a volé.

— Ton vélo en aluminium, celui qui valait une fortune ?

— La rue des Étoiles n'est pas un bon coin pour les vélos en aluminium qui valent une fortune.

Norina hésita.

— Tu peux aussi dormir ici.

Fabio la regarda dans les yeux et répondit :

— Je le ferais volontiers.

— Sur le canapé des invités, OK ?

— OK, répondit Fabio, comme s'il n'avait jamais rien envisagé d'autre.

— Ce qui s'est passé hier... (elle réfléchit)... c'était un acte de désespoir provoqué par l'alcool.

— J'ai trouvé ça beau.

— Un bel acte de désespoir provoqué par l'alcool.

Lorsqu'ils installèrent ensemble la literie du canapé, Norina dit :

— Ces deux derniers jours, il logeait en haut, au Gourrama. Les documents sont peut-être là-bas, avec ses affaires. Tu veux que nous allions voir, demain ? Je ne tourne pas l'après-midi. Fête nationale.

Il insista pour qu'elle passe la première dans la salle de bains. Il se posta à la fenêtre ouverte et regarda dans la nuit. L'alignement d'immeubles, de l'autre côté, était plongé dans le noir. Seule la vitrine de la Pizzicheria Neri était éclairée. Pour dissuader les cambrioleurs, conformément à la théorie de feu Lino Neri.

Norina sortit de la salle de bains.

— Je t'ai préparé une serviette-éponge et une brosse à dents.

Ils se souhaitèrent une bonne nuit en se faisant la bise. Elle sentait le dentifrice et sa crème mystérieuse.

— Si nous trouvions les preuves, la police serait forcée de vérifier aussi l'hypothèse du meurtre ?

— Certainement.

— Imagine qu'il ait été assassiné, alors que je croyais avoir son suicide sur la conscience.

— Personne n'a le suicide d'un autre être humain sur la conscience.

Le lendemain matin, peu après sept heures, Fabio était déjà dans la boutique de Grazia Neri. Elle le toisa, écœurée.

— *È un peccato.*

Cette fois, elle voulait parler du péché consistant à passer la nuit chez une veuve de la veille.

Mais elle lui donna de son café noir et suave, et un toast avec une tranche de salami.

— Du jambon, vous en avez eu hier, nota-t-elle d'une voix réprobatrice.

Lorsque Fabio entra dans le hall de la résidence Florida, son vélo était revenu à son endroit habituel.

Il s'approcha prudemment. Les pneus étaient flambant neufs et gonflés à bloc.

Il remonta l'escalier aussi vite qu'il le pouvait et s'enferma dans son appartement. Les deux mains appuyées sur la table, il attendit jusqu'à ce qu'il ait retrouvé son souffle.

Il ne savait pas ce qui l'effrayait le plus : la mutilation de son vélo, ou son retour dans son état d'origine. On aurait dit que quelqu'un voulait lui montrer qu'il pouvait entrer et sortir de chez lui comme il le voulait, et utiliser à son gré ce qui lui appartenait. Y compris sa propre personne ?

Il ne se détendit que sous la douche, où les caprices du mitigeur lui apportèrent une distraction. Il trouva une explication anodine à l'incident : un enfant avait voulu lui faire une blague en sabotant son vélo, et les parents avaient réparé sa sottise avant que cela ne pose des problèmes.

Plus il y réfléchissait, plus cette version lui paraissait plausible. Et lorsqu'il crut sentir la vibration des têtes de son rasoir sur sa lèvre supérieure droite, il parvint même à recentrer de nouveau ses pensées sur Norina. Instantanément, il se sentit mieux.

Ils allaient revenir l'un vers l'autre. Tout l'annonçait. Cela ne serait peut-être pas aujourd'hui, ni demain. Mais bientôt. Elle participerait à son oubli et lui donnerait une deuxième chance. La grâce de la deuxième chance.

Il s'habilla et alluma l'ordinateur portable. Trois réponses à l'appel qu'il avait lancé l'attendaient dans sa boîte électronique. Deux d'entre elles exprimaient le regret de ne pouvoir lui venir en aide : leurs auteurs n'avaient jamais eu de contact avec le docteur Barth.

Le troisième message était le suivant :

Cher Monsieur Rossi,
Suite au message que vous avez adressé au professeur Weider, je vous prie d'entrer en contact avec moi dès que vous aurez lu ces lignes.
Avec mes salutations les plus cordiales,
Duliman Boswell

On lisait ensuite le numéro d'un portable ; Fabio le composa aussitôt.

— Oui ? fit une voix.

— Monsieur Boswell ?

— Oui.

— Fabio Rossi. J'ai reçu un message de votre part. Il s'agit du docteur Barth.

— Ah oui, monsieur Rossi. Merci de rappeler aussi vite. Nous pouvons nous rencontrer ? J'ai des informations importantes sur le sujet qui vous occupe.

— Volontiers. Quand ? Où ?

— Vous connaissez le *Blue Nile* ? C'est bien tranquille à cette heure-là.

— Mais réservé aux membres.

— Donnez-leur mon nom si vous y êtes avant moi. D'ici une demi-heure, c'est possible ?

Fabio glissa deux blocs sténo et le magnétophone dans sa poche et se lança sur son vélo aux pneus neufs.

C'était une journée douce, gris clair, qui n'avait pas encore décidé si elle devait rester sèche. Fabio roulait dans la circulation indolente de ce jour férié, et pensait à son interlocuteur. Quelque chose dans sa voix l'avait déconcerté : il avait l'impression de l'avoir déjà entendue.

La décoration du *Blue Nile* correspondait sans doute au tableau que l'architecte d'intérieur s'était fait d'un club d'officiers anglais au Caire, à l'époque des colonies. Beaucoup de cuir, du laiton et de l'acajou. Des casques coloniaux, des copies d'antiquités, des photographies coloriées datant des années 1920 :

voyages sur le Nil, fouilles et promenades à dos de chameau.

Le local était vide, hormis un serveur au ventre serré par un foulard rouge, qui se dirigea aussitôt vers lui.

— J'ai rendez-vous avec M. Boswell.

— Il n'est pas encore arrivé. Mais si vous voulez l'attendre, M. Boswell s'assoit le plus souvent ici.

Il désigna un petit groupe de sièges à moitié dissimulé par un paravent égyptien.

— Que puis-je vous servir ?

Fabio commanda un espresso. Le garçon apporta une petite verseuse en cuivre contenant un café turc, épais et suave, et une petite assiette de friandises orientales.

Un lieu étrange pour une rencontre avec un scientifique. Il posa son bloc et son enregistreur sur la table.

Peu après, il aperçut deux hommes à l'entrée. Le premier resta à la porte, le deuxième se dirigea vers lui.

Le faux docteur Mark.

Fabio se leva.

— Cela fait longtemps que vous attendez, monsieur Rossi ? Restez donc assis.

Fabio serra la main que lui tendit l'autre. Ils s'assirent tous les deux.

— Vous êtes Duliman Boswell ?

L'homme désigna l'appareil :

— Il est éteint ?

Fabio hocha la tête.

— Qu'il le reste. Nous sommes *off the records*. Oui, je suis Duliman Boswell. Pardonnez-moi ma prestation lors de notre dernière rencontre.

Fabio sentit son cœur battre à tout rompre.

— Qui êtes-vous ?

— Un collaborateur de Lemieux.

— Quel est votre domaine de travail ?

— Au sens le plus large : *security*.

Le garçon apporta du thé vert qu'il versa avec un certain cérémonial, et depuis une hauteur considérable, dans un petit verre peint.

— Je vois que vous préférez le café, releva Boswell. Normal pour un Italien.

— Vous n'êtes pas un collaborateur du professeur Weider.

— Disons les choses ainsi : le professeur Weider est l'un de nos collaborateurs. Là encore, au sens le plus large. Il m'a fait parvenir votre message.

Une tendre voix féminine se mit à chanter en arabe.

— Fairuz, dit Duliman Boswell, *Security*, l'air rêveur. Vous la connaissez ?

Fabio secoua la tête.

— C'est que vous n'êtes encore jamais allé en Égypte.

— Que savez-vous du docteur Barth ?

Boswell prit une gorgée de thé, du bout des lèvres.

— Le docteur Barth était un chercheur de grand talent. (Il posa son verre et regarda l'un de ses ongles limés et taillés en pointe.) Son acte est incompréhensible. Alors qu'il aurait été à l'abri du besoin.

— Lemieux l'avait acheté ?

— Pas lui. Son invention. Un procédé ultrasensible de détection des prions dans les produits alimentaires. Exactement ce qu'attendait le monde entier.

— Et pourquoi le monde entier n'en entend-il plus parler ?

— Ça n'est pas encore tout à fait au point. Mais nous touchons au but. C'est ce que m'indique notre département recherche.

— Pourquoi ne l'a-t-il pas mis au point lui-même ?

— Il y avait différentes raisons à cela. L'une d'entre elles tenait à son employeur. Le contrat qu'il avait signé était certainement très désavantageux – je n'ai pas participé personnellement aux négociations. Le fait que nous soyons intervenus a permis de lui trouver une solution beaucoup plus lucrative.

— Et la Labag était d'accord pour que cela lui passe sous le nez ?

— La Labag est notre filiale à cent pour cent.

— Elle l'a toujours été ?

— Ça, non, admit modestement Boswell.

Le ton de ce type commençait à taper sur les nerfs de Fabio.

— Et les prions dans le chocolat ont certainement joué un rôle dans la régulation financière ?

— Bien entendu. Imaginez l'émotion que cela aurait provoqué. Vous savez combien de nos chocolats on mange chaque année, juste dans notre pays ?

— Quatre kilos par tête, répondit Fabio.

— C'est à peu près cela. Et un beau jour, la presse ferait courir la rumeur qu'on a trouvé des prions dans les chocolats Lemieux.

— Pas la rumeur, corrigea Fabio, la preuve.

— La preuve apportée par un procédé en cours de mise au point. Non, non : le docteur Barth a fait le bon choix en trouvant un accord financier avec nous.

— Lui-même semble avoir eu une autre opinion.

Boswell leva les mains, l'air navré, et les laissa retomber.

— Au moins, sa veuve, aujourd'hui, profite de son sens de la responsabilité.

Fabio fut pris d'un bref éclat de rire. L'homme à la porte regarda dans leur direction.

— Et ensuite, au moment où vous croyiez avoir tout joliment réglé et tout mis sous le tapis, voilà que je fais mon apparition.

Boswell ne put répondre qu'après avoir avalé son thé. Mais même avant cela, il avait hoché la tête.

— Exactement. Ensuite, vous faites votre apparition.

— Je suppose que vous avez tenté de m'acheter moi aussi, et comme ça ne fonctionnait pas, vous vous êtes adressés à Jäger pour qu'il cherche à m'influencer. Et comme ça n'a pas marché, j'ai pris un coup sur le crâne. Combien l'avez-vous payé ?

Boswell se servit un nouveau verre de thé. Il ne tenait pas la théière aussi éloignée de la tasse que le serveur, mais elle était assez haute pour qu'un peu d'écume se forme.

— Le rôle de M. Jäger n'était pas celui-là. C'est plus tard qu'il est entré en scène, lorsque vous avez repris votre enquête et que vous êtes apparu à la Labag. Il a tenté de nous convaincre que votre seul but était de combler la faille dans votre mémoire. Et que vous n'aviez gardé aucun souvenir de notre affaire. Il a beaucoup insisté sur ce point.

Fabio ne trouva rien à répondre. Il porta la tasse de café à sa bouche, constata qu'elle était vide et la reposa. Boswell tapa dans ses mains. Le serveur arriva aussitôt. Boswell sourit, satisfait.

— Vous voyez, ici, on accorde une grande valeur à l'authenticité. (Il commanda un autre café pour Fabio.) C'est la raison pour laquelle, à l'époque, j'ai tenu le rôle de notre bon docteur Mark. Je voulais vérifier par moi-même si votre amnésie était vraiment complète. Je n'étais pas totalement satisfait du résultat. Vous mentionniez trop souvent le docteur Barth pour cela. J'en ai aussi fait part à M. Jäger. Mais il ne voulait en aucun cas que je m'en mêle.

Le garçon apporta le café. Fabio ne fit pas mine de le boire.

Boswell reprit :

— Mais vous n'avez pas arrêté votre enquête. Vous êtes parti pour Amalfi. Vous avez visité la Polvolat. Même en tenant compte de votre situation particulière, j'ai été forcé d'informer M. Jäger que nous allions intervenir.

— Et alors ? Comment a-t-il réagi ?

— Avec maladresse. Lors de notre dernière rencontre...

— ... au lobby de l'Europa...

La remarque incidente de Fabio décontenança Boswell pour une seconde. Puis il reprit :

— Lors de notre dernière rencontre à l'Europa, il m'a menacé ouvertement de publier l'affaire lui-même pour que vous ne soyez plus dans notre ligne de mire. Nous avons été forcés de prendre cela au sérieux. Nous sommes partis de l'hypothèse qu'il détenait une copie des documents. Vous le savez, il a ensuite choisi une autre voie. Personnellement, cela m'a fait beaucoup de peine. Il m'avait impressionné par sa loyauté, ce jeune homme. Ça n'aurait pas été nécessaire. Pour lui aussi, il y aurait eu d'autres solutions, plus positives.

Fabio lui posa la question qui l'intéressait depuis longtemps :

— Combien l'avez-vous payé ?

Même à ce moment, Boswell resta sobre :

— Huit cent mille dollars. Au cours de l'époque, cela représentait un peu moins d'un virgule quatre million de francs suisses.

C'était tout de même un peu plus que ce qu'avait supposé Fabio.

— Seulement ce n'est pas à lui que nous avons versé cette somme. C'est à vous, monsieur Rossi, à vous. M. Jäger était intraitable.

Fabio eut l'impression qu'une petite main froide l'attrapait par la nuque. Il ne pouvait rien dire. Il était paralysé.

Boswell se leva.

— C'est cela que je voulais rappeler à votre souvenir, monsieur Rossi. Considérez cette information comme ma contribution à la reconstitution de votre mémoire.

Il désigna la table.

— Tout cela est bien entendu sur mon compte. Et si vous avez encore besoin de quelque chose après, commandez sans vous gêner.

Fabio ne vit pas la main qu'il lui tendait.

— Et pardonnez-nous l'histoire du vélo. Mes hommes sont parfois un peu puérils.

Fabio suivit Boswell des yeux lorsqu'il se dirigea vers la sortie. L'homme qui s'y trouvait lui ouvrit la porte.

Il n'osa pas monter sur son vélo. Il ne savait pas combien de temps il était resté assis au *Blue Nile*, hébété. À un moment donné, il avait appelé Fredi et lui avait annoncé qu'il devait le rencontrer d'urgence.

Fredi ne manifesta pas d'enthousiasme. Il était en route pour le port de plaisance. Il comptait passer l'après-midi sur le *Libellula* avec quelques amis et, le soir, regarder le feu d'artifice depuis le lac. Mais Fabio insista. Juste une demi-heure, promit-il.

Il poussa ensuite son vélo jusqu'au *Bertini*. Il n'était pas très loin du *Blue Nile*.

Était-ce possible ? Son excursion dans son alter ego, comme l'appelait le docteur Loiseau, était-elle allée aussi loin ?

Fredi s'y trouvait déjà lorsque Fabio arriva. Il portait un polo blanc sous un blazer croisé à boutons d'or, orné d'un blason brodé où l'on pouvait lire « Libellula ». Il buvait un Martini blanc, vraisemblablement sa boisson de sport. Il s'était fait servir en même temps une assiette d'amuse-gueules. Le restaurant était vide, on avait déposé l'écriteau « Réservé » sur toutes les tables.

— Qu'est-ce que tu bois ? demanda Fredi.

— Rien... Une question : lorsque nous nous sommes revus pour la première fois, tu as dit que j'avais parlé de choses qui ne m'intéressaient pas auparavant. L'argent, par exemple.

Fredi le regarda tranquillement dans les yeux.

— Exact.

Il pêcha une petite roue de salami et poussa l'assiette de quelques centimètres en direction de Fabio. Qui secoua la tête.

— Par exemple de huit cent mille dollars ?

— Par exemple.

— Où sont-ils ?

— Bien placés. Dans la société. Comme convenu.

Il piqua un morceau de coppa sur l'assiette, mâcha deux fois et le fit descendre avec une gorgée de Martini blanc.

Fabio tapa du plat de la main sur la table.

— Et merde !

Le garçon regarda dans leur direction, l'air déconcerté. Fabio baissa la voix.

— Je suis venu te voir avec huit cent mille dollars et je t'ai demandé de les placer pour moi ?

Fredi hocha la tête. Il avait de nouveau la bouche pleine.

— En liquide ?

Fredi sourit, avala et dit :

— Dans un sac en jute provenant d'une boutique bio.

— Tu ne m'as pas demandé d'où je tenais cet argent ?

— Si tu avais voulu me le dire, tu aurais pu l'apporter tout de suite à la banque.

Fabio tapa de nouveau sur la table.

— Et merde ! Pourquoi ne m'en as-tu rien dit ?

Fredi le regarda, impassible.

— Je voulais voir si ça te revenait.

— Et si ça ne m'était pas revenu ? (Fabio l'avait presque crié.)

Fredi lui servit son sourire le plus charmeur.

— Dans ce cas, l'argent ne t'aurait pas manqué non plus.

21

À bord d'une Renault jaune frappée du logo *Mystic Productions*, ils partirent l'après-midi pour la coopérative jardinière de la Forêt paisible. Il n'y avait pratiquement pas de circulation. Le climat était toujours capricieux. Des gouttes grasses venaient juste de claquer sur le pare-brise, mais Norina avait dû, juste après, descendre les pare-soleil.

Profitant de l'arrêt à un feu rouge, elle le regarda de côté :

— Si ça t'est tellement difficile, je peux aussi y aller toute seule.

— Qu'est-ce qui te fait dire que ça m'est difficile ?

— Tu es accablé.

— Juste fatigué.

— Je pourrais le comprendre... après ce qui s'est passé là-haut.

Fabio s'arracha un sourire mélancolique.

— Il y a aussi de belles choses dans le lot.

Le feu passa au vert, Norina démarra.

Bien entendu, elle avait raison. Il n'était pas seulement accablé : il était plongé dans un désespoir muet. Sur lui-même, sur ce qu'il avait vécu et – pire encore – sur ce qui l'attendait. Il n'avait pas d'autre choix que d'avouer la vérité. La vérité sur Fabio Rossi. Ce serait, il n'y avait aucun doute sur ce point, la fin définitive de leur relation, qui recommençait tout juste à germer.

Plusieurs voitures étaient garées à la lisière de la forêt. Norina arrêta sa Renault à côté d'elles. Elle alla chercher un sac en plastique rempli dans son coffre.

— Saucisses à griller, expliqua-t-elle, obligatoire pour une fête nationale.

Ils descendirent le chemin principal et tournèrent dans la voie latérale qui menait au Gourrama. La plupart des cabanes et des jardins étaient ornés de lampions, de guirlandes et de fanions. Les gens préparaient la fête en scrutant le ciel, l'air inquiet.

Devant la petite maison aux volets verts, la femme à la mémoire défaillante, debout sur une chaise, accrochait une guirlande lumineuse à une descente de gouttière. Son mari, le joueur de cartes, portait une glacière dans la maison. Fabio et Norina les saluèrent d'un hochement de tête. Ils répondirent de la même manière, et l'on vit qu'ils retenaient leurs commentaires jusqu'à ce que les deux jeunes gens soient hors de portée de leur vue et de leurs voix.

Mme Blatter, la voisine du Gourrama, avait de la visite. Deux familles avec des enfants en bas âge. Les hommes de l'âge de Fabio tendaient une bâche en plastique qui servirait d'auvent, devant la petite maison. Mme Blatter cueillait des mûres. Une petite fille l'aidait dans sa besogne.

Lorsqu'elle vit Fabio et Norina, elle s'approcha de la porte du jardin.

— Vous pensez certainement que ce sont mes enfants et mes petits-enfants. Mais non, ce sont mes petits-enfants et mes arrière-petits-enfants. (Elle prit un air grave.) Cela me fait tellement de peine, pour Lucas. Je l'ai vu ici, le jour même. Il avait l'air comme d'habitude. Ah, si l'on pouvait voir à l'intérieur des gens, de temps en temps...

Lorsqu'ils se souhaitèrent une bonne soirée, elle ajouta :

— C'est bien que le Gourrama ne soit pas vide aujourd'hui. Ça serait encore plus triste.

La pluie des jours passés avait un peu revigoré le jardin. Elle avait surtout fait du bien à la citrouille qui envahissait la plate-bande avec ses grandes feuilles d'un vert intense. Seuls les tuteurs en bambou des tiges de tomates dépassaient de la verdure avec l'air de ne plus rien pouvoir faire pour elle. La pluie avait achevé les quelques feuilles qui avaient survécu à la sécheresse. Fanées, couleur gris champignon, elles se ratatinaient entre des tomates qui pourrissaient comme de petits sacs ramollis.

Les moineaux se disputaient la récolte de mûres. Sous les arbres, par terre, les guêpes bourdonnaient dans les fruits gâtés.

Le grand-oncle de Lucas s'était réjoui lorsque Fabio avait appelé et avait demandé s'ils pouvaient passer la soirée au Gourrama. Si possible, mais vraiment si possible, il fallait qu'il y cueille quelques mûres, c'étaient les meilleures qu'il connaisse. Et des fruits. Des fruits, autant qu'il pourrait en porter. Fabio s'était proposé d'apporter au vieil homme un peu de sa récolte.

Le sol devait être détrempé lorsque la police était

passée. Depuis le plancher de la véranda jusqu'à la porte courait un sentier d'empreintes de pas boueuses. Dans la salle elle-même, quelqu'un les avait étalées irrégulièrement avec une serpillière humide. Même les chercheurs de traces laissaient des traces.

Il flottait une odeur d'humidité et de nourriture avariée. Trois quotidiens se trouvaient sur la table, tous datés du 26 juillet, le dernier jour de Lucas. À côté, un classeur étiqueté « en cours ».

Sur le banc de coin se trouvaient quatre boîtes d'archives pleines de dossiers, de manuscrits et de matériel de bureau.

C'est sous la pile de vieux journaux qu'ils firent la découverte la plus intéressante : l'ordinateur portable de Lucas.

Sur la couchette supérieure se trouvaient quelques vêtements et du linge. Le lit d'en dessous avait son couchage, mais il n'était pas fait.

Deux assiettes étaient plantées dans l'égouttoir, près de l'évier. À côté se trouvaient une trousse de voyage ouverte, un rasoir, un blaireau et une boîte de savon à barbe.

Un rideau tendu sous l'évier dissimulait un seau. C'est de là que venait la puanteur. Il contenait un repas congelé, de l'escalope à la crème garnie de spätzle, dans un double sac. Le côté contenant les pâtes étaient intacts. Mais le sac contenant l'escalope normande avait dû gonfler jusqu'à ce qu'il éclate.

Fabio déposa le seau dans le jardin. Ils se mirent ensemble à remettre un peu d'ordre dans le Gourrama.

Plus tard, pendant que Fabio s'occupait de l'ordinateur, Norina passa au jardin. Elle voulait cueillir quelques quetsches pour l'oncle de Lucas, et peut-être aussi quelques mûres. Le ciel avait de nouveau l'air de vouloir se vider d'un instant à l'autre.

Fabio l'observa depuis la fenêtre. Norina se tenait sous le prunier et se déplaçait au ralenti. Elle relevait la tête en arrière, cherchait du regard dans les branches, tendait le bras, attrapait un fruit, pliait le bras et laissait sa main descendre dans la corbeille. Ses gestes étaient beaucoup plus gracieux que tout ce qu'il avait pu voir au tai-chi. Il lui fallut quelques minutes pour comprendre la raison de sa lenteur : elle ne voulait pas affoler les guêpes en faisant des mouvements trop brusques.

Fabio démarra l'ordinateur de Lucas. Un étrange phénomène se produisit : une mélodie retentit, et une boîte de dialogue, qui le salua en tant que nouvel utilisateur, lui demanda de respecter les étapes indiquées.

L'ordinateur de Lucas réclamait des données sur l'identité de l'utilisateur pour un nouveau système d'exploitation. Ce qui n'est d'ordinaire nécessaire que sur un appareil sortant d'usine. Ou sur un appareil que l'on vient juste d'installer.

Fabio suivit les étapes une par une, et en eut bientôt la certitude : quelqu'un avait effacé toutes les données du disque dur et réinstallé le système d'exploitation. Peut-être Lucas ? Qui cela pouvait-il être d'autre ?

Le seul responsable possible était Duliman Boswell. Et ses hommes parfois un peu puérils.

Un courant d'air soudain ouvrit brutalement la porte. Fabio sursauta. Le vent secouait les arbres. Norina n'était plus sous le prunier.

Il ferma la fenêtre et passa sous la véranda. Au loin, le soleil baignait encore la ville. Mais de grands vaisseaux de nuages noirs se dirigeaient très rapidement dans leur direction. Norina, qui avait été aux mûres, revenait vers la maison. Dans la main gauche, une corbeille, dans la droite un petit pot à lait. Le vent lui soulevait les mèches sur le front et lui collait le corsage au corps. Fabio alla à sa rencontre et la débarrassa du chargement.

— L'ordinateur donne quelque chose ? demanda-t-elle lorsqu'ils se furent réfugiés à la maison.

Fabio lui expliqua ce qu'il avait découvert.

— Je croyais que l'on pouvait même reconstituer les données d'un disque dur effacé. Elles sont encore là. Il suffit d'en trouver l'accès.

— C'est ce que dit toujours mon neuropsychologue.

Ils étaient assis à table et regardaient le vent jouer avec la coopérative jardinière de la Forêt paisible. La pluie se faisait attendre. Mais plus loin à l'ouest, elle tombait d'un nuage, grise et verticale, comme d'un pommeau de douche.

Le moment paraissait idéal pour une conversation désagréable.

Mais cela pouvait aussi attendre encore un peu.

Fabio vida le contenu de la première boîte d'archives sur la table. Rien qui ressemblât aux notes d'un chercheur. Un manuscrit d'une trentaine de pages, plusieurs fois corrigé : un récit inachevé intitulé *Enfin*. Plusieurs débuts de poèmes, des quatrains, des fragments de chansons. Il s'agissait manifestement de la collection d'essais littéraires personnels de Lucas. On y trouvait aussi quelques objets qui avaient représenté quelque chose pour lui : un stylo qui n'avait jamais servi ; quelques petits coquillages très ordinaires ; un porte-clefs aux armes d'Innsbruck ; quelques enveloppes par avion où l'on reconnaissait une écriture féminine, mais dont il s'abstint de lire le contenu. Ils remballèrent les affaires dans le carton.

Fabio connaissait bien le contenu du suivant. C'étaient leurs polycopiés de l'école de journalisme. Fabio avait jeté les siens depuis longtemps. Ceux de Lucas, en revanche, étaient criblés de marques au feutre fluorescent de différentes couleurs.

Les deux autres boîtes d'archives portaient le titre « Interviews et recherches ». Elles contenaient des blocs de sténo semblables à ceux utilisés par Fabio. Sur la plupart d'entre eux, une cassette audio était accrochée à l'aide d'un élastique. Tous portaient des titres et des dates.

Le vent avait un peu diminué. Des éclairs illuminaient la ville. On entendait le grondement du tonnerre avec beaucoup de retard. Fabio et Norina étaient à table, penchés sur les notes de Lucas, comme deux enfants au-dessus de leur jeu de construction le soir de Noël.

Norina avait déposé la corbeille aux quetsches trop mûres sur le sol, à côté du banc. Un parfum de fruits en fermentation monta aux narines de Fabio.

Soudain, tout fut étalé devant lui comme s'il ne l'avait jamais oublié.

Lucas était assis ici, à table, comme l'était à présent Norina. Lui-même était debout. Ils se disputaient. Il s'agissait du scandale Lemieux – c'est le titre qu'ils avaient donné au projet. Fabio venait d'annoncer sa décision à Lucas : il arrêtait l'enquête. Lucas résistait autant qu'il le pouvait. Il écoutait attentivement, et répondait à chaque argument, aussi convaincant fût-il, par le même hochement de tête.

Notamment lorsque l'argument avait un rapport avec l'argent.

La dispute avait été immonde. Fabio avait tout tenté. Il s'était moqué de lui, l'avait menacé, insulté, lui avait rappelé qu'il n'aurait rien été sans lui. Et chaque fois, il avait récolté le même geste obstiné de la tête.

Fabio finit par crier :

— Va te faire foutre ! Cette histoire est enterrée, que tu le veuilles ou non. Les notes de Barth, je m'en suis débarrassé !

Et Lucas répondit en hurlant :

— Et moi, j'en ai fait une copie !

Fabio était sorti en trombe. Mais arrivé à la bifurcation, il avait changé d'avis et était revenu sur ses pas.

Depuis la porte du jardin, il vit Lucas sortir de la maison, un paquet à la main, et disparaître sous la véranda.

Il y courut et vit Lucas dissimuler le paquet.

Il prit un lourd manche de pelle et se dirigea vers Lucas.

À ce point précis, ses souvenirs s'arrêtaient. Il avait vraisemblablement sous-estimé Lucas.

Comme pour célébrer l'émergence de la deuxième île du souvenir dans l'esprit de Fabio, le vent déchira pour un moment la couverture nuageuse. Le soleil couchant éclaira la colonie de jardins ouvriers comme un décor de cinéma.

— Qu'est-ce qui t'arrive ? demanda Norina. (Fabio leva les yeux.) Tu es livide.

— Je viens de me rappeler l'endroit où pourraient se trouver les documents.

Lorsqu'ils sortirent à l'air libre, les premières fusées lancées par des enfants impatients montaient dans le ciel redevenu clair. Dans le jardin de Mme Blatter, une série de lampions se livraient à une danse furieuse sur leur cordon. Le vent faisait claquer la bâche.

Fabio la précéda. Il aurait aussi fallu déblayer au plus vite l'espace situé sous la maison. Ils évacuèrent une échelle qui barrait l'accès au conteneur à fruits.

Le fût était pourvu d'un couvercle que l'on avait lesté avec des briques. À côté se trouvaient des ciseaux à vigne rouillés et une faucille ébréchée.

Fabio débarrassa tout ce qui se trouvait sur le sol et souleva le couvercle. L'odeur des fruits fermentés au fil de toutes ces années leur sauta au visage depuis le conteneur vide.

— Tu sens ? demanda Fabio. La même odeur que les quetsches, dans la corbeille. C'est elle qui a réveillé mon souvenir.

Fabio se pencha au-dessus du conteneur et y plongea le bras. La pointe de ses doigts toucha quelque chose. Il parvint à l'attraper et l'en sortit.

C'était un sac-poubelle noir qui contenait une lourde boîte en carton.

L'unique source de lumière de la pièce était une ampoule qui pendait au-dessus de la table. Ils avaient vu les restes de l'abat-jour qui l'avait jadis protégée traîner dans le bazar, sous la véranda.

Depuis trois heures, Fabio et Norina étudiaient les notes du docteur Barth. La plupart étaient pourvues de petits Post-it autocollants où Lucas avait noté à la main leur signification. Quoi qu'on ait pu dire sur sa méthode de test, les preuves semblaient accablantes.

Ils étaient assis l'un à côté de l'autre et passaient les feuillets en revue, l'un après l'autre. À l'extérieur, des fusées de feu d'artifice éclataient çà et là comme les tirs de derniers nids de résistance dans un pays conquis depuis longtemps. Depuis un certain temps déjà, Norina avait posé la tête sur l'épaule de Fabio.

Lorsqu'ils eurent examiné la dernière page, lorsqu'ils l'eurent posée, face vers le sol, sur celles qui l'avaient précédées, lorsqu'ils eurent bien tassé la pile et l'eurent reposée dans son carton, ils se postèrent à la fenêtre et observèrent le scintillement, les éclairs et les étincelles qui traversaient la nuit tempétueuse.

Et puis, sans autre formalité, ils s'embrassèrent, s'aidèrent l'un l'autre à se débarrasser de leurs vêtements et se mirent, dans la couchette étroite et grinçante, à rafraîchir d'autres beaux souvenirs.

Le ciel eut la bonté de se retenir pendant que l'on tirait le grand feu d'artifice au-dessus du lac. Fabio et Norina restèrent collés l'un à l'autre sous la couverture à carreaux. Seuls les bouquets les plus élevés, les plus clairs, les plus grandioses entraient dans leur champ de vision, avant de retomber dans un ultime scintillement, de briller une dernière fois et de s'éteindre petit à petit.

Maintenant ! se dit Fabio.

— Fabio, chuchota Norina.

— Hmmm ?

— Le Fabio oublié...

— Oui ?

— Je crois que je pourrais l'oublier moi aussi.

Fabio serra Norina plus près de lui. Un bouquet de traces de lumières colorées fleurit au loin.

Fabio chuchota :

— Je crois que moi aussi.

À peine le bouquet final s'était-il éteint qu'une pluie tropicale se mit à tambouriner sur le carton bitumé.

Fabio resserra la couverture autour de Norina.

— Tu es déjà allée à Amalfi ?

— Non.

— Je connais un hôtel là-bas. Avec des jardins suspendus et un ascenseur qui descend directement vers la mer.

— Ça a l'air cher.

— J'ai un peu d'argent de côté.

Deux semaines plus tard paraissait en une de *Dimanche Matin* le dernier papier de Lucas Jäger. Il était intitulé : « Choco-Choc. Des prions dans le chocolat. »

Le nom de Fabio Rossi n'apparaissait nulle part.

Je remercie pour leurs conseils, leurs idées, leur temps et leur patience le docteur Peter Brugger, de la clinique neurologique de l'hôpital universitaire de Zurich ; le professeur Hans Landolt, de la clinique de neurochirurgie de l'hôpital de canton d'Aarau ; Peter Locher, du Service fédéral suisse de la circulation, département surveillance ; le docteur Andreas U. Monsch, de la Memory Clinic de la clinique gériatrique universitaire de Bâle ; le docteur Esteban Pombo-Villar, Preclinical Research, de Novartis Pharma, et Giovanni Pucci, Secondo.

Martin Suter

IMPRESSION : SOCIÉTÉ NOUVELLE FIRMIN-DIDOT AU MESNIL-SUR-L'ESTRÉE
DÉPÔT LÉGAL : SEPTEMBRE 2003. N° 58509 (64736)
IMPRIMÉ EN FRANCE